GOLDMANN KLASSIKER
MIT ERLÄUTERUNGEN

Leo N. Tolstois Erzählung *Die Kreutzersonate* (1891) gibt die Geschichte einer tragisch mißglückenden Ehe. Nach Junggesellenjahren zügellosen, insgeheim bereuten Genusses beschließt der adlige Grundbesitzer Posdnyschew, zu heiraten und fortan ein bürgerlich-sittliches Leben zu führen. Doch bald nach der Eheschließung empfindet er Gleichgültigkeit, Gereiztheit, ja Haß und Abscheu gegenüber seiner Frau, die er zugleich mit einem Verlangen, das er für »tierisch« hält, wider Willen begehrt. »Der Geschlechtstrieb ist ein Übel, ein schreckliches Übel, das man bekämpfen und nicht, wie es bei uns geschieht, fördern soll«, meint er, unfähig, die sexuelle Liebe zwischen Mann und Frau als etwas Positives zu begreifen.

Als Dreißigjährige ist seine Gattin eine Schönheit; sie widmet sich nun, nachdem sie fünf Kinder geboren hat, ihren persönlichen Neigungen, besonders dem Klavierspiel. Posdnyschew vermutet, daß sie nach einer neuen Liebe Ausschau hält, und er vergeht vor Eifersucht, wenn sie in dem gemeinsamen Haus mit einem Geiger, einem schönen, eleganten Mann, musiziert. So kommt es zur äußersten Zuspitzung des Ehekonflikts, dem Racheakt Posdnyschews, der keinen anderen Ausweg aus seiner Lage sieht, als die vermeintliche Ehebrecherin umzubringen.

Dr. phil. Herta Schmid, die Verfasserin des Anhangs zu dieser Ausgabe der *Kreutzersonate,* ist Professorin für Theaterwissenschaft an der Universität Amsterdam. Buchveröffentlichungen u. a.: *Strukturalistische Dramentheorie. Semantische Analyse von Čechows »Iwanow« und »Der Kirschgarten«* (1973), *Moderne Dramentheorie* (Hrsg., mit A. van Kesteren, 1975), *Drama und Theater. Theorie, Methode, Geschichte* (Hrsg., mit H. Král, 1991), *Dramatische und theatralische Kommunikation. Beiträge zur Geschichte und Theorie des Dramas im 20. Jahrhundert* (Hrsg., mit J. Striedter, 1992).

Außer dem vorliegenden Band ist von Leo N. Tolstoi in der Taschenbuchreihe »Goldmann Klassiker mit Erläuterungen« erschienen:

Anna Karenina. Roman (7537)

LEO N. TOLSTOI

DIE KREUTZERSONATE

ERZÄHLUNG

Aus dem Russischen
von August Scholz

Mit einem Nachwort,
einer Zeittafel zu Tolstoi
und bibliographischen Hinweisen
von Herta Schmid

GOLDMANN VERLAG

Vollständige Übersetzung der »Kreutzersonate«
Titel des Originals: Krejcerova sonata

Umwelthinweis:
Alle bedruckten Materialien dieses Taschenbuches
sind chlorfrei und umweltfreundlich

Der Goldmann Verlag
ist ein Unternehmen der Verlagsgruppe Bertelsmann

Made in Germany · 5. Auflage · 4/96

Umschlagentwurf: Design Team, München, unter Verwendung des Fotos
eines Gemäldes von Jessica Mayllar
Umschlagfoto: Christie's/Artothek, Peißenberg
Satz und Druck: Presse-Druck Augsburg
Verlagsnummer: 7589
Lektorat: Martin Vosseler
Herstellung: Sebastian Strohmaier
ISBN 3-442-07589-0

Ich aber sage euch: Wer ein Weib ansieht, ihrer zu begehren, der hat schon mit ihr die Ehe gebrochen in seinem Herzen.
MATTHÄUS V, 28

Da sprachen die Jünger zu ihm: Steht die Sache eines Menschen mit seinem Weibe also, so ist's nicht gut, ehelich werden.
Er aber sprach zu ihnen: Das Wort faßt nicht jedermann, sondern denen es gegeben ist.
Denn es sind etliche verschnitten, die sind aus dem Mutterleibe also geboren; und sind etliche verschnitten, die von Menschen verschnitten sind; und sind etliche verschnitten, die sich selbst verschnitten haben um des Himmelreichs willen. Wer es fassen kann, der fasse es!
MATTHÄUS XIX, 10–12

I

Es war im Beginn des Frühlings. Wir reisten bereits den zweiten Tag. Für kürzere oder längere Strecken stiegen Passagiere in den Zug ein und stiegen wieder aus, drei Reisende jedoch waren, ebenso wie ich, schon von der Abgangsstation aus unterwegs: eine Dame, weder hübsch noch jung, die Zigarette im Mund, mit abgespannten Gesichtszügen, in einem halb nach Herrenart zugeschnittenen Paletot und einer Kappe, dann ein Bekannter der Dame, ein gesprächiger Vierziger, sorgfältig und modern gekleidet, und noch ein Herr von kleinem Wuchs, der sich abseits hielt, jedoch durch seine heftigen Bewegungen auffiel; er war noch nicht alt, sein krauses Haar war augenscheinlich vorzeitig ergraut, und seine auffallend glänzenden Augen flitzten rasch von einem Gegenstand zum andern. Er trug einen alten Paletot mit Lammfellkragen, den einstmals ein teurer Schneider angefertigt haben mochte, und eine hohe Lammfellmütze. Wenn er den Paletot aufknöpfte, gewahrte man darunter ein ärmelloses Wams und ein gesticktes russisches Hemd. Eine Eigentümlichkeit dieses Herrn war noch, daß er von Zeit zu Zeit seltsame Laute ausstieß, die einem Räuspern oder einem eben begonnenen, jedoch plötzlich unterdrückten Lachen glichen.

Dieser Herr hatte während der ganzen Fahrt jede Unterhaltung und Bekanntschaft mit den übrigen Reisenden sorgfältig vermieden. Auf Anreden der Nachbarn gab er kurze, schroffe Antworten, sonst las er, oder sah rauchend zum Fenster hinaus, oder holte aus einer alten Reisetasche seinen Proviant hervor, trank Tee oder stärkte sich durch einen Imbiß.

Ich hatte den Eindruck, daß seine Vereinsamung ihm lästig sei, und wollte ihn mehrmals ansprechen, aber jedesmal, wenn unsere Augen einander begegneten – was häufig geschah, da wir einander schräg gegenübersaßen –, wandte er sich ab und nahm sein Buch vor oder blickte zum Fenster hinaus.

Als der Zug am späten Nachmittag des zweiten Tages auf einer großen Station hielt, stieg dieser nervöse Herr aus, um sich siedendes Wasser zu holen, und bereitete sich im Coupé einen Tee. Der sorgfältig und modern gekleidete Herr – wie ich später erfahren sollte, ein Advokat – war mit seiner Nachbarin, der rauchenden Dame in dem halb nach Herrenart zugeschnittenen Paletot, in den Wartesaal gegangen, um dort Tee zu trinken.

Während der Abwesenheit des Herrn und der Dame stiegen etliche neue Personen ein, darunter auch ein hochgewachsener, glattrasierter Alter mit runzeligem Gesicht, augenscheinlich ein Kaufmann, in einem Iltispelz und einer Tuchmütze mit mächtigem Schirm. Der Kaufmann nahm gegenüber dem Sitze des Advokaten und der Dame Platz und begann sogleich ein Gespräch mit einem jungen Menschen, dem Aussehen nach einem Handlungsgehilfen, der gleichfalls auf dieser Station eingestiegen war.

Ich saß den beiden gegenüber, und da der Zug stillstand, konnte ich in den kurzen Augenblicken, wenn gerade niemand vorüberging, Bruchstücke ihrer Unterhaltung hören. Der Kaufmann erzählte zunächst, er fahre nach seinem Gute, das nur eine Station weit abliege; dann kamen sie wie gewöhnlich auf die Marktpreise, die Moskauer Geschäftslage und die Nishnij-Nowgoroder Messe zu sprechen. Der Handlungsgehilfe begann von den Orgien zu schwärmen, die ein ihnen beiden bekannter reicher Kaufmann auf der Messe gefeiert habe, der Alte ließ ihn jedoch nicht ausreden, sondern begann selbst von einstigen Zechgelagen in Kunawino*, die er mitgemacht hätte, zu erzählen.

Er war offenbar stolz auf seine Teilnahme an jenen Gelagen und berichtete schmunzelnd, wie sie einmal mit eben jenem Bekannten zusammen in Kunawino einen ganz tollen Streich verübt hätten, von dem man nur im Flüstertone erzählen könne, worauf der Handlungsgehilfe in ein solches Gelächter ausbrach, daß es im ganzen Wagen widerhallte; auch der Alte stimmte in das Lachen ein und ließ dabei seine beiden noch vorhandenen Zähne sehen.

Ich versprach mir nicht viel Interessantes von der weiteren Unterhaltung der beiden und erhob mich, um mich bis zum Ab-

* Vorstadt von Nishnij-Nowgorod.

gange des Zuges noch ein wenig auf dem Bahnsteig zu ergehen. In der Tür begegnete ich dem Advokaten mit der Dame, die sich lebhaft über irgend etwas unterhielten.

»Sie werden nicht mehr weit kommen«, sagte der gesprächige Advokat zu mir, »es wird gleich zum zweitenmal geläutet.«

In der Tat hatte ich kaum den letzten Wagen erreicht, als das Glockenzeichen erklang. Ich kehrte in mein Coupé zurück, wo die Dame und der Advokat immer noch ihre lebhafte Unterhaltung fortsetzten, während der alte Kaufmann ihnen schweigend gegenübersaß, streng vor sich hinschaute und von Zeit zu Zeit mißbilligend an den Lippen kaute.

»Sie erklärte also ihrem Gatten kurz und bündig«, sagte der Advokat lächelnd, als ich an ihm vorüberging, »daß sie mit ihm nicht zusammenleben könne und wolle, da ...«

Und er begann irgend etwas zu erzählen, was ich nicht verstand. Hinter mir stiegen noch andere Passagiere ein, dann kam der Zugführer, ein Gepäckträger eilte vorüber, und es gab noch eine ganze Weile Trubel und Geräusch, so daß man das Gespräch der beiden nicht hören konnte. Als es endlich still geworden war und ich wieder die Stimme des Advokaten vernahm, war die Unterhaltung zwischen ihm und der Dame anscheinend bereits von dem Sonderfall zu allgemeinen Betrachtungen übergegangen.

Der Advokat meinte, daß die Ehescheidungsfrage augenblicklich die öffentliche Meinung in Europa lebhaft beschäftige, und daß auch bei uns derartige Fälle immer häufiger vorkämen. Als er merkte, daß alles ringsum schwieg und nur seine Stimme zu vernehmen war, brach er die Unterhaltung mit der Dame ab und wandte sich an den Alten.

»In der alten Zeit kamen solche Dinge nicht vor, nicht wahr?« sagte er leutselig lächelnd.

Der Alte wollte etwas erwidern, in diesem Augenblick jedoch setzte der Zug sich in Bewegung, und der Alte nahm seine Mütze ab, bekreuzigte sich und begann im Flüsterton zu beten. Der Advokat wandte seinen Blick zur Seite und wartete respektvoll. Als der Alte sein Gebet samt der dreimaligen Bekreuzigung beendet hatte, setzte er seine Mütze gerade und tief in die Stirn, machte es sich auf seinem Platz bequem und nahm dann das Wort.

»Sie kamen wohl auch früher vor, mein Herr«, sagte er, »wenn auch nicht so häufig. Heutzutage kann es ja schließlich nicht anders sein, die Menschen sind schon gar zu gebildet geworden.«

Der Zug bewegte sich immer rascher und rascher und fuhr donnernd über die Schienenkreuzungen; ich konnte nicht recht hören, was die beiden sprachen, ihre Unterhaltung zog mich jedoch an, und so rückte ich näher zu ihnen hin. Mein Gegenüber, der nervöse Herr mit den glänzenden Augen, interessierte sich anscheinend gleichfalls für den Gegenstand des Gespräches und hörte aufmerksam zu, ohne im übrigen seinen Platz zu verlassen.

»Was ist denn an der Bildung so Übles?« fragte die Dame mit kaum merklichem Lächeln. »Ist es vielleicht richtiger, sich so zu verheiraten, wie es in der alten Zeit geschah, als Bräutigam und Braut einander vorher überhaupt nicht zu Gesicht bekamen?« fuhr sie fort, indem sie nach Art vieler Damen nicht auf das eben Gesagte erwiderte, sondern auf das, was ihrer Meinung nach noch gesagt werden könnte.

»Sie wußten nicht, ob sie sich liebten, ob sie sich überhaupt jemals würden lieben können, und sie heirateten den ersten besten, um sich vielleicht ihr ganzes Leben lang zu quälen – ist das etwa nach Ihrer Meinung richtiger?« sagte sie, sich offenbar mehr an mich und an den Advokaten als an den Alten wendend, mit dem sie sich eigentlich unterhielt.

»Gar zu gebildet ist man heute geworden«, wiederholte der Kaufmann, sah die Dame verächtlich an und würdigte sie keiner Antwort.

»Ich wüßte gern, wie Sie den Zusammenhang zwischen der Bildung und der Unverträglichkeit in der Ehe erklären«, sagte kaum merklich lächelnd der Advokat.

Der Kaufmann wollte etwas sagen, doch die Dame fiel ihm ins Wort. »Nein, die Zeiten sind vorbei«, begann sie und wollte weiterreden, doch der Advokat unterbrach sie.

»Lassen Sie doch, bitte, den Herrn seinen Gedanken klar aussprechen«, sagte er.

»Von der Bildung kommen alle Dummheiten«, sagte der Alte in entschiedenem Tone.

»Erst verheiratet man die jungen Leute miteinander, obwohl sie sich nicht lieben, und dann wundert man sich, daß sie sich nicht vertragen«, beeilte sich die Dame einzuwerfen und sah dabei mich und den Advokaten, ja sogar den Handlungsgehilfen an, der sich von seinem Platze erhoben hatte und, den Ellbogen auf die Rückenlehne gestützt, lächelnd das Gespräch mit anhörte.

»Nur Tiere lassen sich nach dem Willen des Besitzers paaren, während Menschen ihre Neigungen und Sympathien haben«, versetzte die Dame, die den Kaufmann offenbar herauszufordern suchte.

»Sie haben unrecht, wenn Sie so reden, meine Gnädige«, erwiderte der Alte. »Ein Tier ist sozusagen ein Stück Vieh, dem Menschen aber ward das Gesetz gegeben.«

»Wie soll man denn aber mit einem Menschen zusammenleben, wenn keine Liebe da ist?« ereiferte sich die Dame, sichtbar bemüht, ihre Anschauungen, die sie anscheinend für sehr neu hielt, in Worte zu kleiden.

»Früher legte man darauf nicht so viel Gewicht«, sagte der Alte in eindringlichem Tone. »Erst in neuerer Zeit ist das Mode geworden. Sobald etwas vorfällt, sagt die Frau gleich: ›Ich verlasse dich.‹ Auch bei den Bauern ist das jetzt so üblich geworden. ›Da‹, sagt die Frau, ›hier sind deine Hemden und Hosen, ich geh' zum Wanjka, der hat schönere Locken als du.‹ Da hilft kein Reden. Ein Weib muß vor allem durch Furcht in Zucht gehalten werden.«

Der Handlungsgehilfe sah erst den Advokaten, darauf die Dame und dann mich an und bezwang sein Lächeln, um die Worte des Kaufmanns zu bespötteln oder gutzuheißen, je nachdem, wie wir sie aufnehmen würden.

»Was für eine Furcht meinen Sie?« fragte die Dame.

»Die Furcht, die die Frau vor ihrem Mann haben soll. Diese Furcht meine ich.«

»Nun, Väterchen, diese Zeiten dürften doch ein für allemal vorüber sein«, entgegnete die Dame mit einem gewissen Ingrimm.

»Nein, meine Gnädige, diese Zeiten werden noch lange nicht vorüber sein. Wie Eva, das Weib, aus der Rippe des Mannes geschaffen wurde, so wird es auch bleiben bis ans Ende der Welt«, sagte der Alte und schüttelte dabei so streng und triumphierend sein Haupt, daß der Handlungsgehilfe ihm ohne weiteres den Sieg zuerkannte und laut auflachte.

»Ja, so urteilt ihr Männer«, sagte die Dame, die durchaus nicht nachgeben wollte und uns der Reihe nach anblickte. »Euch selbst nehmt ihr jede Freiheit, die Frau aber wollt ihr unter Schloß und Riegel halten. Ihr dürft euch natürlich alles erlauben.«

»Wer hat da was zu erlauben, nicht darum handelt es sich; durch uns Männer kommt kein Zuwachs ins Haus, aber eine Ehefrau bleibt eine Frau, ein leckes Gefäß«, fuhr der Kaufmann in seiner eindringlichen Weise fort.

Die überzeugende Tonart des Alten brachte die Zuhörer offenkundig auf seine Seite, und auch die Dame fühlte sich bereits besiegt, doch gab sie noch immer nicht nach.

»Mag sein, aber ich denke, Sie werden doch zugeben, daß auch die Frau ein Mensch ist und Gefühle hat wie der Mann. Was soll sie nun tun, wenn sie ihren Gatten nicht liebt?«

»Nicht liebt!« wiederholte der Kaufmann finster und zuckte mit den Brauen und Lippen. »Nur keine Angst. Sie wird ihn schon lieben.« Dieses unerwartete Argument gefiel dem Handlungsgehilfen ganz besonders, und er stieß einen Laut des Beifalls aus.

»Nein, sie wird ihn nicht lieben«, versetzte die Dame, »und wo keine Liebe ist, da hilft auch kein Zwang.«

»Und wenn die Frau dem Manne untreu wird – was dann?« fragte der Advokat.

»Das darf es nicht geben«, sagte der Kaufmann, »da heißt es eben die Augen offenhalten.«

»Und wenn es doch geschieht? Schließlich kommt es doch einmal vor.«

»Bei anderen Leuten mag es vorkommen, bei uns kommt es nicht vor«, sagte der Alte.

Alle schwiegen. Der Handlungsgehilfe rückte näher heran, und da er vermutlich hinter den andern nicht zurückstehen wollte, begann er lächelnd:

»Ja, bei einem Kollegen von mir ist auch so ein Skandal passiert. Schwer zu entscheiden, wen die Schuld trifft. Hatte das Pech, sich eine leichtsinnige Frau zu nehmen. Und die machte ihm tolle Streiche. Er war ein gesetzter, gescheiter Mann. Zuerst ließ sie sich mit dem Buchhalter ein. Ihr Mann redete ihr im guten zu. Sie war nicht zu halten. Allerlei Gemeinheiten trieb sie. Sein Geld stahl sie ihm, und da schlug er sie. Doch es wurde nur immer schlimmer mit ihr. Mit einem Ungetauften, einem Juden, mit Verlaub zu sagen, bändelte sie an. Was sollte er tun? Er ließ sie ganz und gar laufen. Unbeweibt lebt er jetzt, sie aber treibt sich herum.«

»Weil er ein Dummkopf ist«, sagte der Alte. »Hätte er sie gleich von Anfang an richtig im Zaume gehalten und ihr nicht nachgegeben, dann wäre sie schon bei ihm geblieben. Man muß von Hause aus die Zügel stramm ziehen. Trau dem Gaul nicht auf dem Felde und der Frau nicht im Hause!«

In diesem Augenblick trat der Schaffner ins Coupé und fragte nach den Fahrkarten zur nächsten Station. Der Alte gab seine Fahrkarte ab.

»Ja, die Weiber muß man beizeiten kurzhalten, sonst geht die Sache schief!«

»Aber Sie haben doch eben selbst erzählt, wie verheiratete Leute sich auf dem Jahrmarkt in Kunawino belustigen!« platzte ich heraus.

»Das ist eine Sache für sich«, sagte der Kaufmann und versank in Schweigen.

Als das Haltesignal ertönte, erhob sich der Kaufmann, holte seine Reisetasche unter der Bank hervor, schlug die Pelzschöße übereinander, lüftete die Mütze und stieg aus dem Wagen.

2

Kaum war der Alte hinaus, so begann sofort eine mehrstimmige Unterhaltung.

»Ein Patriarch des Alten Testaments«, meinte der Handlungsgehilfe.

»Der leibhaftige Domostroj*«, sagte die Dame, »was für eine rückständige Auffassung von der Frau und der Ehe!«

»Ja, wir sind noch weit entfernt von der europäischen Ansicht über die Ehe«, sagte der Advokat.

»Der Kernpunkt, den solche Leute eben nicht begreifen«, sagte die Dame, »liegt darin, daß eine Ehe ohne Liebe keine Ehe ist, daß nur die Liebe die Ehe heiligt und daß nur eine Ehe, die von der Liebe geheiligt ist, als eine richtige Ehe gelten kann.«

Der Handlungsgehilfe hörte zu und lächelte, augenscheinlich bemüht, möglichst viel von den klugen Gesprächen zu gelegentlichem Gebrauch zu behalten.

Während die Dame sprach, ließ sich hinter meinem Rücken ein Laut wie ein ersticktes Lachen oder ein Knurren hören, und wir erblickten meinen Nachbar, den grauhaarigen Krauskopf mit den glänzenden Augen, der während der ihn offenbar interessierenden Unterhaltung unbemerkt zu uns herangetreten war. Er stand, die Hände auf die Lehne seines Sitzes stützend, da und war sichtlich erregt: sein Gesicht war gerötet, und der eine Wangenmuskel zuckte beständig.

»Was ist denn das für eine Liebe ... Liebe ... die die Ehe heiligt?« sagte er stockend.

Die Dame bemerkte seine Erregung und bemühte sich, ihm so sanft und ausführlich wie möglich zu antworten.

»Die wahre Liebe ... Besteht diese Liebe zwischen Mann und Frau, so ist auch eine Ehe möglich«, sagte die Dame.

»Ganz recht – aber was soll man unter der wahren Liebe ver-

* Domostroj – ein mittelalterliches Moralbuch mit sehr strengen ehelichen Vorschriften.

stehen?« fragte schüchtern lächelnd der Herr mit den glänzenden Augen.

»Jedermann weiß doch, was Liebe ist«, sagte die Dame, die offenbar die Unterhaltung mit ihm abzubrechen wünschte.

»Ich weiß es aber nicht«, sagte der Herr. »Wollen Sie mir genauer erklären, was Sie darunter verstehen!«

»Wie denn? Die Sache ist doch sehr einfach«, begann die Dame, dachte jedoch einen Augenblick nach. »Liebe ist die ausschließliche Bevorzugung eines Mannes oder einer Frau vor allen übrigen«, erklärte sie schließlich.

»Bevorzugung – auf wie lange? Auf einen oder zwei Monate, oder auf eine halbe Stunde?« fragte der grauhaarige Herr und lachte hell auf.

»Nein, gestatten Sie – Sie reden anscheinend von etwas anderem.«

»Durchaus nicht, ich rede von demselben Thema.«

»Die Dame meint«, mischte der Advokat sich ein, »die Ehe müsse erstens einmal auf gegenseitiger Zuneigung – Liebe, wenn Sie wollen – beruhen; nur wenn diese vorhanden sei, könne die Ehe sozusagen als etwas Heiliges gelten; jede Ehe dagegen, der diese natürliche Zuneigung – oder Liebe, wenn Sie wollen – nicht zugrunde liege, trage nichts sittlich Bindendes in sich. Habe ich Sie richtig verstanden?« wandte er sich an die Dame.

Die Dame gab ihm durch ein Kopfnicken zu verstehen, daß er ihre Auffassung richtig dargelegt habe.

»Weiterhin ...«, wollte der Advokat in seiner Rede fortfahren, doch der nervöse Herr, dessen Augen jetzt wirklich wie im Feuer glühten und der sich kaum noch beherrschen konnte, ließ den Advokaten nicht weitersprechen, sondern begann selbst: »Gewiß, ich rede von eben derselben Bevorzugung eines Mannes oder einer Frau vor allen übrigen, und doch frage ich: eine Bevorzugung auf wie lange Frist?«

»Auf wie lange Frist? Auf sehr lange – zuweilen für das ganze Leben«, sagte die Dame achselzuckend.

»Aber das kommt ja nur in Romanen vor, niemals in Wirklichkeit. In Wirklichkeit hält diese Bevorzugung des einen vor dem andern vielleicht ein paar Jahre an, was sehr selten ist, häufiger ein paar Monate oder Wochen, zumeist jedoch bemißt sie sich nur nach Tagen oder Stunden«, sagte der Grauhaarige, der sehr wohl zu wissen schien, daß er alle durch seine Meinungsäußerung in Erstaunen versetzte, und darin ein gewisses Vergnügen fand.

»Ach, was sagen Sie da! Nicht doch, nein ... Nein, erlauben Sie einmal«, begannen wir alle drei wie aus einem Munde. Sogar der Handlungsgehilfe ließ zum Zeichen des Protestes einen unbestimmten Laut vernehmen.

»Nun ja, ich weiß«, überschrie uns der grauhaarige Herr, »Sie sprechen von dem, was man für Wirklichkeit hält, ich aber spreche von dem, was wirklich ist. Jeder Mann empfindet das, was Sie Liebe nennen, für jede hübsche Frau.«

»Ach, das ist ja schrecklich, was Sie da sagen! Aber gibt es denn unter den Menschen nicht jenes Gefühl, das man Liebe nennt und das nicht nur Monate und Jahre, sondern das ganze Leben lang vorhält?«

»Nein, ein solches Gefühl gibt es nicht. Angenommen selbst, ein Mann würde eine bestimmte Frau allen anderen Frauen für das ganze Leben vorziehen, so würde doch die Frau aller Wahrscheinlichkeit nach einen andern vorziehen. So war es, und so ist es immer in der Welt«, sagte er, zog eine Zigarette aus seinem Etui und zündete sie an.

»Aber das Gefühl kann doch auch gegenseitig sein«, sagte der Advokat.

»Nein, das ist unmöglich«, versetzte der Grauhaarige, »wie es unmöglich ist, daß auf einer Fuhre voll Erbsen zwei vorher markierte Erbsen nebeneinander zu liegen kommen. Es handelt sich übrigens hier nicht bloß um eine Frage der Wahrscheinlichkeit, sondern es tritt eben Übersättigung ein. Sein Leben lang einen einzigen Mann oder eine einzige Frau lieben – das wäre etwa dasselbe, wie behaupten wollen, daß eine Kerze das ganze Leben lang brennen werde«, sagte er und zog gierig an seiner Zigarette.

»Aber Sie sprechen immer nur von der sinnlichen Liebe. Geben Sie nicht zu, daß es daneben eine Liebe gibt, die auf der

Übereinstimmung der Ideale, auf geistiger Verwandtschaft beruht?« sagte die Dame.

»Geistige Verwandtschaft! Übereinstimmung der Ideale!« wiederholte er und ließ seinen Laut hören. »Aber dann brauchen sie doch nicht miteinander zu schlafen – verzeihen Sie, daß ich so geradezu rede! Um der Übereinstimmung der Ideale willen legen sich also die Menschen zusammen schlafen!« sagte er und lachte nervös auf.

»Aber gestatten Sie«, sagte der Advokat, »die Tatsachen widersprechen dem, was Sie sagen. Wir sehen, daß die Ehen existieren, daß die Menschheit, oder doch ihre Mehrheit, im Ehestande lebt und daß viele Paare ein langjähriges, ehrbares Eheleben führen.«

Der grauhaarige Herr lachte wieder auf.

»Sie sagen, die Ehen seien auf Liebe begründet; wenn ich jedoch einen Zweifel daran ausspreche, daß es eine andere Liebe außer der sinnlichen gibt, dann wollen Sie mir die Existenz dieser anderen Liebe damit beweisen, daß die Ehen existieren. Die Ehen aber sind doch in unserer Zeit geradezu ein Betrug!«

»Durchaus nicht – erlauben Sie, bitte!« sagte der Advokat, »ich sage nur, daß die Ehen existiert haben und noch existieren.«

»Gewiß existieren sie! Aber wo und wie existieren sie? Sie existierten und existieren bei den Leuten, die in der Ehe etwas Geheimnisvolles sehen, ein Sakrament, das vor Gott verpflichtet. Bei diesen Leuten existiert eine Ehe, bei uns jedoch nicht. Bei uns heiraten die Leute, ohne in der Ehe etwas anderes zu sehen als eine Paarung, und das Ende vom Liede ist dann Betrug oder Gewalttat. Der Betrug wird noch einigermaßen leicht ertragen. Mann und Frau lügen den Leuten vor, daß sie in der Einehe leben, in Wirklichkeit jedoch leben sie in Vielweiberei und Vielmännerei; das ist widerwärtig, aber es geht noch an; wenn aber, wie es zumeist der Fall ist, Mann und Frau die äußerliche Verpflichtung übernommen haben, ihr ganzes Leben lang gemeinsam zu leben, und schon vom zweiten Monat an einander hassen und den Wunsch hegen, sich zu trennen, und dennoch zusammen weiterleben, dann entsteht jene fürchterliche Hölle, in welcher Trunksucht, Revolver und Gift, Mord und Selbstmord ihre verhängnisvolle Rolle spielen.« Er hatte das alles ganz rasch gesagt, ließ niemand zu Worte kommen und war mehr und mehr in Hitze geraten. Eine peinliche Stimmung herrschte unter uns.

»Gewiß, ohne Zweifel gibt es kritische Episoden im Eheleben«, sagte der Advokat, der dem anstößigen, hitzigen Tone des Gespräches ein Ende machen wollte.

»Sie haben mich erkannt, wie ich sehe?« sagte der grauhaarige Herr leise und scheinbar ruhig.

»Nein, ich habe nicht das Vergnügen, Sie zu kennen.«

»Das Vergnügen wäre nicht allzu groß. Ich bin Posdnyschew, der Mann, dem jene kritische Episode passiert ist, auf die Sie angespielt haben – der Mann, der seine Frau getötet hat«, sagte er und ließ seinen Blick rasch über uns alle hingleiten.

Niemand faßte sich schnell genug, um ihm etwas zu erwidern, und alles schwieg.

»Nun, gleichviel«, sagte er und stieß wieder seinen Laut aus. »Verzeihen Sie übrigens ... äh! Ich will nicht weiter stören.«

»O nicht doch, bitte recht sehr«, sagte der Advokat, ohne selbst zu wissen, um was er eigentlich »bitten« sollte. Posdnyschew hörte jedoch nicht auf ihn, wandte sich rasch um und ging auf seinen Platz. Der Advokat flüsterte mit der Dame. Ich saß jetzt neben Posdnyschew und wußte nicht, was ich sagen sollte. Zum Lesen war es zu dunkel, und so schloß ich die Augen und stellte mich, als wollte ich einschlafen. Schweigend fuhren wir bis zur nächsten Station.

Auf dieser Station stiegen der Advokat und die Dame in einen anderen Wagen, sie hatten das schon vorher mit dem Schaffner verabredet. Der Handlungsgehilfe hatte sich auf der Sitzbank ausgestreckt und war eingeschlafen. Posdnyschew rauchte und trank seinen Tee, den er sich schon auf der vorhergehenden Station bereitet hatte.

Als ich die Augen öffnete und ihn ansah, wandte er sich plötzlich in erregtem, heftigem Ton an mich: »Es ist Ihnen vielleicht unangenehm, neben mir zu sitzen, nachdem Sie wissen, wer ich bin? Dann will ich hinausgehen.«

»O nein, ich bitte Sie!«

»Nun, dann erlaube ich mir, Ihnen ein Glas Tee anzubieten. Er ist aber sehr stark.«

Er schenkte mir ein Glas Tee ein.

»Da machen sie nun schöne Worte ... Und alles ist Lüge ...«, sagte er.

»Wovon reden Sie?« fragte ich.

»Immer noch von derselben Sache: von der sogenannten Liebe und was so drum und dran ist. Sie wollen vielleicht schlafen?«

»Nein, ich bin nicht müde.«

»Dann will ich Ihnen, wenn Sie gestatten, erzählen, wie ich durch eben diese Liebe zu alledem gekommen bin, was ich erlebt habe.«

»Ja, wenn es Ihnen nicht schwerfällt.«

»Nein, eher fällt mir das Schweigen schwer. Trinken Sie, bitte – oder ist Ihnen der Tee zu stark?«

Der Tee war in der Tat so dunkel wie Bier, doch ich trank mein Glas aus. In diesem Augenblick ging der Schaffner durch das Coupé. Posdnyschew folgte ihm mit finsterem Blick und begann erst, als er fort war.

3

»Nun, so will ich Ihnen also erzählen ... Es ist Ihnen doch recht?«

Ich versicherte nochmals, daß es mir sehr recht sei. Er schwieg eine Weile, fuhr sich mit den Händen über das Gesicht und begann:

»Wenn ich schon davon erzähle, so muß ich alles von Anfang an erzählen: ich muß erzählen, wie und weshalb ich heiratete, und wes Geistes Kind ich vor meiner Heirat gewesen bin.

Ich lebte vor meiner Heirat so, wie alle – das heißt alle, die zu unserem Gesellschaftskreise gehören – zu leben pflegen. Ich bin Gutsbesitzer, bin Kandidat der Universität und war Adelsmarschall. Ich lebte bis zu meiner Heirat, wie alle leben: Ich gab mich Ausschweifungen hin und war überzeugt, daß ich ein ganz normales Leben führte. Ich hielt mich für einen lieben Jungen und einen durchaus moralischen Menschen. Ich war kein Verführer, hatte keine unnatürlichen Neigungen und machte den Sinnengenuß nicht zum Hauptziel meines Lebens, wie das so viele meiner Altersgenossen taten, sondern gab mich der Ausschweifung mit Maß, auf anständige Art, um der Gesundheit willen hin. Ich ging solchen Frauen aus dem Wege, die mich durch die Geburt eines Kindes oder durch allzu große Anhänglichkeit an ihre Person hätten fesseln können.

Übrigens, vielleicht waren auch Kinder da, und vielleicht war auch gelegentlich eine größere Anhänglichkeit vorhanden, doch ich stellte mich so, als ob nichts davon da wäre. Und das hielt ich nicht nur für moralisch, sondern ich bildete mir sogar etwas darauf ein . . .«

Er hielt inne und gab seinen eigentümlichen Laut von sich, wie er immer tat, wenn ihm offenbar ein neuer Gedanke durch den Kopf ging.

»Darin liegt ja gerade die Hauptgemeinheit«, schrie er auf. »Die Ausschweifung beruht nicht auf irgend etwas Physischem – physische Unanständigkeit ist bei weitem noch keine Ausschweifung; die Ausschweifung, die eigentliche, wahre Ausschweifung besteht gerade darin, daß der Mann sich von jeglicher moralischen Beziehung zu der Frau, mit der er in physischen Verkehr tritt, für frei hält. Und eben diese Selbstbefreiung rechnete ich mir sogar zum Verdienst an. Ich erinnere mich, welche Qual es mir bereitete, als ich einstmals einer Frau, die sich mir wahrscheinlich aus Liebe hingegeben hatte, kein Geld hatte geben können, und wie ich mich erst beruhigte, als ich ihr eine gewisse Summe übersandt und damit zu verstehen gegeben hatte, daß ich mich nunmehr ihr gegenüber in keiner Weise für moralisch gebunden erachtete . . . Nicken Sie nicht mit dem Kopf, als wenn Sie mir beistimmten!« schrie er mich plötzlich an. »Ich kenne diese Mätzchen. Wir alle, und auch Sie, wenn Sie nicht eine seltene Ausnahme bilden, haben bestenfalls dieselben Ansichten, die auch ich damals hatte. Nun, gleichviel, nehmen Sie es mir nicht übel«, fuhr er fort, »aber die Sache ist eben die, daß das alles so entsetzlich, entsetzlich, entsetzlich ist!«

»Was ist so entsetzlich?« fragte ich.

»Dieser Abgrund der Verirrung, in unserer Stellung zu den Frauen und unseren Beziehungen zu ihnen, in dem wir leben! Nein, ich vermag davon nicht ruhig zu sprechen – nicht darum, weil sich diese ›Episode‹, wie jener Herr sich ausdrückte, mit mir ereignet hat, sondern weil mir seit der bewußten Episode die Augen aufgegangen sind und ich alles in einem völlig neuen Licht sehe. Alles ist umgekehrt, alles vollkommen umgekehrt!«

Er zündete sich eine Zigarette an, stützte die Ellbogen auf die Knie und begann aufs neue.

In der Dunkelheit konnte ich sein Gesicht nicht sehen, sondern hörte nur durch das Rütteln des Wagens seine eindringliche, wohlklingende Stimme.

4

»Ja, nur dank der Leiden, die ich erduldete, nur durch sie habe ich die Wurzel alles Übels erkannt und begriffen, wie alles sein sollte, und darum die ganze Entsetzlichkeit des Bestehenden durchschaut.

Wollen Sie nun gefälligst aufmerken, wie und wann das seinen Anfang nahm, was schließlich zu meiner Episode führte. Es begann zu einer Zeit, da ich noch nicht volle sechzehn Jahre zählte. Ich war damals noch auf dem Gymnasium, und mein älterer Bruder stand als Student im ersten Semester. Ich kannte die Frauen noch nicht, doch war ich, wie alle die unglücklichen Kinder unserer Gesellschaftskreise, kein unschuldiger Knabe mehr, seit mehr als einem Jahre war ich bereits durch andere Knaben verdorben; schon machte mir die Frau zu schaffen, nicht eine bestimmte Frau, sondern die Frau als ein süßes Etwas, die Frau schlechthin, jede Frau, die Nacktheit der Frau war es, die mich bereits peinigte. In den Stunden der Einsamkeit vermochte ich nicht, meine Reinheit zu wahren. Ich litt und quälte mich, wie neunundneunzig vom Hundert unserer Knaben sich quälen. Entsetzen ergriff mich, ich duldete, ich betete – und kam immer wieder zu Falle. Ich war bereits verdorben in Gedanken und in Wirklichkeit, den letzten Schritt jedoch hatte ich noch nicht getan. Ich ging allein dem Untergange entgegen, hatte jedoch noch nicht Hand angelegt an ein anderes menschliches Wesen. Doch ein Kamerad meines Bruders, gleichfalls Student, ein lustiger Bursche, ein sogenannter guter Kerl, also ein richtiger Taugenichts, der uns auch das Trinken und Kartenspielen beibrachte, überredete uns nach einer Kneiperei, ›dahin‹ zu fahren. Und so fuhren wir denn dahin. Mein Bruder, der gleichfalls noch unschuldig war, kam in jener Nacht zu Falle. Und ich, der sechzehnjährige, unreife Bursche, besudelte mich selbst und half ein Weib besudeln, ohne auch nur im geringsten zu begreifen, was ich tat. Hatte mir doch niemand von den Älteren je gesagt, daß das, was ich tat, etwas Böses sei. Auch heute wird man eine solche Warnung nie zu hören bekommen. In den ›zehn Geboten‹ ist davon allerdings die Rede, gewiß, aber die ›zehn Gebote‹ sind doch schließlich nur dazu da, daß man dem Religionslehrer bei der Prüfung eine Antwort gibt, auch sind diese Gebote lange nicht so wichtig wie das Gebot über den richtigen Gebrauch des ›ut‹ in Bedingungssätzen.

So hatte ich von all den älteren Leuten, auf deren Meinung ich Wert legte, nie davon gehört, daß es sich dabei um etwas Böses handle. Im Gegenteil hatte ich von diesen Leuten, die ich hochschätzte, immer nur gehört, die Sache sei durchaus gut und löblich. Ich hatte gehört, daß meine Kämpfe und Leiden danach zum Stillstand kommen würden, hatte es gehört und gelesen; von älteren Leuten hatte ich gehört, daß diese Sache der Gesundheit dienlich sei, und die Kameraden meinten, es läge darin etwas Verdienstliches, ein gewisser Schneid. Man sah also darin nur lauter Gutes. Die Gefahr einer Erkrankung? Auch dafür ist Vorsorge getroffen. Die Polizeibehörde trifft ihre umsichtigen Maßnahmen. Sie überwacht und regelt das Leben der Freudenhäuser und schützt die Ausschweifungen der Gymnasiasten. Besoldete Ärzte tragen Sorge dafür. Somit ist alles aufs beste bestellt. Sie behaupten, die Ausschweifung sei der Gesundheit zuträglich, und sie achten darauf, daß die Ausschweifung ihren wohlgeregelten, geordneten Gang nehme. Ich kenne Mütter, die in dieser Hinsicht sich selbst um die Gesundheit ihrer Söhne bekümmern. Und auch die Wissenschaft schickt ja die jungen Leute in die Freudenhäuser.«

»Die Wissenschaft? Wieso?« fragte ich.

»Nun, was sind denn die Ärzte anderes als Priester der Wissenschaft! Wer verdirbt denn die jungen Leute durch die Behauptung, daß dies für die Gesundheit notwendig sei – wer denn anders als sie? Und dann kurieren sie mit dem ernstesten Gesichte von der Welt – die Syphilis!«

»Warum soll man denn die Syphilis nicht heilen?«

»Weil, wenn auch nur der hundertste Teil der Anstrengungen, welche auf die Heilung der Syphilis verwandt werden, der Bekämpfung des Lasters gewidmet würde, die Syphilis längst ausgerottet wäre. So aber werden diese Anstrengungen nicht zur Bekämpfung der Ausschweifung, sondern zu ihrer Förderung, zur Sicherung ihrer Gefahrlosigkeit verwandt. Doch nicht das ist der Kernpunkt der Sache. Der Kernpunkt ist vielmehr, daß ich, gleich neun Zehnteln – oder noch mehr – der jungen Leute unserer Kreise, ja überhaupt aller, auch der bäuerlichen Kreise, das Unglück hatte, nicht dem natürlichen Zauber der Reize einer bestimmten Frau zu erliegen. Nein, nicht *eine* Frau hat mich verführt, sondern ich erlebte diesen sittlichen Fall darum, weil die Angehörigen des mich umgebenden Gesellschaftskreises in meinem sittlichen Fall teils eine normale, gesundheitsfördernde Funktion, teils einen völlig natürlichen, nicht nur verzeihlichen, sondern sogar unschuldigen Zeitvertreib eines jungen Mannes sahen. Ich begriff gar nicht, daß hier von einem sittlichen Fall die Rede sein könne; ich begann, mich diesen Dingen einfach hinzugeben, die einerseits als Vergnügen, andererseits als Bedürfnis gelten und, wie man mir eingeprägt hatte, einem bestimmten Alter eigentümlich seien, begann mich dieser Ausschweifung hinzugeben, wie ich seinerzeit mit dem Trinken und Rauchen begonnen hatte. Und doch lag in diesem ersten sittlichen Fall etwas Besonderes und tief Bewegendes.

Ich erinnere mich, daß mir gleich dort, an Ort und Stelle, bevor ich noch das Zimmer verlassen hatte, ganz traurig zumute wurde, so traurig, daß ich nahe daran war zu weinen. Zu weinen um meine verlorene Unschuld, um das für immer zerstörte Verhältnis zum Weibe. Ja, das natürliche, einfache Verhältnis zum Weibe war für mich auf immer verloren; ein reines Verhältnis zum Weibe gab es seither für mich nicht mehr und konnte es nicht mehr geben. Ich war das geworden, was man einen Wüstling nennt. Und ein Wüstling zu sein ist ein ähnlicher physischer Zustand wie der Zustand des Morphinisten, des Trinkers, des Rauchers. Wie der Morphinist, der Trinker, der Raucher kein normaler Mensch mehr ist, so ist der Mann, der mehrere Frauen zu seinem Genusse kennengelernt hat, kein normaler Mensch mehr, sondern ein für immer verdorbener ›Wüstling‹. Wie man den Trinker und den Morphinisten sogleich am Gesichte und am ganzen Gebaren erkennt, so ist auch der Wüstling sogleich als solcher zu erkennen. Der Wüstling mag sich bemühen, enthaltsam zu sein und seinen Hang zu bekämpfen – eine einfache, klare, reine Beziehung zum Weibe, wie die Beziehung des Bruders zur Schwester, wird es für ihn niemals mehr geben. An der Art, wie er aufblickt und ein junges Weib ansieht, ist der Wüstling zu erkennen. So war ich also ein Wüstling geworden und blieb ein solcher, und das eben war es, was mich zugrunde gerichtet hat.«

5

»Ja, so ist es; dann ging es weiter und weiter, ich hatte alle möglichen Verhältnisse. Mein Gott, wenn ich so an all die Gemeinheiten zurückdenke, die ich in dieser Hinsicht begangen habe, dann erfaßt mich ein wahrer Schrecken. Und dabei lachten mich die Kameraden noch aus wegen meiner sogenannten Unschuld. Was bekam man erst zu hören, wenn von der goldenen Jugend, den Offizieren, den Gecken nach Pariser Art die Rede war! Und wie kamen sich alle diese Herren, darunter auch ich, diese dreißigjährigen Lebemänner, die wohl Hunderte aller möglichen abscheulichen Verbrechen gegen die Frauen auf dem Gewissen hatten, wie kamen sie sich vor, wenn sie sauber gewaschen, glatt rasiert und parfümiert, in schimmernder Wäsche, im Frack oder in Uniform in den Empfangssalon oder den Ballsaal traten – ein wahres Sinnbild der Reinheit, zum Entzücken!

Bedenken Sie doch einmal, wie es eigentlich sein müßte, und wie es in Wirklichkeit ist! Es müßte so sein: wenn in einer Gesellschaft ein solcher Herr sich meiner Schwester oder Tochter nähert, so müßte ich, der ich sein Leben kenne, zu ihm hintreten, ihn auf die Seite nehmen und ihm leise ins Ohr flüstern: ›Mein Lieber, ich weiß, was für ein Leben du geführt hast, wie und mit wem du deine Nächte verbringst. Du gehörst nicht hierher. Hier sind reine, unschuldige Mädchen. Entferne dich!‹ So müßte es sein; in Wirklichkeit aber ist es so, daß, wenn ein solcher Herr auf der Bildfläche erscheint und mit meiner Schwester oder Tochter tanzt und sie an sich preßt, wir förmlich jubeln, wofern er nur reich ist und gute Verbindungen hat. Wer weiß, vielleicht macht er, nach dieser oder jener berühmten Kurtisane, auch meine Tochter glücklich! Und wenn selbst Spuren einer Erkrankung an ihm verblieben sind – was tut es? Heutzutage bringt die Medizin so etwas ganz leicht weg. Ja, ich kenne sogar ein paar Mädchen aus den höheren Kreisen, die von ihren Eltern bereitwilligst an Männer verheiratet wurden, denen eine gewisse Krankheit tief im Leibe saß. Oh, oh ... welche Gemeinheit!

Doch es kommt die Zeit, da auch diese Gemeinheit und Lüge entlarvt werden wird!«

Er ließ mehrmals seinen sonderbaren Laut hören und machte sich an seinen Tee. Der Tee war sehr stark – es war kein Wasser da, um ihn zu verdünnen. Ich spürte es, wie sehr mich die zwei Gläser erregten, die ich getrunken hatte. Auch auf ihn muß der Tee wohl eingewirkt haben, denn er wurde immer erregter. Seine Stimme nahm immer mehr einen markanten, singenden Ausdruck an. Jeden Augenblick wechselte er seine Haltung, nahm seine Mütze ab, setzte sie wieder auf, und sein Gesicht veränderte sich ganz seltsam in dem Halbdunkel, in dem wir saßen.

»So also lebte ich bis zu meinem dreißigsten Jahr«, fuhr er fort, »und nicht einen Augenblick gab ich die Absicht auf, zu heiraten und ein höchst ideales, reines Familienleben zu begründen, und in dieser Absicht sah ich mich eifrig unter den jungen Mädchen um, die für mich in Betracht kommen konnten. Ich besudelte mich selbst mit dem Schmutz der Ausschweifung und schaute gleichzeitig nach jungen Mädchen aus, die im Punkte Keuschheit meiner würdig wären! Viele schied ich eben darum aus dem Wettbewerb aus, weil sie mir nicht rein genug erschienen; endlich aber fand ich eine, die ich für würdig genug erachtete, meine Gattin zu werden. Es war eine der beiden Töchter eines Gutsbesitzers aus dem Gouvernement Pensa, der einstmals sehr reich gewesen war, jedoch sein Vermögen verloren hatte.

Eines Abends, nachdem wir zusammen eine Kahnfahrt gemacht hatten und beim Mondschein heimgekehrt waren, saß ich neben ihr und war ganz entzückt von ihrem schlanken, in eine knappe englische Robe gepreßten Figürchen und ihren Locken, und plötzlich kam ich zu dem Entschluß: Sie und keine andere ist es! Es schien mir an jenem Abend, daß sie alles, alles verstehe, was ich fühlte und dachte. In Wirklichkeit lag nichts weiter vor, als daß die englische Robe und die Locken ihr ausnehmend gut zu Gesichte standen und daß, nachdem ich den Tag in ihrer traulichen Nähe verbracht hatte, ich den Wunsch nach einer noch intimeren Traulichkeit hegte.

Merkwürdig, wie leicht die Menschen der Illusion verfallen, daß Schönheit zugleich auch Güte sei! Eine schöne Frau kann ruhig Dummheiten schwatzen – man hört ihr zu und hört nicht die Dummheiten heraus, sondern nur lauter kluge Sachen. Sie redet und tut häßliche Dinge – und man findet alles nett. Redet sie nun gar weder dumme noch häßliche Dinge und ist sie wirklich schön: gleich bildet man sich ein, sie sei ein Wunder an Verstand und Tugend.

Ich war in einem Wonnerausch heimgekehrt, vollkommen überzeugt, daß sie der Gipfel sittlicher Vollkommenheit und daher würdig sei, meine Gattin zu werden, und so trug ich ihr denn am nächsten Tag meine Hand an.

Was für eine Begriffsverwirrung! Unter tausend Männern, die heiraten, gibt es – nicht nur in unseren Kreisen, sondern leider auch in den breiten Volksschichten – kaum einen einzigen, der nicht vorher schon zehn-, ja, wie Don Juan, hundert- und tausendmal verheiratet gewesen wäre.

Es gibt allerdings heutigen Tages, wie man mir sagt und wie ich selbst beobachtet habe, sittenreine junge Leute, die da fühlen und wissen, daß dies kein Scherz ist, sondern eine sehr, sehr ernste Sache. Gott segne sie! Zu meiner Zeit gab es nicht *einen* einzigen auf zehntausend. Und alle wissen das und stellen sich so, als ob sie es nicht wüßten. In allen Romanen sind die Gefühle der Helden, die Teiche und Gebüsche, an denen sie entlang wandeln, bis ins kleinste geschildert; doch wenn die große Liebe solch eines Helden zu irgendeinem Mädchen beschrieben wird, verschweigt man wohlweislich, was mit ihm, diesem interessanten Helden, früher vorgefallen ist; kein Wort verlautet von seinen Besuchen in den Freudenhäusern, von seinen Abenteuern mit Stubenmädchen, Köchinnen und fremden Frauen. Wenn aber solche ›unanständigen‹ Romane dennoch existieren, so gibt man sie gerade denen nicht in die Hand, die sie vor allem lesen sollten, nämlich – den jungen Mädchen.

Den jungen Mädchen wird zunächst einmal vorgeheuchelt, daß die Unsittlichkeit, die die Hälfte des Lebens in unseren Städten und selbst in unseren Dörfern ausfüllt, überhaupt gar nicht existiere. Dann gewöhnt man sie so sehr an diese Heucheleien, daß sie schließlich, wie die Engländer, allen Ernstes zu glauben beginnen, wir seien alle sehr moralische Menschen und lebten in einer sehr moralischen Welt. Die armen Menschen glauben das wirklich steif und fest. Auch meine unglückliche Frau glaubte es. Ich erinnere mich, wie ich ihr einmal als Verlobter mein Tagebuch zeigte, aus dem sie wenigstens einiges aus meiner Vergangenheit erfahren konnte, namentlich über mein letztes Verhältnis, über das sie leicht auch von anderer Seite unterrichtet werden konnte, so daß ich es vorzog, sie selbst darüber einiges wissen zu lassen. Ich erinnere mich ihres Entsetzens, ihrer Verzweiflung, ihrer Verwirrung, als sie alles erfahren und begriffen hatte. Ich sah, daß sie damals mit mir brechen wollte. Ach, warum hat sie es nicht getan? . . .«

Er ließ wieder seinen Laut hören, schlürfte noch einen Schluck Tee und schwieg eine Weile.

6

»Doch nein, es ist besser so, wirklich besser!« rief er dann laut aus. »Es ist mir ganz recht geschehen. Aber nicht davon soll die Rede sein. Ich wollte sagen, daß die Betrogenen hier doch eigentlich nur die unglücklichen Mädchen sind.

Die Mütter wissen das recht gut, namentlich jene Mütter, die von ihren Männern erzogen worden sind. Und während sie sich so stellen, als glaubten sie an die Reinheit der Männer, handeln sie in der Praxis ganz anders. Sie wissen, mit welchem Köder sie für sich und ihre Töchter die Männer fangen sollen.

Nur wir Männer allein wissen es nicht – und zwar wissen wir es darum nicht, weil wir es nicht wissen wollen, während die Frauen es sehr wohl wissen, daß die sogenannte ideale Liebe nicht von moralischen Vorzügen abhängt, sondern von der physischen Vertraulichkeit und von solchen Dingen wie der Frisur, der Farbe und dem Schnitt des Kleides. Fragen Sie eine erfahrene Kokette, die es sich vorgenommen hat, einen Mann zu bezaubern, was sie eher riskieren würde: in seiner Gegenwart der Lüge, der Grausamkeit, ja selbst der Unsittlichkeit überführt zu werden, oder in einem schlecht gearbeiteten, geschmacklosen Kleid vor ihm zu erscheinen. Jede einzelne wird sich für das erste entscheiden. Sie weiß, daß die erhabenen Gefühle, die unsereins zur Schau trägt, durch und durch erlogen sind, daß es dem Manne nur auf den Körper ankommt, daß er alle Laster verzeiht, nicht aber ein häßliches, schlecht gearbeitetes, geschmackloses Kleid.

Die Kokette ist sich dessen klar bewußt, dem unschuldigen Mädchen aber sagt es, wie den Tieren, eine aus dem Unbewußten kommende Empfindung.

Daher diese englischen Roben, diese abscheulichen Tournüren, diese nackten Schultern, Arme und womöglich auch Brüste. Die Frauen, namentlich jene, die durch die Schule der Männer gegangen sind, wissen sehr wohl, daß die Gespräche über ideale Dinge eben nur Gespräche sind und daß der Mann nur nach dem Körper verlangt und nach all dem, was diesen anziehend und verlockend erscheinen läßt. Und danach richten sich dann auch die Frauen.

Streifen wir nur einmal die Gewöhnung an diese Zuchtlosigkeit ab, die uns zur zweiten Natur geworden ist, und betrachten wir das Leben unserer höheren Klassen, wie es in seiner ganzen Schamlosigkeit sich darstellt, dann haben wir tatsächlich nichts weiter als ein einziges Freudenhaus vor uns ... Sie wollen das bestreiten? Gestatten Sie, ich will es Ihnen beweisen«, versetzte er, mich unterbrechend. »Sie sagen, die Frauen unserer Gesellschaft hätten andere Interessen als die Frauen in den Freudenhäusern, und ich sage Ihnen: das ist nicht der Fall, und ich werde Ihnen das beweisen. Wenn zwei Menschen sich in ihren Lebenszielen und ihrem Lebensinhalt unterscheiden, so wird dieser Unterschied unbedingt auch in ihrem Äußeren zutage treten, dieses Äußere wird ein bei beiden verschiedenes sein. Werfen Sie nur einen Blick auf jene Unglücklichen, Geächteten, und auf die vornehmen Damen unserer höchsten Gesellschaft: dieselben Garderoben, derselbe Schnitt, dieselben Parfüms, dieselben nackten Arme, Schultern und Brüste und dieselben knappen, prallen Tournüren; die gleiche Schwäche für Edelsteine, für kostspielige, blitzende Gegenstände, die gleiche Vorliebe für Vergnügungen und Tanz, für Musik und Gesang. Gleichwie jene die Männer durch alle möglichen Mittel anzulocken suchen, so auch diese. Nur daß die Prostituierten ›für kurze Frist‹ in der Regel mit Verachtung behandelt werden, während die Prostituierten ›für lange Frist‹ volle Hochachtung genießen.«

7

»Ja, so wurden also diese englischen Taillen, diese Locken und Tournüren für mich sozusagen zu Fallen. Mich zu fangen war übrigens leicht, weil ich unter ähnlichen Bedingungen wie die meisten jungen Leute aufgewachsen war, bei denen die verliebten Gefühle wie Gurken im Treibhause aufschießen. Unsere aufreizende, überreichliche Kost bei völliger Enthaltung von körperlicher Arbeit ist ja schließlich nichts anderes als eine systematische Aufreizung unserer Sinnlichkeit. Sie mögen das mit Staunen hören oder nicht, jedenfalls ist es der Fall. Auch ich hatte für alles das bis in die letzte Zeit keinen Blick. Jetzt aber bin ich sehend geworden. Darum peinigt es mich auch so, daß niemand die Sache klar übersieht und daß die Menschen so törichtes Zeug darüber reden wie vorhin diese Dame hier.

Ja ... in meiner Nachbarschaft arbeiteten im Frühjahr die Bauern an der Aufschüttung des Eisenbahndammes. Die gewöhnliche Nahrung des Bauernburschen besteht aus Brot, Kwaß und Zwiebeln; er bleibt dabei lebhaft, kräftig und gesund und ist imstande, tüchtige Feldarbeit zu verrichten. Arbeitet er an der Eisenbahn, so besteht seine Kost aus Grütze und einem Pfund Fleisch täglich. Dieses Fleischquantum jedoch setzt er in sechzehnstündiger Arbeitszeit, hinter einem Karren von dreißig Pud, in Kraft um. Und er befindet sich wohl dabei. Wir aber verzehren täglich zwei Pfund Rindfleisch, dazu Wild und Fische und allerhand erhitzende Speisen und Getränke – wie soll der Körper das alles verarbeiten? Er setzt es in sinnliche Exzesse um. Wird das Sicherheitsventil nach dieser Richtung geöffnet und funktioniert es richtig, so ist alles in Ordnung; stellt man das Ventil jedoch außer Betrieb, wie ich es zuzeiten getan habe, so tritt alsbald eine innere Umstellung und damit ein Zustand ein, der, durch das Prisma unseres unnatürlichen Lebens hindurchgehend, als Verliebtheit vom reinsten Wasser und selbst als platonische Liebe in Erscheinung tritt. Und so verliebte auch ich mich, wie sich alle verlieben. Alles war da: das Entzücken, die Rührung, die Poesie. In Wirklichkeit jedoch war diese meine Liebe einerseits ein Produkt der Tätigkeit der Mama und der

Schneiderinnen, andererseits ein Ergebnis der von mir verschlungenen überschüssigen Nahrung bei untätiger Lebensweise. Wären nicht die Kahnfahrten, die Taillen der Schneiderinnen usw. gewesen, hätte die junge Dame ein Hauskleid von schlechtem Schnitt getragen, hätte ich, wie jeder Mensch in normalen Lebensverhältnissen, so viel Nahrung zu mir genommen, als ich zur Verrichtung meines täglichen Arbeitspensums bedurfte, und wäre das Sicherheitsventil bei mir geöffnet gewesen, statt daß ich es um jene Zeit gerade aus irgendeinem Grunde abgestellt hatte, dann hätte ich mich nicht verliebt, und es wäre nichts geschehen.«

8

»So aber klappte alles ausgezeichnet: meine Stimmung, und das schicke Kleid, und die Kahnfahrt – alles war nach Wunsch ausgefallen. Zwanzigmal war der Versuch mißlungen, diesmal jedoch gelang er ganz glatt. Ich saß drin wie in einem Fuchseisen. Ich scherze nicht. Die Ehen werden ja jetzt genauso angelegt wie die Fuchseisen. Nichts natürlicher auch: Das Mädchen ist herangereift, also muß es einen Mann haben. Die Sache erscheint sehr einfach, wenn das Mädchen keine Mißgeburt ist und es an heiratslustigen Männern nicht fehlt. Früher, in der alten Zeit, erledigten die Eltern die ganze Angelegenheit: War das Mädchen herangewachsen, so suchten sie ihm einen Mann. So war und so ist es bei der ganzen Menschheit Brauch: bei den Chinesen, den Indern, den Mohammedanern, bei uns im Volke – beim gesamten Menschengeschlecht, mindestens bei neunundneunzig Hundertsteln ist das der Fall. Nur das eine Hundertstel oder noch weniger von uns Wüstlingen hat gefunden, daß das nicht das Richtige sei, und hat sich etwas Neues ausgedacht. Und worin besteht nun dieses Neue? Es besteht darin, daß die Mädchen dasitzen und die Männer wie auf dem Markte auf und ab gehen und wählen. Die Mädchen aber warten und denken, ohne daß sie es auszusprechen wagen: ›Ach, mein Lieber, nimm mich!‹ – ›Nein, nein – mich!‹ – ›Nicht jene dort, sondern mich:

sieh doch, was für Schultern ich habe, und was sonst noch alles!‹ – Und wir Männer gehen auf und ab und mustern sie und sind höchst zufrieden. ›Wir wissen Bescheid‹, sagen die Herren der Schöpfung, ›wir fallen nicht so leicht herein!‹ Und wie sie so prüfend auf und ab schreiten und sich freuen, daß alles für sie so nett hergerichtet ist – schwapp, sitzt schon einer, der sich nicht genug vorgesehen hat, in dem Eisen fest.«

»Wie soll es denn nun aber gehalten werden?« sagte ich. »Soll vielleicht die Frau den Antrag machen?«

»Das weiß ich wirklich nicht; aber wenn schon Gleichheit herrschen soll, dann soll auch vollständige Gleichheit herrschen. Wenn man die alte Methode der Ehestiftung erniedrigend findet, so ist *diese* Methode noch tausendmal schlimmer. Dort sind die Rechte und Aussichten gleich, hier ist die Frau die Sklavin auf dem Markte oder die Lockspeise im Eisen. ›In die Gesellschaft‹ soll das Töchterchen eingeführt werden. Man sage der Frau Mama oder dem Fräulein selbst einmal die Wahrheit, daß es ihnen nur darum zu tun sei, einen Mann einzufangen: o Gott, wie beleidigt werden sie sein! Und dabei haben sie wirklich nichts anderes im Sinne und befassen sich mit nichts anderem. Und ganz besonders empörend ist, daß zuweilen ganz junge, unschuldige arme Mädelchen sich mit diesen Dingen befassen, und zwar nicht offen und ehrlich, sondern auf höchst listige Weise. ›Ach, die Entstehung der Arten, wie interessant!‹ – ›Ach, Lili interessiert sich so sehr für Malerei!‹ – ›Werden Sie die Ausstellung besuchen? Wie lehrreich!‹ – ›Und die Troikafahrten? ... und die Theatervorstellungen? ... und die Sinfoniekonzerte?‹ – ›Ach, wie wundervoll! Meine Lili ist ganz hin, wenn sie Musik hört. Wie kommt es, daß Sie keinen Geschmack daran finden? Sind Sie ein Freund von Kahnfahrten? ...‹ So geht es in einem fort – in Wirklichkeit aber haben sie nur den einen Gedanken: ›O greif doch zu! Nimm mich!‹ – ›Nimm meine Lili!‹ – ›Nein, mich! So versuch es doch wenigstens ...‹ O welche Gemeinheit, welche Verlogenheit!« schloß er, trank seinen letzten Schluck Tee aus und machte sich daran, die Tassen und das sonstige Geschirr wegzuräumen.

9

»Sie kennen doch«, begann er wieder, während er Tee und Zukker in die Reisetasche legte, »das Weiberregiment, unter dem die ganze Welt leidet? Alles das hat darin seinen Ursprung.«

»Weiberregiment? Was verstehen Sie darunter?« sagte ich. »Juristisch ist doch das Übergewicht samt allen Privilegien auf seiten der Männer!«

»Ja, ja, das eben ist es«, unterbrach er mich. »Das, was ich Ihnen sagen will, erklärt eben die auffallende Erscheinung, daß die Frau auf der einen Seite, wie mit Recht behauptet wird, bis zur tiefsten Stufe der Erniedrigung die Unterdrückte ist, auf der anderen Seite dagegen ist sie die Herrschende. Genauso wie das Volk der Juden. Wie diese durch die Geldherrschaft sich für ihre Bedrückung revanchieren, so auch die Frauen. ›Ah, ihr wollt, wir sollen uns nur mit dem Handel befassen? Gut, so wollen wir nur Händler sein und euch auf diese Weise unterjochen!‹ sagen die Juden. – ›Ah, ihr wollt, wir sollen nur ein Gegenstand der Sinnenlust sein? Gut, so wollen wir, als Gegenstand der Sinnenlust, euch zu unseren Sklaven machen!‹ sagen die Frauen. Nicht darin besteht die Rechtlosigkeit der Frau, daß sie nicht wählen und kein Richteramt bekleiden darf. Dies schmälert ihre rechtliche Stellung nicht. Wohl aber darf sie das Recht beanspruchen, im Geschlechtsverkehr dem Manne gleichgestellt zu sein, nach eigenem Wunsche mit ihm zu verkehren oder ihn zu meiden und nach eigenem Wunsche sich den Mann zu wählen, nicht aber vom Manne gewählt zu werden. Vielleicht meinen Sie, dies sei unsittlich. – Wohlan: dann soll auch der Mann dieses Recht nicht besitzen. Heute ist die Frau dieses Rechtes beraubt, das dem Manne zusteht. – Und um sich für die Entziehung dieses Rechtes schadlos zu halten, wirkt sie auf die Sinnlichkeit des Mannes ein und unterjocht ihn durch Sinnlichkeit in einer Weise, daß er nur formell der Wählende ist, in Wirklichkeit jedoch wählt *sie*. Hat sie sich einmal dieser Sinnlichkeitssphäre bemächtigt, so mißbraucht sie gar bald ihre Macht und gewinnt damit eine furchtbare Gewalt über Menschen.«

»Worin äußert sich denn diese außerordentliche Macht?« fragte ich.

»Worin diese Macht sich äußert? Überall, in allem. Besuchen Sie nur in der ersten besten Großstadt die Verkaufsläden. Millionenwerte stecken in ihnen; unschätzbar ist die Summe menschlicher Arbeitskraft, die auf die Herstellung der feilgehaltenen Waren verwandt ist. Sehen Sie einmal zu, ob in neun Zehnteln dieser Läden überhaupt etwas zum Gebrauch der Männer zu haben ist. Aller Luxus des Lebens ist ein Bedürfnis der Frauen und wird von ihnen gefördert.

Gehen Sie durch die Fabriken, durch eine wie die andere. Ein ganz beträchtlicher Teil von ihnen verfertigt überflüssigen Schmuck, Equipagen, Möbel, Nippsachen für die Frauen. Millionen Menschen, Generationen von Sklaven gehen in der Tretmühlenarbeit der Fabriken zugrunde, nur um den Launen der Frauen zu frönen. Wie absolute Kaiserinnen halten die Frauen neun Zehntel des Menschengeschlechts in Sklavenfron und schwerer Arbeit fest. Und alles nur darum, weil man sie unterdrückt und der Gleichberechtigung mit den Männern beraubt hat. Sie rächen sich nun dadurch, daß sie auf unsere Sinnlichkeit einzuwirken und uns in ihren Netzen zu fangen suchen. Ja, darum allein geschieht das alles. Die Frauen haben sich selbst in ein Werkzeug umgewandelt, mittels dessen sie auf die Sinnlichkeit des Mannes derart einwirken, daß er mit einer Frau nicht mehr ruhig und harmlos verkehren kann. Sowie der Mann sich der Frau nur nähert, verfällt er ihrem betäubenden Einfluß und verliert seinen klaren Verstand. Auch früher schon hatte ich ein peinliches, beängstigendes Gefühl, wenn ich eine aufgeputzte Dame im Ballkostüm sah, jetzt aber ist mir das geradezu entsetzlich, ich sehe förmlich eine Gefahr darin, die die Menschen bedroht, ja etwas Gesetzwidriges, und ich möchte den nächsten Polizisten anrufen, daß er mir Hilfe leiste gegen die Gefahr, möchte ihn auffordern, den gefährlichen Gegenstand fortzuschaffen und unschädlich zu machen.«

»Ja, Sie lachen darüber!« schrie er mich an – »die Sache ist jedoch keineswegs scherzhaft. Ich bin überzeugt, daß eine Zeit kommen wird – und vielleicht schon sehr bald –, wo die Menschen das begreifen und sich wundern werden, wie eine Gesellschaft bestehen konnte, in der solche die öffentliche Ruhe störenden Dinge erlaubt waren, wie es die heutzutage unsern Frauen gestatteten, auf den Sinnenreiz abzielenden Ausschmükkungen ihres Körpers zweifellos sind. Das ist ja genau dasselbe, als wenn man überall auf den Promenaden und an den Spazierwegen Fußangeln und sonstige Fallen aufstellen wollte – ja schlimmer als das! Warum ist das Hazardspiel verboten, das Auftreten von Frauen jedoch, die gleich den Prostituierten durch ihre Tracht auf die Erregung der Sinnlichkeit hinwirken, noch immer erlaubt? Sie sind tausendmal gefährlicher als alles Hazardspiel!«

10

»Nun denn, so wurde auch ich gefangen. Ich war das, was man so ›verliebt‹ nennt. Ich sah nicht nur den Gipfel der Vollkommenheit in ihr, ich hielt auch mich in dieser meiner Bräutigamszeit für einen höchst vollkommenen Menschen. Es gibt doch schließlich keinen Schurken, der, wenn er nur richtig suchte, nicht ein paar Schurken fände, die in der einen oder andern Hinsicht noch schlimmer wären als er, und der darum keine Ursache hätte, sich in die Brust zu werfen und mit sich zufrieden zu sein. So stand es auch um mich: ich heiratete nicht des Geldes wegen, Berechnung sprach also nicht mit, wie dies bei den meisten meiner Bekannten der Fall war, die entweder um des Geldes oder um guter Beziehungen willen geheiratet hatten. Ich war vermögend, und sie arm – das war schon ein Punkt, der zu meinen Gunsten sprach. Ein zweiter Punkt, auf den ich mir etwas einbildete, war, daß die andern bei ihrer Verheiratung von vornherein die Absicht hatten, in demselben Zustande der Vielweiberei weiterzuleben, in dem sie vor der Heirat gelebt hatten, während ich mir fest vornahm, nach meiner Verheiratung in der Einehe zu leben. Ja, gerade darauf war ich ungemein stolz. Ich war ein durch und durch verdorbener Bursche – und bildete mir ein, ein Engel zu sein!

Die Zeit, während ich den Bräutigam spielte, dauerte nicht lange. Nicht ohne Scham vermag ich heute an diese Verlobungszeit zurückzudenken. Wie abscheulich war das alles! Es sollte doch zwischen uns die geistige, nicht die sinnliche Liebe herrschen. Sollte es eine geistige Liebe, ein geistiger Verkehr sein, so mußte dieser geistige Verkehr sich in Worten, Gesprächen, in Unterhaltungen kundtun. Nichts von alledem jedoch gab es zwischen uns. Das Reden fiel uns zuweilen, wenn wir allein waren, furchtbar schwer. Was für eine Sisyphusarbeit war das manchmal! Kaum hatte man einen Gedanken gefunden und ausgesprochen, so hieß es schon wieder schweigen und einen neuen Gedanken suchen. Es gab einfach für uns keinen Gesprächsstoff. Alles, was über das uns bevorstehende Leben, über seine Einrichtung, über unsere Zukunftspläne gesagt werden konnte, war bereits gesagt – und was nun weiter? Wären wir Tiere gewesen, so hätten wir gewußt, daß zwischen uns gar kein Reden notwendig war, so aber sollten wir durchaus reden und wußten nicht, wovon, weil uns eben solche Dinge, die durch Reden und Gespräche zu erledigen waren, nicht beschäftigten. Dazu kam noch diese widerwärtige Gewohnheit des Mitbringens von Konfekt, der Überladung mit allerhand Süßigkeiten und alle die abscheulichen Vorbereitungen zur Hochzeit: nur von der Wohnung, dem Schlafzimmer, den Betten, von Haus- und Schlafröcken, Wäsche, Toilettenartikeln hörte man ringsum reden. Sie werden begreifen, daß, wenn sich die Heirat nach den Vorschriften des ›Domostroj‹ vollzöge, wie jener Alte sich ausdrückte, die Daunenkissen, die Mitgift, die Betten nur ein äußerliches Zubehör des Sakraments wären. Bei uns jedoch, wo unter zehn Männern, die heiraten, kaum einer ist, der an das Sakrament glaubt, oder auch nur glaubt, daß das, was er tut, eine gewisse Verpflichtung darstelle, wo von hundert Männern kaum einer ist, der nicht schon vorher verheiratet gewesen, und kaum einer von fünfzig, der nicht von vornherein bereit wäre, bei jeder Gelegenheit seiner Frau untreu zu werden, wo die meisten die Fahrt zur Kirche nur als eine besondere Bedingung betrachten, um in den Besitz einer bestimmten Frau zu gelangen – bedenken Sie, was für eine Bedeutung bei uns unter solchen Umständen alle diese Einzelheiten gewinnen. Es sieht aus, als laufe alles nur auf diesen einen Punkt, auf eine Art von Verkauf hinaus: einem Wüstling wird ein unschuldiges Mädchen verkauft, und der Verkauf vollzieht sich eben unter bestimmten Zeremonien und Formalitäten . . .!«

II

»So heiraten alle, so habe auch ich geheiratet, und es begann der vielgepriesene Honigmond. Schon diese Bezeichnung – wie widerwärtig!« sagte er zornig mit zischender Stimme. »Ich sah mir einmal in Paris verschiedene Schaustellungen an und ging auch in eine Bude, in der, wie draußen angekündigt war, eine bärtige Frau und ein Seehund zu sehen waren. Es stellte sich heraus, daß es sich um nichts weiter handelte, als um einen Mann in einem ausgeschnittenen Frauenkleid und um einen Hund, der in einem Walroßfell steckte und in einer mit Wasser gefüllten Wanne umherschwamm. Alles war höchst uninteressant; als ich jedoch hinausging, begleitete mich der Inhaber der Bude höflich und sagte, zum draußen wartenden Publikum gewandt, indem er auf mich wies: ›Fragen Sie diesen Herrn da, ob es sich lohnt, die Sache anzusehen! Immer herein, immer herein, nur einen Franc die Person!‹ Es war mir peinlich zu sagen, daß es sich nicht lohne hineinzugehen, und darauf hatte der Budenbesitzer wohl gerechnet. So geht es vermutlich auch denen, die die ganze Widerwärtigkeit des Honigmonds kennengelernt haben und die andern nicht enttäuschen wollen. Auch ich habe niemand enttäuscht, jetzt aber sehe ich nicht ein, weshalb ich nicht die Wahrheit sagen soll. Ja, ich bin sogar der Meinung, daß man unbedingt die Wahrheit darüber sagen müsse. Nun denn: Dieser Honigmond ist etwas Peinliches, Beschämendes, Widerliches, Klägliches und vor allem Langweiliges, ganz trostlos Langweiliges. Es war ein Gefühl, ähnlich jenem, das ich damals empfand, als ich mir das Rauchen angewöhnen wollte: ein Brechreiz überkam mich, der Speichel lief mir im Munde zusammen, und ich schluckte ihn hinunter, mit einer Miene, als sei mir das alles sehr angenehm. Der Genuß am Rauchen kommt, ebenso wie hier, wenn er sich überhaupt einstellt, erst später: der Gatte muß seiner Frau erst den Geschmack an diesem Laster beibringen, damit er selbst einen Genuß davon habe.«

»Wieso ein Laster?« sagte ich. »Sie sprechen doch von dem natürlichsten Triebe, der dem Menschen eigen ist.«

»Natürlich?« sagte er. »Natürlich! Nein, ich will Ihnen sogar sagen: Ich bin zu der Überzeugung gelangt, daß dies durchaus nicht natürlich ist. Fragen Sie die Kinder, fragen Sie die unverdorbenen Mädchen! Meine Schwester heiratete in sehr jungen Jahren einen Mann, der doppelt so alt wie sie und ein arger Lüstling war. Ich erinnere mich noch, wie verblüfft wir alle in der Hochzeitsnacht waren, als sie bleich und tränenüberströmt von ihm fortlief und am ganzen Leibe zitternd zu uns sagte, sie werde um keinen Preis zu ihm zurückkehren, und sie könne es gar nicht aussprechen, was er von ihr verlangt habe. Sie sagen: ›natürlich‹. Natürlich ist es, zu essen. Essen bereitet Genuß, ist angenehm und leicht und ruft auch nicht einen Augenblick das Gefühl der Scham hervor; hier aber handelt es sich um etwas, das zugleich widerlich, beschämend und schmerzlich ist. Nein, das ist einfach unnatürlich! Und ich bin überzeugt: ein unverdorbenes Mädchen wird dies stets hassen.«

»Wie soll sich dann aber das Menschengeschlecht fortpflanzen?« wandte ich ein.

»Ach ja, damit es bloß nicht ausstirbt, dieses Menschengeschlecht!« sagte er in boshaft ironischem Tone, als hätte er diesen ihm bekannten, unehrlichen Einwurf längst erwartet. »Wenn es sich darum handelt, daß die englischen Lords noch üppiger prassen können – dann, ja, dann ist's erlaubt, die Enthaltsamkeit vom Kindergebären zu predigen. Auch dann, wenn es den Eltern eine angenehmere Lebensgestaltung ermöglicht. Aber man sage nur ein Wort davon, daß man diese Enthaltsamkeit um der Sittlichkeit willen üben solle – o Gott, was für ein Geschrei wird dann gleich erhoben! Damit das Menschengeschlecht nur ja nicht aussterbe, wenn ein oder zwei Dutzend Menschen nicht länger ein unreines Leben führen wollten! Übrigens, verzeihen Sie: Das Licht ist mir unangenehm«, sagte er und zeigte auf die Laterne, »darf ich die Vorhänge da oben zuziehen?«

Ich erklärte, daß ich nichts dagegen hätte, und so stieg er rasch – wie er überhaupt alles auffallend rasch tat – auf seinen Sitz und zog den wollenen Vorhang an der Laterne herunter.

»Wenn alle dies als Gesetz für sich anerkennen wollten«, sagte ich, »würde das Menschengeschlecht in der Tat bald ausgestorben sein.«

Er antwortete erst nach einer Weile.

»Sie fragen: wie das Menschengeschlecht weiterexistieren solle«, sagte er, als er wieder mir gegenüber Platz genommen hatte, setzte die Beine breit auseinander und stützte die Ellbogen auf die Knie. »Warum soll es denn überhaupt weiterexistieren, dieses Menschengeschlecht?«

»Wie denn – ›warum‹? Dann würden doch auch wir nicht existieren?«

»Und warum sollen wir existieren?«

»Was heißt ›warum‹? Um zu leben.«

»Und warum sollen wir leben? Wenn wir kein Ziel haben, wenn uns das Leben nur so um des Lebens willen gegeben ist, dann ist doch kein Grund da zum Leben. Wenn es so ist, dann haben Schopenhauer und Hartmann und die Buddhisten vollkommen recht. Wenn aber das Leben ein Ziel hat, dann ist es doch klar, daß das Leben zu Ende gehen muß, sobald das Ziel erreicht ist. Und so ist es in der Tat«, sagte er in sichtlicher Erregung, offenbar nicht wenig stolz auf seinen Gedanken, »so ist es in der Tat. Begreifen Sie wohl: Wenn das Ziel der Menschheit darin besteht, was in den Prophezeiungen gesagt ist, daß nämlich alle Menschen sich in einer friedlichen Herde vereinigen, daß die Spieße dereinst in Sicheln umgeschmiedet werden usw. – was steht dann der Erreichung dieses Zieles im Wege? Einzig die menschlichen Leidenschaften. Unter diesen Leidenschaften aber ist die geschlechtliche, sinnliche Liebe die stärkste, böseste und hartnäckigste; wenn also die Leidenschaften und darunter die stärkste von ihnen, die sinnliche Liebe, vernichtet werden, so wird die Prophezeiung erfüllt, die Menschen werden sich friedlich zu einer Herde vereinigen, das Ziel der Menschheit wird erreicht sein, und sie wird keinen Grund mehr haben, weiter zu leben. Solange jedoch die Menschheit lebt, schwebt ihr ein Ideal vor, das natürlich nicht das Ideal der Kaninchen oder Schweine sein kann, sich so stark wie möglich zu vermehren, und auch nicht das Ideal der Affen oder der Pariser, den Geschlechtstrieb so raffiniert wie möglich auszuüben, sondern ein Ideal des Guten, das durch Enthaltsamkeit und Reinheit erreicht wird. Diesem Ideal haben die Menschen stets nachgestrebt und streben ihm immer noch nach. Und sehen Sie zu, was die Folge davon ist! Die Folge ist, daß die sinnliche Liebe – eben das Sicherheitsventil ist. Wenn die jetzt lebende Generation der Menschheit das Ziel nicht erreicht, so hat sie es nur darum nicht erreicht, weil sie von Leidenschaften beherrscht ist, darunter von der stärksten, der geschlechtlichen. Ist aber die geschlechtliche Leidenschaft vorhanden, so ist auch eine neue Generation garantiert, mithin kann das Ziel erst in der folgenden Generation erreicht werden. Hat auch diese es nicht erreicht, so kommt die nun folgende an die Reihe und so fort, bis das Ziel erreicht, die Prophezeiung erfüllt und die Menschheit zu einer friedlichen Herde vereinigt ist. Was würde nun schließlich dabei herauskommen? Angenommen, Gott habe die Menschen geschaffen, damit sie ein bestimmtes Ziel erreichen – so hat er sie entweder sterblich, ohne die sinnliche Leidenschaft, oder unsterblich geschaffen. Wenn sie sterblich wären, doch ohne sinnliche Leidenschaft – was käme dabei heraus? Nur soviel, daß sie eine Zeitlang leben und dann, ohne das Ziel erreicht zu haben, sterben; und damit das Ziel erreicht würde, müßte Gott neue Menschen schaffen. Wären sie unsterblich, so würden sie vielleicht das Ziel nach vielen tausend Jahren erreichen (obwohl immer neue Generationen die Fehler leichter gutmachen und der Vollkommenheit näherkommen würden als eine einzige fortdauernde Generation) – aber wozu sind die Menschen dann noch da? Was soll mit ihnen geschehen? So, wie es jetzt ist, ist es wohl am besten ... Doch vielleicht finden Sie keinen Geschmack an dieser meiner Ausdrucksweise, vielleicht sind Sie Evolutionist. Dann kommt die Sache aber auf dasselbe hinaus. Die höchste Form der Lebewesen ist der Mensch; will er sich im Kampf mit den übrigen Lebewesen behaupten, so muß er sich mit seinesgleichen zusammenschließen wie ein Bienenschwarm und sich nicht ins Endlose vermehren; er muß, wie die Bienen, geschlechtslose Individuen zeugen, das heißt, wiederum nach Enthaltsamkeit streben und jedenfalls nicht nach Schürung der Sinnlichkeit, auf die unsere ganze Lebensordnung abzielt.« – Er schwieg eine Weile.

»Das Menschengeschlecht wird einmal aussterben«, fuhr er alsdann fort. »Kann jemand, wie er auch die Dinge dieser Welt ansehen möge, daran zweifeln? Das ist doch so unzweifelhaft wie der Tod. Nach allen kirchlichen Lehren tritt einmal das Ende der Welt ein, und alle wissenschaftlichen Theorien verkünden dasselbe. Was ist also daran so sonderbar, daß auch die Sittenlehre zu demselben Ergebnis gelangt?«

Er schwieg nach diesen Ausführungen sehr lange, rauchte seine Zigarette zu Ende, holte aus seiner Reisetasche eine neue Schachtel hervor und legte deren Inhalt in sein abgegriffenes altes Etui.

»Ich begreife Ihren Grundgedanken«, sagte ich, »etwas Ähnliches behaupten auch die Shaker*.«

»Ja, ja, und sie haben recht«, erwiderte er. »Der Geschlechtstrieb ist ein Übel, ein schreckliches Übel, das man bekämpfen und nicht, wie es bei uns geschieht, fördern soll. Die Worte des Evangeliums, daß, wer eine Frau ansieht, ihrer zu begehren, mit ihr schon die Ehe breche, beziehen sich nicht nur auf eine fremde, sondern ausdrücklich und vor allem auf die eigene Frau.«

* Amerikanische Sekte, von den Quäkern herkommend; sie existiert heute nicht mehr.

12

»In unserer Welt ist es gerade umgekehrt: dachte der Mann als Junggeselle noch an Enthaltsamkeit, so glaubt ein jeder, sobald er verheiratet ist, die Enthaltsamkeit sei nicht mehr nötig. Diese Hochzeitsreisen, diese idyllischen Einöden, in die sich die jungen Leute mit Erlaubnis der Eltern begeben – alles das ist nichts anderes als die Erlaubnis zur Ausschweifung. Aber die Verletzung des Sittengesetzes findet ihre Strafe in sich selbst. So sehr ich mich auch bemühte, mir einen Honigmond zu bereiten, es kam nichts dabei heraus. Es war eine widerwärtige Zeit, voll Beschämung und Langeweile. Ja, sehr bald wurde die Stimmung geradezu peinlich und qualvoll. Es war am dritten oder vierten Tage, da traf ich sie in sehr mißmutiger Laune an. Ich fragte, was ihr fehle, und umarmte sie; nach meiner Meinung war das alles, was sie verlangen konnte. Sie entzog sich meiner Umarmung und begann zu weinen. Ich fragte nach der Ursache ihrer Tränen; sie vermochte es mir nicht recht zu sagen, blieb jedoch in ihrer vergrämten, niedergedrückten Stimmung. Ihre ermatteten Nerven verrieten ihr wahrscheinlich die Wahrheit über die Widerwärtigkeit unserer Beziehungen, doch war sie nicht imstande, das in Worten auszudrücken. Ich fragte sie weiter aus, und sie sprach irgend etwas von Sehnsucht nach ihrer Mutter. Ich glaubte ihr nicht und suchte sie zu trösten, ohne von der Mutter etwas zu erwähnen. Ich begriff nicht, daß sie einfach von Schwermut befallen und die Sehnsucht nach der Mutter nur ein Vorwand war. Sie aber war sehr gekränkt, daß ich mit keinem Wort auf die Mutter eingegangen war, als ob ich ihr nicht geglaubt hätte. Sie sehe nun, meinte sie, daß ich sie gar nicht liebe. Ich warf ihr vor, daß sie launisch sei, und nun veränderte sich plötzlich ihr Gesichtsausdruck ganz und gar, statt der Traurigkeit malte sich Zorn in ihren Zügen, und sie warf mir in den giftigsten Worten Selbstsucht und Grausamkeit vor. Ich sah sie an. Ihr Gesicht zeigte die Miene der ausgeprägtesten Feindseligkeit und Kälte, ja beinahe des Hasses. Ich weiß noch, wie sehr ich erschrak, als ich das sah. ›Wie? was?‹ dachte ich. ›Das soll Liebe sein, der Bund der Seelen? Und statt dessen bietet sie mir *das*? Nein, das kann nicht sein, das ist nicht *sie*.‹ Ich versuchte sie nochmals zu besänftigen, stieß dabei jedoch auf eine so undurchdringliche Mauer von kalter, giftiger Feindseligkeit, daß auch ich im Handumdrehen in eine heftige Erregung geriet und wir einander recht bittere Dinge sagten. Die Wirkung dieses ersten Streites war entsetzlich. Ich nenne es einen Streit, doch es war kein Streit – es war nur eine Aufdeckung des Abgrundes, der in Wirklichkeit zwischen uns bestand. Die Verliebtheit hatte sich in der Befriedigung der Sinnlichkeit erschöpft, und wir standen einander nun in unserem wirklichen Verhältnis gegenüber, als zwei einander völlig fremde Egoisten, von denen ein jeder sich bemühte, durch den anderen soviel Genuß wie möglich zu empfangen. Ich nannte das, was zwischen uns vorgefallen war, einen Streit, es war jedoch kein Streit, sondern nur eine Folge der Unterbrechung unserer sinnlichen Beziehungen, die unsere wirklichen Beziehungen zueinander offenbarte. Ich begriff nicht, daß dieses kalte, feindselige Verhalten im Grunde genommen unsere normale Beziehung war, begriff es darum nicht, weil diese Feindseligkeit in der ersten Zeit alsbald wieder durch eine sozusagen verdünnte Sinnlichkeit, das heißt Verliebtheit, vor unseren Augen verhüllt wurde.

Und ich dachte, wir hätten uns einfach gezankt und wieder vertragen, und so etwas würde nicht wieder vorkommen! Doch schon in diesem ersten Honigmond trat sehr bald wieder eine Periode der Übersättigung ein, wiederum hörten wir auf, einander zu bedürfen, und von neuem gab es einen Streit. Dieser zweite Streit verblüffte mich noch mehr als der erste. Der erste Streit beruhte also nicht auf einem Zufall, sondern es muß eben so sein und wird so bleiben, dachte ich. Der zweite Streit verblüffte mich um so mehr, als er aus einer ganz nichtigen Ursache entstand. Es handelte sich um Geld, mit dem ich doch niemals knauserte, am wenigsten meiner Frau gegenüber. Nur eine Bagatelle war es, und ich erinnere mich, daß sie die Sache so wendete, als hätte irgendeine Äußerung von mir meine Absicht verraten, sie durch mein Geld zu beherrschen und irgendein ausschließliches Recht auszuüben – jedenfalls eine Auffassung, die höchst töricht und niedrig und weder meiner noch ihrer würdig war. Ich geriet in Zorn, und so ging es von neuem los. Aus ihren Worten wie aus ihrer Miene und dem Ausdruck ihrer Augen trat mir wieder jene grausame, kalte Feindseligkeit entgegen, die mich das erstemal so erschreckt hatte. Mit meinem Bruder, meinen Freunden, meinem Vater hatte ich wohl, wie ich mich erinnere, zuweilen Streit gehabt, niemals jedoch hatte unter uns diese giftige Bosheit geherrscht, wie sie hier zutage trat. Nach einiger Zeit jedoch verbarg sich dieser gegenseitige Haß wieder hinter dem Schleier der Verliebtheit, das heißt der Sinnlichkeit, und ich suchte noch Trost in dem Gedanken, daß diese beiden Zusammenstöße auf Irrtümern beruhten, die sich wieder gutmachen ließen. Bald indes folgte ein dritter und vierter Streit, und ich begriff, daß hier kein zufälliger Irrtum in Frage käme, sondern daß dies so sein müsse und immer so sein werde, und ich war entsetzt über das, was mir bevorstand. Dabei quälte mich noch der schreckliche Gedanke, daß ich allein mit meiner Frau so schlecht, so ganz anders, als ich es mir ausgemalt hatte, zusammenlebe, während in anderen Ehen so etwas ausgeschlossen sei. Ich wußte damals noch nicht, daß dies ein allgemeines Geschick aller Ehemänner ist, daß jedoch alle gleich mir glauben, es sei ein Unglück, das nur sie betroffen habe; daß sie alle dieses ausschließliche, beschämende Unglück nicht nur vor andern, sondern auch vor sich selbst verbergen und es sich nur nicht eingestehen.

Die Sache begann in den ersten Tagen, hielt während der ganzen Zeit an und wurde immer unerträglicher und immer schlimmer. Im Innersten meiner Seele hatte ich gleich von den ersten Wochen an das Gefühl, daß ich eine verkehrte Wahl getroffen und meine Erwartung sich nicht erfüllt habe, daß die Ehe nicht nur kein Glück, sondern im Gegenteil eine schwere Last sei, doch wie alle andern wollte ich mir das nicht eingestehen – ich würde es auch jetzt nicht eingestehen, wenn nicht alles zu Ende wäre – und verheimlichte den Sachverhalt nicht nur vor den andern, sondern auch vor mir selbst. Jetzt wundere ich mich, daß ich meine wirkliche Lage so lange verkannte. Ich hätte sie schon daraus richtig erkennen können, daß unsere Zänkereien aus solch nichtigen Anlässen entstanden, daß es, sobald sie vorüber waren, einfach unmöglich war, ihren Ursprung anzugeben.

Die Vernunft vermöchte nicht Gründe genug – wenn auch nur Scheingründe – anzuführen, um die zwischen uns bestehende dauernde Feindschaft genügend zu rechtfertigen. Doch noch auffallender war, daß die Vorwände zur Versöhnung so geringfügig waren. Zuweilen genügten ein paar Worte, Erklärungen, Tränen, zuweilen jedoch – ach, wenn ich daran denke, wird mir noch jetzt übel – folgten auf die gröbsten Worte plötzlich stumme Blicke, lächelnde Mienen, Küsse, Umarmungen ... Pfui, wie abscheulich! Wie konnte ich nur damals die ganze Widerwärtigkeit dieses Gebarens nicht erkennen! ...«

13

Zwei Reisende stiegen in den Zug ein und setzten sich auf eine der entfernteren Bänke. Mein Partner schwieg, während die beiden Platz nahmen. Sowie sie jedoch still geworden waren, fuhr er fort, offenbar, um seinen Gedankenfaden nicht zu verlieren:

»Was an der Sache ganz besonders anwidern muß«, begann er, »ist, daß die Liebe in der Theorie als etwas höchst Ideales, Erhabenes gilt, während sie doch in Wirklichkeit etwas durchaus Häßliches, Schmutziges ist, dessen bloße Erwähnung schon etwas Schamverletzendes, Ekelerregendes hat. Nicht umsonst hat die Natur es so eingerichtet, daß die Sache so widerwärtig und häßlich ist. Ist sie widerwärtig und häßlich, so muß sie auch als widerwärtig und häßlich bezeichnet werden – während die Menschen im Gegenteil so tun, als sei das Widerwärtige und Häßliche in Wirklichkeit herrlich und erhaben.

Welches waren die ersten Beweise meiner Liebe? Daß ich mich der Betätigung des animalischen Triebes im Übermaß hingab und mich dessen nicht nur nicht schämte, sondern aus irgendeinem Grunde auf meine physischen Leistungen sogar stolz war. Ohne dabei auch nur im geringsten an ihr geistiges oder selbst an ihr physisches Leben zu denken, wunderte ich mich nur, woher die Feindseligkeit stammte, die uns gegeneinander erfüllte; und dabei war der Sachverhalt doch vollkommen klar. Diese Feindseligkeit war nichts anderes als der Protest der menschlichen Natur gegen das Tier, das sie zu verschlingen drohte.

Ich wunderte mich über den Haß, den wir gegeneinander hegten. Es konnte doch aber gar nicht anders sein, als daß wir einander haßten. Es war der gegenseitige Haß zweier Mitschuldiger an einem Verbrechen, zu dem sie sich gegenseitig angespornt und aufgemuntert hatten. Oder wie sollte man es nicht als ein Verbrechen bezeichnen, da sie doch, die Ärmste, gleich im ersten Monat schwanger wurde und wir gleichwohl unsere gemeine Beziehung zueinander fortsetzten? Sie meinen vielleicht, ich weiche vom Faden meiner Erzählung ab? Nicht im geringsten! Alles das, was ich da erzähle, gehört schon zur Darstellung des Hergangs, *wie* ich meine Frau getötet habe. Vor Gericht fragten sie mich, womit und wie ich meine Frau getötet habe. Die Dummköpfe – sie glaubten, ich hätte sie damals, am 5. Oktober, mit dem Messer getötet! Nein, nicht damals habe ich sie getötet, sondern schon viel früher. So wie heute alle, alle Männer ihre Frauen töten, alle, alle . . .«

»Womit denn?« fragte ich.

»Das ist eben das Sonderbare, daß niemand das wissen will, was so klar und offenkundig ist, was vor allem die Ärzte wissen und lehren sollten, wovon sie jedoch schweigen!

Die Sache ist doch furchtbar einfach. Mann und Weib sind geschaffen wie das Tier, so daß nach dem Akt der sinnlichen Liebe die Schwangerschaft und dann das Nähren folgt, Zustände, in denen für die Frau, wie für ihr Kind, die sinnliche Liebe schädlich ist. Die Zahl der Männer und Frauen ist etwa gleich groß. Was folgt daraus? Ich meine, das ist klar. Und es bedarf keiner großen Weisheit, um daraus den Schluß zu ziehen, den auch die Tiere daraus ziehen, nämlich, daß Enthaltsamkeit geboten sei. Doch nein! Die Wissenschaft hat es so weit gebracht, daß sie irgendwelche Leukozyten entdeckt hat, die sich im Blute tummeln, wie auch sonstige spaßige Albernheiten, aber den Sinn der Enthaltsamkeit vermochte sie nicht zu begreifen. Wenigstens hört man nichts davon, daß sie etwas darüber verlauten ließe.

So gibt es denn für die Frauen nur zwei Auswege: Der eine läuft darauf hinaus, daß sie sich selbst zum Krüppel machen, daß sie entweder auf einmal oder allmählich, bei Gelegenheit, die Fähigkeit, Frau, das heißt Mutter zu sein, in sich zerstören, damit sie für den Mann beständig und in aller Ruhe ein Gegenstand des Genusses sein können. Der andere Ausweg, der im Grunde genommen gar kein Ausweg, sondern einfach eine grobe Übertretung des Naturgesetzes ist und in allen sogenannten anständigen Familien gewählt wird, besteht darin, daß die Frau, entgegen ihrer Natur, gleichzeitig schwanger sein, ihr Kind nähren und die Geliebte ihres Gatten sein muß, wozu ein Tier sich niemals herabdrücken lassen würde und wozu sie im Grunde genommen auch gar nicht die Kraft besitzt. Daher stammen in unseren Kreisen all die hysterischen und nervösen Frauen und in den Kreisen des Volkes die ›Fallsüchtigen‹. Bei Mädchen, die unberührt sind, werden Sie die Fallsucht nicht finden, sondern nur bei verheirateten Frauen, die mit Männern in geschlechtlichem Verkehr stehen. So ist es bei uns, und so ist es auch in Europa. Alle Krankenhäuser sind voll von hysterischen Frauen, die das Gesetz der Natur verletzt haben. Aber die Fallsüchtigen und die Patientinnen Charcots* sind nur die vollständig Verkrüppelten, von weiblichen Halbkrüppeln wimmelt die ganze Welt. Man sollte nur bedenken, welch großes, heiliges Werk sich im Weibe vollzieht, wenn es mit einem Kinde schwanger geht oder wenn es das Kind nährt, das es geboren hat. Es ist ein Wachstum dessen, was unser Menschengeschlecht fortsetzen und uns dereinst ablösen soll. Und dieses heilige Werk wird angetastet – wodurch? Schrecklich, es auszudenken! Und da schwatzen sie nun von der Freiheit und den Rechten der Frau! Das ist genau dasselbe, als wenn die Menschenfresser die Gefangenen, die sie gemacht haben, mästen und dabei behaupten wollten, daß sie die Rechte und die Freiheit ihrer Opfer hüten.«

* Jean Martin Charcot (1825–1893), berühmter französischer Neurologe und Psychiater.

Alles das war mir neu und verblüffte mich.

»Wie denn also?« sagte ich. »Unter diesen Umständen darf man seine Frau nur einmal in zwei Jahren lieben, und der Mann ...«

»Für den Mann, wollen Sie sagen, ist der häufigere Sinnengenuß ein Bedürfnis«, fiel er mir ins Wort. »Das haben wiederum die Priester der Wissenschaft uns eingeredet. Ich möchte diesen Medizinmännern einmal aufgeben, die Pflichten der Frau zu erfüllen, die nach ihrer Meinung diesen obliegen, damit die Männer ihrem häufigeren Genußbedürfnis frönen können – was sie dann wohl sagen würden? Reden Sie einem Menschen ein, daß der Branntwein, der Tabak, das Opium ihm unentbehrlich seien, und es wird nicht lange dauern, bis sie ihm wirklich unentbehrlich werden. Zuletzt stellt es sich heraus, daß Gott nicht recht begriffen hat, was dem Menschen not tut, und weil er die Medizinmänner nicht um Rat fragte, hat er die Sache verpfuscht. Sie sehen doch, die Geschichte klappt nicht. Der Mann muß, so haben die Neunmalweisen beschlossen, unbedingt seinen Trieb befriedigen, und da kommt nun das Kindergebären und Kinderstillen dazwischen, das die Befriedigung dieses Triebes hemmt. Was soll man da machen? Es bleibt nichts weiter übrig, als den Rat der Medizinmänner einzuholen – die werden schon Ordnung schaffen! Sie haben ja auch den ganzen Schwindel ausgeklügelt. Ach, wann werden diese Zauberkünstler mit ihren Betrügereien endlich entlarvt werden! Es ist höchste Zeit! Es ist schon so weit gekommen, daß die Menschen verrückt werden und sich totschießen – alles nur aus diesem einen Grunde! Wie könnte es auch anders sein? Die Tiere wissen es, daß die Nachkommenschaft ihre Art fortsetzt, und halten sich in dieser Beziehung an ein bestimmtes Gesetz. Nur der Mensch stellt sich, als ob er es nicht wisse, und will es nicht wissen. Alle seine Sorge geht nur darauf, daß er recht viel Genuß habe. Ja, das ist *er*, der Herr der Schöpfung, der Mensch! Achten Sie wohl darauf: Die Tiere vereinigen sich nur dann, wenn sie in der Lage sind, eine Nachkommenschaft hervorzubringen, und dieser schändliche ›Herr der Schöpfung‹ kann nicht genug bekommen von dem sinnlichen Genusse. Und obendrein preist er seine ekelhafte

Affentätigkeit noch als die Perle der Schöpfung, die ›Liebe‹ ... Und im Namen dieser ›Liebe‹, dieser Schweinerei, wie er richtiger sagen sollte, stürzt er das halbe Menschengeschlecht in Elend und Verderben. Statt die Frauen beim Streben der Menschheit nach Wahrheit und Glück zu seinen Gehilfinnen zu berufen, macht er sie im Namen seiner Sinnenlust zu seinen Feindinnen.

Schauen Sie nun hin, wer dem Fortschritt der Menschheit überall im Wege steht – wer ist es? Die Frauen. Und worin hat das seinen Grund? Einzig in den angeführten Tatsachen. Ja, ja«, wiederholte er mehrmals, bewegte sich unruhig hin und her, zog seine Zigaretten hervor und begann zu rauchen, augenscheinlich um sich wenigstens etwas zu beruhigen.

14

»Solch ein unflätiges Leben also habe ich geführt«, fuhr er wieder im alten Tone fort.

»Das Schlimmste aber war, daß ich bei dieser widerwärtigen Lebensführung mir einbildete, daß ich darum, weil ich mich nicht von anderen Frauen verlocken ließ, ein ehrbares Familienleben führte, daß ich ein moralischer Mensch sei und daß, wenn zwischen uns Streitigkeiten vorkämen, dies an ihr allein und an ihrem Charakter läge.

Natürlich traf auch sie keine Schuld. Sie war so wie alle anderen, wie die Mehrzahl ihresgleichen. Erzogen war sie so, wie es die Lage der Frau in unserer Gesellschaft verlangt, und wie daher auch ausnahmslos alle Frauen der besitzenden Klassen notwendigerweise erzogen werden. Man redet jetzt viel von einer neuen Art Frauenbildung. Alles das ist leeres Geschwätz: Die Bildung der Frau entspricht vollkommen der herrschenden wahren, wirklichen, allgemeinen Anschauung von der Frau.

Die Bildung der Frau wird natürlich stets von der Ansicht abhängen, die der Mann über die Frauen hat. Wir wissen ja alle, wie die Männer über die Frauen denken: Wein, Weib, Gesang, singen die Dichter. Nehmen Sie die ganze Poesie, die ganze Malerei und Bildhauerkunst, angefangen von den Liebesgedichten und den nackten Venus- und Phrynefiguren, so sehen Sie, daß die Frau ein Gegenstand des sinnlichen Genusses ist: sie gilt als solcher auf dem einfachsten Tanzplatz wie auf dem vornehmsten Ball. Und geben Sie einmal acht, wie pfiffig der Teufel das alles anstellt: nun ja, sie dient dem Genuß, der Befriedigung der Sinnlichkeit, ist sozusagen ein Leckerbissen. Schon die Sänger der Ritterzeit haben versichert, daß sie das Weib vergöttern – dasselbe Weib, das ihnen gleichzeitig ein Mittel des Genusses ist –, und heutzutage versichern die Herren der Schöpfung, daß den Frauen Verehrung gebühre, daß man aufstehen und ihnen seinen Platz anbieten, ihnen das zur Erde gefallene Taschentuch reichen, ihnen das Recht zur Bekleidung aller Ämter wie zur Teilnahme an der Regierung einräumen müsse und so weiter. Alles das tut man wohl, aber die Ansicht von der Frau bleibt doch dieselbe: sie ist ein Gegenstand des Genusses. Ihr Körper ist ein Mittel zur Befriedigung der Sinnlichkeit, und sie weiß das auch. Es ist damit ähnlich wie mit der Sklaverei. Die Sklaverei ist nichts anderes als die Ausbeutung der unfreiwilligen Arbeit der vielen durch einige wenige. Soll die Sklaverei wirklich abgeschafft werden, so müssen die Menschen das Bestreben der einen, die unfreiwillige Arbeit der andern für sich selbst auszubeuten, völlig ausrotten und als Sünde und Schmach erklären. Tatsächlich begnügen sie sich jedoch damit, die äußere Form der Sklaverei zu verändern, verbieten die Ausstellung von Kaufbriefen auf Sklaven und bilden sich ein, es gäbe keine Sklaverei mehr, während in Wirklichkeit die Sklaverei fortbesteht, weil die Ausbeutung fremder Arbeit den Menschen als eine gar zu angenehme und schließlich auch leicht zu rechtfertigende Sache erscheint. Sobald etwas Angenehmes darin zu finden ist, werden sich stets Individuen finden, die stärker oder listiger sind als die andern und kein Bedenken tragen, sich diese andern zu unterjochen. Dasselbe ist mit der Frauenemanzipation der Fall. Die Sklaverei der Frau besteht darin, daß die Männer etwas Angenehmes darin finden, sie als einen Gegenstand des Genusses auszubeuten. Nun, so emanzipieren sie denn die Frau, geben ihr alle Rechte, die der Mann besitzt, fahren dabei jedoch fort, sie vom Standpunkt des sinnlichen Genusses zu betrachten, und erziehen sie in diesem Sinne schon, solange sie noch ein Kind ist, sowie auch später für die Gesellschaft. So bleibt sie stets dieselbe erniedrigte, verdorbene Sklavin und der Mann derselbe korrupte Sklavenhalter.

Man läßt die Frauen zum Hochschulstudium, zu den Ämtern zu und betrachtet sie dennoch als einen Gegenstand des Genusses. Lehret die Frau, ihr eigenes Ich so zu betrachten, wie wir es gewöhnt sind, so wird sie stets ein niederes Wesen bleiben. Sie wird entweder mit Hilfe der Halunken von Ärzten die Empfängnis hintertreiben, das heißt eine vollkommene Prostituierte sein, die auf die Stufe der leblosen Sache, nicht einmal auf die Stufe des Tieres, das nichts Derartiges kennt, herabgesunken ist, oder sie wird, was bei den meisten der Fall ist, ein seelisch krankes, hysterisches, unglückliches Geschöpf sein, unfähig zu irgendwelcher geistigen Entwicklung. Die Gymnasien und Hochschulen vermögen daran nicht das Geringste zu ändern. Ein Wechsel kann nur eintreten, wenn der Mann seine Ansicht über die Frau und diese ihre Ansicht über sich selbst ändert. Und zwar muß diese Änderung in dem Sinne erfolgen, daß der Frau der Zustand der Jungfräulichkeit als der höchste und idealste, nicht, wie es jetzt der Fall ist, als beschämend und bedauernswert gilt. Solange diese Einschätzung nicht zur Tatsache geworden ist, wird das Ideal eines jeden Mädchens, welche Bildung es auch genossen haben mag, darin bestehen, recht viele Männer – oder vielmehr Männchen – anzulocken, um eine Auswahl von Freiern zu haben.

Der Umstand, daß die eine mehr Mathematik kann, die andere sich auf das Harfenspiel versteht, hat nichts zu sagen. Die Frau ist glücklich und kann die Erfüllung jedes Wunsches erreichen, wenn sie es versteht, den Mann zu bezaubern. Darum ist es eben ihre Hauptaufgabe, ihn zu bezaubern. So war es von jeher, und so wird es weiter sein. Die jungen Mädchen wie die verheirateten Frauen werden stets nach diesem Ziele streben. Jenen ist es dabei um die Auswahl zu tun, diesen – um die Herrschaft über den Ehemann.

Was diesen Zustand, wenigstens für einige Zeit, unterbricht, ist die Niederkunft der Frau, vorausgesetzt, daß sie selbst nährt und kein Krüppel ist. Doch da spielen wieder die Ärzte ihre verhängnisvolle Rolle.

Meine Frau, die selbst hatte nähren wollen und auch ihre späteren fünf Kinder selbst genährt hat, wurde beim ersten Kind krank. Die Ärzte, die sie zynisch entblößten und am ganzen Leibe betasteten, wofür ich mich noch bei ihnen bedanken und mein gutes Geld entrichten mußte, diese lieben Ärzte fanden, daß sie nicht nähren dürfe, und so war sie für die erste Zeit dieses einzigen Mittels beraubt, das sie vor der Koketterie hätte bewahren können. Wir nahmen eine Amme, das heißt wir mißbrauchten die Armut, die Not und Unwissenheit einer Frau aus dem Volke, lockten sie von ihrem Kinde hinweg zu dem unsrigen und setzten ihr dafür einen Kopfputz mit bunten Bändern auf. Doch nicht hierauf kommt es an, sondern vielmehr darauf, daß in dieser Zeit, da meine Frau weder schwanger war noch nährte, das bis dahin in ihr schlummernde Gefühl weiblicher Gefallsucht mit ganz besonderer Stärke erwachte. Und in mir erwachten gleichzeitig mit ganz besonderer Stärke die Qualen der Eifersucht, die mich während meines ganzen Ehelebens gepeinigt haben, wie sie notwendig alle Ehemänner peinigen müssen, die mit ihren Frauen so wie ich mit der meinigen, das heißt unsittlich, gelebt haben.«

15

»Ich habe während meines ganzen Ehelebens unausgesetzt die Qualen der Eifersucht empfunden. Es gab jedoch Perioden, in denen diese Qualen sich ganz besonders steigerten. Eine dieser Perioden war die Zeit nach der ersten Entbindung, als die Ärzte meiner Frau das Nähren verboten hatten. Meine gesteigerte Eifersucht beruhte in jener Zeit zunächst wohl darauf, daß ich an meiner Frau jene Unruhe beobachtete, die einer Mutter eigen zu sein pflegt, wenn bei ihr eine Störung des regelmäßigen Lebensganges eingetreten ist; ferner beruhte sie darauf, daß es mir auffiel, wie leicht es ihr wurde, die sittliche Pflicht der Mutter von sich abzuschütteln, woraus ich, zwar unbewußt, aber immerhin mit einigem Recht den Schluß zog, daß es ihr ebenso leicht sein würde, die eheliche Pflicht zu mißachten, zumal sie vollkommen gesund war und trotz des Verbotes der Ärzte die folgenden Kinder mit ausgezeichnetem Erfolg nährte.«

»Sie scheinen die Ärzte nicht zu lieben«, sagte ich, durch den ganz besonders erbitterten Ausdruck seiner Stimme betroffen, mit dem er jedesmal von den Ärzten sprach.

»Hier handelt es sich nicht um Liebe oder Nichtliebe. Sie haben mein Leben zugrunde gerichtet, wie sie das Leben von Tausenden, ja von Hunderttausenden zugrunde gerichtet haben, und ich kann doch den Zusammenhang von Ursache und Wirkung nicht übersehen. Ich begreife wohl, daß sie ebenso wie die Advokaten und andere Leute Geld verdienen wollen, und ich würde ihnen gern die Hälfte meines Einkommens abtreten, auch jeder andere würde, wenn er ihr Treiben richtig durchschaute, ihnen gern die Hälfte seines Vermögens überlassen, wenn sie sich nur nicht in sein Familienleben einmischten und ihm so weit wie möglich vom Halse blieben. Ich habe nicht gerade statistisches Material gesammelt, kenne jedoch Dutzende der ungezählten Fälle, in denen sie entweder unter dem Vorwand, die Mutter sei zu schwach, um zu gebären, das Kind im Mutterleib töteten, während die Mutter bei späteren Entbindungen mit größter Leichtigkeit gebar, oder die Mütter selbst durch Vornahme irgendeiner Operation ums Leben brachten. Niemand zählt eben diese Morde, wie man vor Zeiten die Morde der Inquisition nicht zählte, weil man des Glaubens war, sie würden zum Heile der Menschheit begangen. Unzählbar sind die Verbrechen, die sie verübt haben. Alle diese Verbrechen sind jedoch nichts im Vergleich mit der sittlichen Fäulnis des Materialismus, die sie, insbesondere durch die Frauen, in die Welt tragen. Ich will schon gar nicht davon reden, daß, wenn die Menschen ausschließlich ihren Ratschlägen folgten, wegen der überall lauernden Ansteckungsgefahr, die sie predigen, nicht ein Zueinanderstreben, sondern ein Auseinanderstreben der Gesamtheit stattfinden müßte. Jeder muß nach ihrer Meinung isoliert dasitzen und am Munde den nach Karbolsäure duftenden Desinfektionsapparat halten – der übrigens, wie man nachträglich festgestellt hat, auch nicht viel Nutzen stiftet. Doch dies allein hätte noch nichts zu besagen; das wahre Gift steckt in der Demoralisierung der Menschen, insbesondere der Frauen.

Heutzutage darf man zu niemand mehr sagen: ›Hör mal, du führst ein schlechtes Leben, bessere dich!‹ – weder sich selbst noch einem anderen darf man das sagen. Führt man ein schlechtes Leben, so beruht dies angeblich auf einer anormalen Funktion der Nerven oder einer ähnlichen Ursache. Man geht dann zu ›ihnen‹, sie verschreiben ein Mittel für 35 Kopeken, das man sich in der Apotheke besorgt und einnimmt. Wird's schlimmer danach, so versucht man es mit einem anderen Mittel und einem anderen Arzt. Eine ausgezeichnete Sache!

Aber auch das hat nichts weiter auf sich. Ich wollte nur erwähnen, daß sie ihre späteren Kinder vortrefflich genährt hat und daß ihre Schwangerschaft sowie der Umstand, daß sie selbst die Kinder nährte, mich für die betreffende Zeit wenigstens vor den Qualen der Eifersucht bewahrte. Andernfalls wäre alles schon früher so gekommen, wie es kam. Nur die Kinder haben mich und sie so lange vor dem Schlimmsten bewahrt. Innerhalb acht Jahren brachte sie fünf Kinder zur Welt, und alle bis auf das erste hat sie selbst genährt.«

»Wo sind Ihre Kinder jetzt?« fragte ich.

»Die Kinder?« versetzte er seinerseits erschrocken.

»Verzeihen Sie die Frage, vielleicht ist Ihnen die Erinnerung peinlich?«

»Nein, durchaus nicht. Meine Schwägerin und ihr Bruder haben meine Kinder zu sich genommen. Sie wollten sie mir nicht lassen. Ich übergab ihnen mein Vermögen, sie aber wollten mir die Kinder nicht lassen. Ich gelte doch in gewissem Sinne als geistesgestört. Ich komme soeben von ihnen. Ich habe sie gesehen, doch will man sie mir nicht geben – ich könnte sie ja möglicherweise so erziehen, daß sie nicht so werden wie ihre Eltern. Und sie sollen doch durchaus ebenso werden. Nun, was ist da weiter zu machen! Ich kann's wohl begreifen, daß man sie mir nicht überläßt und zur Erziehung anvertraut. Ich weiß auch selbst nicht, ob ich imstande wäre, sie zu erziehen. Ich zweifle sehr daran – ich bin ja doch eine Ruine, ein Krüppel. Eines habe ich wohl vor den andern voraus: meine Erkenntnis. Es ist mein Glaube, daß ich etwas weiß, was alle andern nicht so bald wissen werden. Ja, meine Kinder leben und wachsen ebenso wild auf wie alle ihre Kameraden. Ich habe sie gesehen, dreimal bereits. Ich kann nichts für sie tun, gar nichts. Ich fahre jetzt heim nach dem Süden, wo ich ein Häuschen und ein Gärtchen besitze.

Ja, nicht so bald werden die Menschen das erkennen, was ich weiß. Wieviel Eisen und sonstige Metalle in der Sonne und den Sternen enthalten sind, ist wohl leicht festzustellen; das Quantum von Schmutz jedoch, das unser Leben durchsetzt, das festzustellen – ist schwer, furchtbar schwer!

Nun, Sie haben wenigstens zugehört, schon dafür bin ich Ihnen dankbar . . .«

16

»Sie erwähnten soeben die Kinder. Auch die geben zu Lug und Heuchelei Anlaß. Kinder sind ein Segen Gottes, Kinder sind die Freude der Eltern! Alles das ist reine Lüge. Alles das war wohl früher einmal der Fall, hat aber längst aufgehört. Kinder sind eine Plage und weiter nichts. Die Mehrzahl der Mütter haben diese Empfindung und sprechen sie zuweilen unwillkürlich auch aus. Fragen Sie die Mehrzahl der Mütter unserer wohlhabenden Kreise – sie werden Ihnen sagen, daß sie vor lauter Angst, ihre Kinder könnten krank werden und sterben, keine Kinder haben wollen oder, wenn sie schon welche geboren haben, sie nicht nähren wollen, damit die Anhänglichkeit an sie ihr Herz nicht allzu fest kettet und sie darunter leiden. Die Freude, die ihnen das Kind durch seinen Liebreiz bereitet, durch die Anmut der Ärmchen und Beinchen und des ganzen kleinen Körpers, die Lust, die das Kind gewährt, ist geringer als das Leid, das sie zu bestehen haben, nicht nur wenn das Kind wirklich krank wird oder stirbt, sondern schon wenn die Angst sie peinigt, daß es krank werden könnte. Wenn sie Freud und Leid gegeneinander abwägen, ergibt sich, daß das Leid überwiegt, und darum ziehen sie es vor, keine Kinder zu haben. Sie sagen das ganz offen und ehrlich heraus und bilden sich ein, diese Gefühle hätten ihren Ursprung in ihrer Liebe zu den Kindern, seien also löbliche und edle Gefühle, auf die sie stolz sein dürften. Sie bemerken nicht, daß in einer solchen Auffassung geradezu eine Verleugnung der Liebe zu den Kindern und ein Beweis der Selbstsucht liegt. Der Liebreiz des Kindes scheint ihnen nicht Freude genug zu bereiten, um das Leid aufzuwiegen, das die Sorge um das Kind verursacht, und daher wollen sie dieses Kind, das sie so maßlos lieben würden, gar nicht erst haben. Sie opfern nicht sich selber für das geliebte Wesen, sondern das künftige geliebte Wesen opfern sie dem Ich. Es ist klar, daß dies nicht Liebe, sondern Egoismus ist. Doch vermag niemand diese Mütter der wohlhabenden Familien um ihrer egoistischen Regungen willen zu verurteilen, wenn man bedenkt, was sie alles, dank jenen Ärzten, die in unseren Gesellschaftskreisen ihr Wesen treiben, mit den Krankheiten ihrer Kinder durchzumachen haben. Wenn ich so an das Leben und den Zustand meiner Frau in der ersten Zeit zurückdenke, als wir erst drei, vier Kinder hatten und sie ganz in der Sorge um sie aufging, dann ergreift mich ein wahrer Schrecken. Ein Leben war das nicht mehr zu nennen. Es war wie eine ewige Gefahr, wie die Flucht vor dieser Gefahr, die doch gleich wieder drohend vor uns hintrat und verzweifelte Anstrengungen und Rettungsversuche von uns forderte – kurz, eine Lage wie auf einem Schiff, das dem sicheren Untergange geweiht ist. Zuweilen kam es mir vor, als tue sie das alles absichtlich, als stelle sie sich so ängstlich um der Kinder willen, um mich auf diese Weise zu bezwingen. Es war dies eine Mutmaßung, die alles auf sehr einfache Weise, und zwar zu ihren Gunsten zu entscheiden schien. Andererseits jedoch quälte sie sich wirklich unablässig mit den Kindern, mit ihrer Gesundheit und ihren Krankheiten. Es war eine Folter für sie und auch für mich. Sie mußte eben diese Folterqualen erdulden, das war nun einmal unvermeidlich. Die Zuneigung zu den Kindern, der animalische Trieb, sie zu nähren, zu hätscheln, zu schützen, war bei ihr wie bei den meisten Frauen vorhanden. Eines jedoch besaß sie nicht, was die Tiere besitzen: sie war nicht, wie diese, frei von Phantasievorstellungen und Verstandesskrupeln. Die Henne fürchtet sich nicht vor all den Schrecknissen, die ihren Küchlein begegnen könnten, sie kennt all die Krankheiten nicht, denen sie verfallen könnten; sie kennt nicht alle die Mittel, mit denen die Menschen glauben sich vor Krankheit und Tod zu bewahren. Die Küchlein sind für die Henne keine Plage. Sie tut für sie das, was zu tun ihr Freude macht und in ihrem Wesen liegt, die Kinder sind also für sie ein Quell der Freude. Sobald ein Hühnchen krank wird, weiß sie sehr wohl, wie sie für das Kranke zu sorgen hat: sie wärmt und füttert es, und wenn sie das tut, weiß sie, daß sie alles Nötige getan hat. Geht das Küchlein ein, so fragt sie sich nicht lange, warum es eingegangen und wohin es gegangen sei, sondern stößt ein kurzes Gackern aus und lebt in alter Weise fort. Für unsere unglücklichen Frauen jedoch – auch bei meiner war es so – liegen die Dinge anders. Ich will nicht mehr von den Krankheiten reden oder von der Sorge, wie man sie heilen solle, noch von den verschiedenen Erziehungs- und Auffütterungsmethoden: von allen Seiten hatte sie darüber alles Erdenkliche gehört und alle möglichen einander widersprechenden Ratschläge gelesen. Nähren soll man die Kinder so und so; oder nein – nicht so und so, sondern so; über Kleidung, Trinken, Baden, Schlafenlegen, Spazierengehen, Lüften gab man uns, namentlich ihr, jede Woche neue Ratschläge, als wäre die Kunst des Kindergebärens erst seit gestern erfunden. Da hieß es, das Kind habe zur Unzeit seine Nahrung bekommen, es sei zur Unzeit gebadet worden und davon erkrankt, so daß die Schuld auf uns falle, weil wir nicht getan hätten, was wir hätten tun sollen.

So ging es, wenn die Kleinen gesund waren. Doch auch das war eine Quälerei. Wurde jedoch eines ernstlich krank, dann war alles aus. Dann wurde das Haus zur wahren Hölle. Es hieß doch, die Krankheit könne geheilt werden und es gebe solch eine Wissenschaft und solche Menschen, Ärzte geheißen, die da Bescheid wüßten. Nicht alle wüßten es, aber doch die besten unter ihnen. Nun war das Kind erkrankt, und nun galt es, einen dieser besten Ärzte zu finden, einen von denen, die das Kind zu retten vermögen, dann wäre es gerettet; fand man jedoch diesen besten Arzt nicht oder wohnte man nicht in demselben Orte wie er, dann gab man das Kind verloren. Und das war nicht etwa nur der Glaube meiner Frau allein, sondern das ist der Glaube aller Frauen ihres Kreises, und von allen Seiten hörte sie nur immer das gleiche: ›Jekaterina Semjonowna hat zwei Kinder verloren, weil Iwan Sacharytsch nicht rechtzeitig gerufen wurde, und Maria Iwanowna verdankt ihm die Rettung ihres ältesten Mädchens; die Petrows haben auf Anraten des Arztes eine Reise nach verschiedenen Kurorten gemacht und ihre Kinder gerettet, den andern aber, die nicht weggereist waren, sind die Kinder gestorben. Frau Soundso hatte ein schwächliches Kind, fuhr auf Anraten des Arztes nach dem Süden und rettete es so.‹ Wie sollen alle diese Dinge einen nicht quälen und nicht das ganze Leben lang beunruhigen? Wo doch das Leben der Kinder, denen die Mutter mit tierischer Anhänglichkeit zugetan ist, angeblich davon abhängt, ob sie rechtzeitig erfährt, was Iwan Sacharytsch über den Fall denkt, und kein Mensch eigentlich weiß, was Iwan Sacharytsch sagen wird, am wenigsten er selber, weil er sehr wohl weiß, daß er gar nichts weiß und nicht zu helfen vermag, sondern nur Winkelzüge macht, damit die Leute nicht aufhören, an sein Wissen zu glauben. Wäre sie ganz und gar Tier, dann würde sie sich nicht so sehr quälen. Wäre sie dagegen ganz und gar Mensch, dann würde sie den Glauben an Gott besitzen und würde denken und reden, wie die Gläubigen reden: ›Gott hat es gegeben, Gott hat es genommen, Gott kann man nicht entgehen.‹

Das ganze Leben mit den Kindern war für meine Frau – und somit auch für mich – nicht eine Freude, sondern eine Plage. Sie quälte sich unaufhörlich mit ihnen. Kaum hatten wir uns zuweilen nach einer Eifersuchtsszene oder einem einfachen Zank beruhigt und dachten nun daran, ein wenig Atem zu schöpfen, ein Buch zu lesen oder einen vernünftigen Gedanken zu fassen, kaum hatten wir irgendeine Arbeit vorgenommen, so kam auch schon die Nachricht, daß Waßja sich erbrechen mußte oder daß Mascha einen blutigen Stuhlgang gehabt oder daß Andrjuscha einen Ausschlag bekommen hätte. Nun war es natürlich wieder vorbei mit dem vernünftigen Leben. Wohin sollte man rennen, wo einen Arzt auftreiben, wie die gesunden Kinder abschließen? Und nun begann die Wirtschaft mit den Klistieren, dem Temperaturmessen, den Mixturen und den Ärzten. Kaum war der eine Fall erledigt, war schon ein neuer da.

Ein regelmäßiges, geordnetes Familienleben gab es nicht. Es gab nur, wie ich Ihnen bereits sagte, eine beständige Flucht vor eingebildeten und wirklichen Gefahren. So ist es jetzt in den meisten Familien. In meiner Familie war es besonders schlimm, denn meine Frau war eine sehr zärtliche Mutter und sehr leichtgläubig.

Der Besitz von Kindern erleichterte uns also das Leben keinesfalls, sondern vergiftete es ganz und gar. Die Kinder gaben immer wieder Anlaß zu Zank und Hader. Seit wir Kinder hatten und diese heranwuchsen, wurden sie mehr und mehr die Veranlassung und der Gegenstand von Streit und Zwist. Ja nicht nur ein Gegenstand des Streites, sondern geradezu eine Waffe im Kampfe – wir lieferten uns gleichsam Schlachten mittels der Kinder. Jeder von uns hatte seinen Liebling, dessen er sich als Waffe im Kampf bediente. Meine Waffe war später in der Regel Waßja, der Älteste, während sie sich Lisas bediente. Als die Kinder herangewachsen und ihre Charaktere gereift waren, suchten wir sie als Bundesgenossen auf unsere Seite zu bringen. Die armen Wesen litten schwer darunter, aber in unserem unaufhörlichen Krieg dachten wir eben nicht an sie. Das Mädchen fand sich jetzt zumeist auf meiner Seite, während der älteste Knabe, der der Mutter ähnlich war, ihr Liebling wurde und oft von Haß gegen mich erglühte.«

17

»Nun, so lebten wir denn dahin. Unsere Beziehungen wurden immer feindseliger. Schließlich kam es so weit, daß nicht mehr eine Meinungsverschiedenheit die Feindseligkeit hervorrief, sondern aus der Feindseligkeit die Meinungsverschiedenheit entsprang: was sie auch sagen mochte, ich war schon von vornherein anderer Meinung, und das Gleiche war auch bei ihr der Fall.

Im vierten Jahre unsrer Ehe waren wir beide fest davon überzeugt, daß wir einander nie verstehen, nie zu einer Übereinstimmung miteinander gelangen würden. Wir machten nicht mehr den Versuch, uns wieder einmal richtig auszusprechen. Bei den einfachsten Dingen, namentlich betreffs der Kinder, blieb jeder von uns unerschütterlich bei seiner Meinung. Soweit ich mich jetzt erinnere, waren die Meinungen, die ich vertrat, mir durchaus nicht so teuer, daß ich sie schließlich nicht hätte opfern können; aber *sie* war entgegengesetzter Meinung, und wenn ich nachgab, so hieß das *ihr* nachgeben. Und das konnte ich nicht, so wenig wie sie es konnte. Sie war jedenfalls mir gegenüber nach ihrer Ansicht immer im Recht, und ich war in meinen Augen natürlich ein Heiliger. Waren wir unter uns, so waren wir fast zum Schweigen verurteilt oder auf solche Gespräche angewiesen, wie sie vermutlich die Tiere untereinander führen mögen: ›Wie spät ist es? – Es ist Zeit, daß man schlafen geht. – Was gibt's heute zum Mittagessen? – Wohin wollen wir fahren? – Was steht in der Zeitung? – Man muß zum Arzt schicken, Mascha hat Halsschmerzen.‹ Nur um ein Härchen brauchte dieser bis aufs äußerste beschränkte Stoffkreis überschritten zu werden, und schon platzten die Gegensätze aufeinander. Es gab Zank und bissige Worte beim Kaffee, wegen des Tischtuches, des Wagens, in dem wir fuhren, des Ausspielens am Kartentisch, kurz um jede Kleinigkeit, die weder für sie noch für mich von Bedeutung sein konnte. Ich wenigstens war häufig von einer wahren Wut gegen sie erfüllt. Zuweilen, wenn ich zusah, wie sie den Tee eingoß oder mit dem Bein schlenkerte oder den Löffel zum Munde führte und den Trank hinunterschlürfte, haßte ich sie um dieser Dinge willen, als handle es sich um irgendeine verächtliche Tat. Es fiel mir damals nicht auf, daß die Perioden der Bosheit in mir völlig regelmäßig und gleichmäßig auftauchten, und zwar entsprechend jenen Perioden, die wir Liebe nannten. Auf eine Periode der Liebe folgte jedesmal eine Periode des Hasses; war der Ausbruch der Liebe stark, so war die Periode des Hasses von langer Dauer; auf eine schwächere Bekundung der Liebe folgte eine kurze Äußerung des Hasses. Damals begriffen wir nicht, daß diese Liebe und dieser Haß Offenbarungen desselben animalischen Triebes, nur von verschiedenen Polen aus gesehen, waren. So zu leben wäre schrecklich gewesen, wenn wir uns unserer Lage bewußt geworden wären; dies war jedoch nicht der Fall, wir begriffen unsere Lage nicht. Darin liegt zugleich die Rettung und die Strafe des Menschen, daß er, wenn er ein verkehrtes Leben führt, sich zu betäuben vermag, so daß er die ganze Kläglichkeit seiner Lage nicht sieht. So hielten auch wir es jetzt. Sie suchte über allerhand nebensächlichen hastigen Beschäftigungen in der Wirtschaft, im Haushalt, in ihrem Boudoir und der Kinderstube unsere gegenseitigen Beziehungen zu vergessen, während ich wieder meine eigene Domäne hatte – Zechgelage, Dienstangelegenheiten, Jagd, Kartenspiel. Wir hatten beide beständig zu tun. Wir fühlten es: je beschäftigter wir beide waren, desto böser durften wir aufeinander sein. ›Du hast gut launisch sein‹, dachte ich, ›die ganze Nacht hast du mich mit deinen Keifszenen gequält, und nun soll ich in die Sitzung fahren!‹ – ›Du hast es gut‹, dachte nicht nur, sondern erklärte sie laut, ›mich hat das Kind die ganze Nacht nicht schlafen lassen!‹ Die neuen Theorien des Hypnotismus, der Geisteskrankheiten sind eine Torheit, und zwar nicht bloß eine harmlose, sondern eine schädliche, widerwärtige Torheit. Meine Frau würde von Charcot zweifellos für hysterisch und ich für nicht normal erklärt worden sein, und er würde uns zweifellos in Behandlung genommen haben, obwohl an uns nicht das geringste herumzukurieren war.

So lebten wir in einem beständigen Nebel und übersahen die Lage nicht, in der wir uns befanden. Und wäre nicht geschehen, was eben geschehen ist, so hätte ich bis an mein Greisenalter so weitergelebt und geglaubt, ein leidlich glückliches Leben gelebt zu haben, kein besonders schönes zwar, aber auch kein besonders schlechtes, so wie es eben alle Menschen führen; ich wäre nicht dahinter gekommen, in welchem Abgrund des Unglücks und der erbärmlichsten Lüge ich mich befand.

Dabei waren wir doch nichts anderes als zwei Sträflinge, die einander haßten, die an einer einzigen Kette ächzten, sich das

Leben gegenseitig zu vergiften trachteten und bestrebt waren, nichts von alledem zu sehen. Ich wußte damals noch nicht, daß neunundneunzig Prozent aller Ehepaare in derselben Hölle leben wie wir und daß dies nicht anders sein kann. Damals wußte ich das noch nicht, weder von mir selbst noch von den andern.

Merkwürdig, was für Zufälle im Leben mitspielen, ob es nun regelmäßig oder unregelmäßig dahinfließt! Die Eltern können das Leben miteinander nicht mehr ertragen, sie sind sich ›über‹ geworden, und zu gleicher Zeit stellt es sich heraus, daß die Erziehung der Kinder eine Übersiedelung nach der Stadt notwendig macht. ›Nach der Stadt!‹ hieß also jetzt die Parole.«

Er schwieg eine Weile und stieß wohl zweimal seinen seltsamen Laut aus, der jetzt schon völlig einem unterdrückten Schluchzen glich. Der Zug näherte sich der Station.

»Wie spät ist es?« fragte er.

Ich sah nach, es war zwei Uhr.

»Sind Sie nicht müde?« fragte er mich.

»Nein; aber Sie sind es?«

»Nein, nur ein wenig stickig kommt es mir hier vor. Ich will einen Augenblick hinausgehen und einen Schluck Wasser trinken.«

Er ging mit schwankendem Schritt durch den Wagen. Ich saß da, sann über alles nach, was er mir erzählt hatte, und verfiel in so tiefes Sinnen, daß ich seinen Eintritt durch die andere Tür gar nicht bemerkte.

18

»Ja, ich lasse mich gar zu leicht erregen«, begann er von neuem. »Ich habe vielerlei durchdacht. Viele Dinge sehe ich mit eigenen Augen an, und da möchte man denn seine Gedanken aussprechen. Nun, wir lebten also jetzt in der Stadt. In der Stadt kann der Mensch hundert Jahre leben, ohne eine Ahnung davon zu haben, daß er längst gestorben und verdorben ist. Man hat gar keine Zeit, einmal richtig mit sich selbst zu Rate zu gehen, ewig ist man beschäftigt.

Geschäfte, gesellschaftliche Verpflichtungen, die Gesundheit, die Künste, das Befinden der Kinder, ihre Erziehung – wieviel Sorgen schafft das alles! Da heißt es bald den, bald jenen empfangen, da und dort Besuche machen, bald diesen oder diese anhören. In der Stadt gibt es zu jeder Stunde eine, zwei oder auch drei berühmte Persönlichkeiten, die man gesehen haben muß. Bald muß man an sich, bald an dem einen oder andern Hausgenossen herumkurieren, dann sind die Lehrer, die Erzieher, die Gouvernanten zu überwachen, und so vertrödelt man Stunde um Stunde des Lebens. Nun, so trieben wir es schließlich auch und empfanden die Qual unseres Zusammenlebens nicht so schmerzlich. Die erste Zeit brachte außerdem die wundervolle Beschäftigung, sich in dem neuen Wohnort und dem neuen Quartier einzurichten, von der Stadt aufs Land und vom Land in die Stadt zu ziehen usw.

Den ersten Winter in der Stadt hatten wir hinter uns. Im zweiten Winter trat dann ein unauffälliger, kaum merklicher Umstand ein, von dem alle übrigen Vorgänge ihren Anfang nahmen.

Sie war krank, und die Ärzte verboten ihr wieder einmal das Gebären und belehrten sie über gewisse Mittel, um es zu verhindern.

Ich war darüber empört und kämpfte aufs schärfste dagegen an, sie bestand jedoch mit leichtfertigem Trotz auf ihrem Willen, und ich gab nach; der letzte Rechtfertigungsgrund für das widerliche Zusammenleben, das wir führten – die Erzeugung der Kinder –, war weggefallen, und unsere eheliche Gemeinschaft nahm noch häßlichere Formen an.

Der Bauer braucht Kinder für die Arbeit; fällt es ihm auch schwer, sie großzuziehen, so braucht er sie doch eben, und daher gibt es für seine ehelichen Beziehungen eine Rechtfertigung. Wir wohlhabenden Leute dagegen bedürfen der Kinder nicht, sie sind eine überflüssige Sorge, verursachen Kosten, Schwierigkeiten bei der Erbschaftsteilung, kurzum: sie sind eine Last. Für unser unlauteres Zusammenleben gibt es demnach überhaupt keine Rechtfertigung mehr. Wir verhindern entweder die Empfängnis auf künstliche Weise oder wir betrachten die Kinder, wenn sie dennoch geboren werden, als ein Unglück, als eine Folge der Unvorsichtigkeit. Das letztere ist noch unsittlicher als das erstere, und es gibt keine Rechtfertigung dafür. Wir sind jedoch moralisch so gesunken, daß wir eine Rechtfertigung gar nicht mehr für notwendig halten. Die Mehrzahl unserer heutigen gebildeten Welt huldigt dieser Ausschweifung ohne die geringsten Gewissensbisse. Wozu auch Gewissensbisse? Gibt es doch in dem Leben, wie wir es führen, kein Gewissen, außer etwa jenen beiden Faktoren, die wir als öffentliche Meinung und als Scheu vor dem Strafgesetz bezeichnen. Hier kommt jedoch weder diese noch jene in Frage: Vor der öffentlichen Meinung braucht man sein Gewissen nicht beschwert zu fühlen, weil doch alle sich so verhalten, Maria Pawlowna so gut wie Iwan Sacharytsch – denn welchen Zweck hat es, Bettler in die Welt zu setzen oder sich der Annehmlichkeiten des geselligen Verkehrs zu berauben? Scheu vor dem Strafgesetz oder Gewissensbisse in dieser Richtung kamen gleichfalls nicht in Frage. Liederliche Dirnen und Soldatenweiber werfen ihre Kinder wohl in Teiche und Brunnen, die müssen dafür natürlich auch ins Gefängnis wandern, bei uns jedoch geht alles fein sauber und rechtzeitig vor sich.

So verlebten wir noch zwei weitere Jahre. Das Mittel, das die Schufte von Ärzten bei meiner Frau in Anwendung gebracht hatten, begann augenscheinlich zu wirken, sie nahm körperlich zu und wurde schön – so schön wie die letzten Tage des Spätsommers. Sie fühlte das und begann sich mit sich selbst zu beschäftigen. Sie wurde zu einer Art prickelnder Schönheit, die die Männer reizt. Sie stand in der Kraftfülle einer dreißigjährigen, gut genährten, sinnlich erregten Frau, die sich des Gebärens enthält. Ihr Anblick hatte etwas Beunruhigendes; wenn sie in Männergesellschaft erschien, waren alle Augen auf sie gerichtet. Sie war wie ein überfüttertes Pferd, das zu lange gestanden hat; nun hatte man es angeschirrt und ihm die Zügel freigegeben. Neunundneunzig Hundertstel unserer Frauen sind solche ungezügelten Pferde. Ich fühlte, daß auch sie zu ihnen gehörte, und mir wurde bange ums Herz.«

19

Er erhob sich plötzlich und setzte sich dicht ans Fenster.

»Entschuldigen Sie mich«, sagte er, richtete die Augen auf das Fenster und saß so wohl drei Minuten lang da. Dann seufzte er tief auf und setzte sich wieder mir gegenüber. Seine Miene hatte sich völlig verändert, die Augen hatten etwas Weiches, und ein seltsames Lächeln spielte um seine Lippen. – »Ich bin ein wenig müde geworden«, fuhr er fort, »doch will ich weitererzählen. Es ist noch viel Zeit bis zum Morgengrauen. Ja«, sagte er, sich eine Zigarette anzündend, »sie wurde also von der Zeit an, da sie aufhörte zu gebären, stark und üppig, und diese Krankheit, das ewige Leiden um die Kinder, war vorüber. Es war, als ob sie aus einem Rausche erwacht wäre und die ganze Gotteswelt mit ihren Freuden, die sie vergessen, vor sich sähe, eine Gotteswelt freilich, in der sie nicht zu leben verstand und die sie nicht begriff. ›Nur genießen, genießen! Die Zeit flieht dahin, und du hältst sie nicht zurück!‹ So muß sie gedacht oder vielmehr gefühlt haben, und sie konnte auch nicht anders denken und fühlen: war sie doch in der Vorstellung erzogen, daß es in der Welt nur eines gebe, das Beachtung verdiente: die Liebe. Sie hatte geheiratet, hatte etwas von dieser Liebe kennengelernt, aber lange nicht das, was sie sich versprochen, was sie erwartet hatte, sondern gar viele Enttäuschungen und Leiden und vor allem diese unerwartete Qual mit den vielen Kindern. Diese Qual hatte sie mürbe gemacht. Doch dank den diensteifrigen Doktoren war sie dahintergekommen, daß es auch ohne Kinder gehe. Ihre Freude war groß, sie fand die Richtigkeit der Sache bestätigt und lebte nun wieder auf für den einen Lebenszweck, den sie kannte: für die Liebe. Aber die Liebe zu einem Manne, der sein Gefühl durch Eifersucht und jähe Zornesausbrüche entwürdigt hatte, besaß für sie keinen Reiz mehr. Ihr schwebte eine andere, reine, neue Liebe vor, wenigstens glaubte ich das annehmen zu müssen. Und nun begann sie um sich zu schauen, als ob sie etwas erwartete. Ich sah das und konnte nicht umhin, unruhig zu werden. Ich hörte Äußerungen von ihr, die auf eine tiefe Wandlung schließen ließen. Sie sagte es ganz offen, halb im

Scherz heraus, daß die mütterlich liebende Sorge eine Täuschung sei, daß es sich nicht lohne, sein Leben den Kindern zu opfern, daß man nur einmal jung sei und sein Leben genießen müsse. Sie beschäftigte sich jetzt weniger als früher mit den Kindern und nicht mehr mit solcher Hingabe, dafür wandte sie, wenn auch zunächst unauffällig, ihre Aufmerksamkeit mehr dem eigenen Ich und ihrem Äußeren, ihren Vergnügungen und sogar ihrer Ausbildung zu. Sie nahm mit einiger Begeisterung wieder das Klavierspiel auf, das sie schon ganz vernachlässigt hatte. Und das war dann der Anfang der Katastrophe.«

Er wandte sich wieder mit seinen müde blickenden Augen dem Fenster zu, fuhr dann jedoch, seine Müdigkeit überwindend, sogleich fort: »Ja, da erschien dieser Mensch auf der Bildfläche.« – Er stockte und gab wohl zweimal seinen eigentümlichen Nasenlaut von sich.

Ich sah, daß es ihm peinlich war, den Namen jenes Mannes zu nennen, sich seiner zu erinnern, von ihm zu reden. Doch er machte eine heftige Anstrengung, überwand gleichsam das Hindernis, das ihm im Wege stand, und fuhr entschlossen fort:

»Er war in meinen Augen und nach meiner Meinung, kurz gesagt, ein Lump. Nicht in Anbetracht der Rolle, die er in meinem Leben gespielt hat, sondern weil er es wirklich war. Übrigens der Umstand, daß er ein schlechter Mensch war, dient mir nur zum Beweise dafür, wie wenig zurechnungsfähig *sie* war. Wenn nicht er, so wäre es eben ein anderer gewesen, das war nun schon nicht mehr zu ändern.« – Er schwieg wieder. – »Ja, es war ein Musiker, ein Geiger; nicht ein Musiker von Beruf, sondern halb Berufsmusiker, halb Salonmensch. Sein Vater, ein Gutsbesitzer, war der Nachbar meines Vaters gewesen. Er hatte sein Vermögen verloren, von seinen drei Söhnen hatten zwei ihr Glück gemacht, während der jüngste, eben der Musiker, bei seiner Patin in Paris untergebracht worden war. Da er musikalisches Talent besaß, ließ man ihn das Konservatorium besuchen, das er als Konzertgeiger verließ. Er war ein Mensch ...«, anscheinend wollte er irgend etwas Schlechtes über ihn sagen, doch unterdrückte er das tadelnde Wort und sagte nur rasch und scharf: »Nun, schließlich weiß ich ja nicht, was für ein

Leben er früher geführt hatte, ich weiß nur, daß er in jenem Jahr in Rußland auftauchte und in mein Haus kam: mandelförmige, feuchte Augen, lächelnde rote Lippen, ein flott gedrehtes Schnurrbärtchen, letzte moderne Frisur, ein fades, hübsches Gesicht, was die Frauen so einen netten Jungen nennen, von schwächlicher, wenn auch nicht unvorteilhafter Statur, mit stark entwickeltem Hinterteil, wie es die Frauen oder die Hottentotten besitzen, die ja auch sehr musikalisch sein sollen. Er wurde, wo es anging, rasch familiär, fühlte jedoch sogleich, wo das nicht angebracht war, und zog sich dann unter Wahrung seiner äußeren Würde zurück, wobei er sich jenen eigentümlichen Pariser Anstrich zu geben wußte, den Knöpfschuhe, bunte Krawatten und andere in Paris von den Fremden übernommene, auf unsere Frauen wirkende Modesachen verleihen. In seinen Manieren waltete eine gewisse gekünstelte, äußerliche Flottheit. Er sprach von allem, verstehen Sie, in Anspielungen und halben Sätzen, als ob Sie schon alles wüßten, sich an alles erinnerten und alles selbst ergänzen könnten. Dieser Mensch mit seiner Musik war also an allem schuld. In der Gerichtsverhandlung wurde der Sachverhalt so dargestellt, als sei Eifersucht die ausschließliche Ursache von allem gewesen. Dies war jedoch durchaus nicht der Fall – das heißt, wenigstens nicht ausschließlich. In der Verhandlung wurde festgestellt, daß ich der betrogene Gatte sei und daß ich sie getötet hätte, um meine beleidigte Ehre zu rächen – so nennen sie das ja wohl in ihrer Ausdrucksweise. Aus diesem Grunde also sprachen sie mich frei. Ich wollte ihnen den tieferen Zusammenhang der Dinge klarmachen, sie aber verstanden es so, als wollte ich die Ehre meiner Frau rehabilitieren.

Welcher Art ihre Beziehungen zu diesem Musikanten gewesen sind, hatte weder für mich noch für sie irgendeine tiefere Bedeutung. Bedeutung hatte nur das, was ich Ihnen dargelegt habe, nämlich mein unlauteres Leben. Alles kam davon her, daß zwischen uns dieser entsetzliche Abgrund gähnte, den ich Ihnen beschrieben habe, diese furchtbare Spannung gegenseitigen Hasses, bei dem der geringste Anlaß genügte, um eine Krise herbeizuführen. Die Zänkereien zwischen uns waren in der letzten Zeit zu etwas Schrecklichem geworden, verheerend namentlich dadurch, daß sie sich gelegentlich in einer jähen tierischen Leidenschaftlichkeit auslösten.

Wäre er nicht aufgetaucht, so wäre es eben ein anderer gewesen. Außer der Eifersucht hätte sich ein beliebiger anderer Vorwand finden lassen. Ich bin der Überzeugung, daß alle Männer, die so gelebt haben wie ich, entweder ganz und gar dem Laster verfallen oder zur Scheidung schreiten, entweder Selbstmord begehen oder, wie ich es getan, ihre Frau töten müssen. Wenn bei einem von ihnen keine dieser Möglichkeiten eintritt, so bildet er eine seltene Ausnahme. Ich hatte, bevor ich den Ausweg wählte, dem ich schließlich den Vorzug gab, mehrmals vor dem Selbstmord gestanden, und auch sie hatte einige Male versucht, sich zu vergiften.«

20

»Ja, so lagen die Dinge in der letzten Zeit.

Wir lebten in einer Art Waffenstillstand und hatten keinen Anlaß, ihn zu verletzen. Plötzlich kommen wir in der Unterhaltung auf einen bestimmten Hund zu sprechen: ich sage, er habe auf der Ausstellung eine Medaille bekommen, und sie behauptet, nicht eine Medaille sei es gewesen, sondern eine ehrenvolle Erwähnung. Wir fangen an zu streiten, von einem Gegenstande kommen wir auf einen andern, ein Wort gibt das andere: ›Na ja, wir wissen ja Bescheid, das ist ja immer so. Du sagtest . . .‹ – ›Nein, ich habe nichts gesagt . . .‹ – ›So, dann lüge ich also! . . .‹

Es liegt so etwas in der Luft, als ob jeden Augenblick wieder eine der entsetzlichen Szenen beginnen sollte, bei der man am liebsten sie oder sich selbst töten möchte. Man weiß: jetzt wird es gleich ausbrechen, man fürchtet sich davor wie vor dem Feuer und sucht sich zu beherrschen, doch die Wut packt dein ganzes inneres Wesen. Sie ist in derselben, wenn nicht in noch ärgerer Stimmung, verdreht absichtlich jedes deiner Worte und schiebt ihm einen erlogenen Sinn unter; alles aber, was sie sagt, ist von Gift durchtränkt, und ihre Worte wissen mich gerade an den empfindlichsten Stellen zu treffen. Immer weiter geht's, immer toller. Ich schreie: ›Schweig!‹ oder so etwas in der Art. Sie läuft aus dem Zimmer nach der Kinderstube. Ich will sie zurückhalten, um meine Rede und Beweisführung zu beenden, und fasse sie bei der Hand. Sie stellt sich, als hätte ich ihr weh getan, und schreit: ›Kinder, euer Vater schlägt mich!‹ Ich schreie meinerseits: ›Lüg nicht!‹ – Sie kreischt: ›Es wäre ja nicht das erste Mal!‹ – Die Kinder stürzen zu ihr hin und beruhigen sie. Ich sage: ›Verstell dich doch nicht!‹ Sie sagt: ›Für dich ist alles Verstellung, du bist imstande, einen Menschen zu töten und zu behaupten, er verstelle sich. Jetzt habe ich dich durchschaut: auf meinen Tod hast du es abgesehen, weiter nichts!‹ – ›Ach, wenn du doch krepieren wolltest!‹ schreie ich. Ich erinnere mich noch, wie ich bei diesen meinen Worten erschrak: ich hatte nicht geglaubt, daß ich fähig wäre, so schreckliche, rohe Worte auszusprechen, und war erstaunt, daß sie meinen Lippen entfuhren. Ich stoße diese schrecklichen Worte aus, eile in mein Kabinett, setze mich hin und rauche. Ich höre, daß sie sich ins Vorzimmer begibt und sich zum Ausfahren bereit macht. Ich frage sie: ›Wohin?‹ – Sie antwortet mir nicht. Na, dann hol' sie der Teufel, denk' ich, kehre in mein Kabinett zurück, lege mich wieder hin und rauche. Tausend verschiedene Pläne, wie ich mich an ihr rächen, mich von ihr befreien und das alles ungeschehen machen könnte, schwirren mir durch den Kopf. Gedanke um Gedanke taucht empor, und ich rauche, rauche, rauche. Ich will von ihr fort, will mich irgendwo verbergen, will nach Amerika entfliehen. So weit führen mich meine Gedanken, daß ich mir schon allen Ernstes ausmale, wie schön das sein wird, von ihr befreit zu sein und mit einer neuen, völlig anders gearteten, schönen Frau zusammenzuleben. Wie aber soll ich von ihr frei werden? Dadurch, daß sie stirbt oder daß ich mich von ihr scheiden lasse – ja, aber wie soll das geschehen? Ich sehe, daß meine Gedanken wirr werden, daß mir lauter dummes Zeug durch den Kopf geht, und um zu vergessen, wie toll das alles ist, darum eben – rauche und rauche ich.

Zu Hause aber nimmt das gewöhnliche Leben seinen Fortgang. Die Gouvernante kommt und fragt, wo Madame sei, wann sie zurückkommen werde. Der Diener fragt, ob er den Tee servieren solle. Ich komme ins Eßzimmer; die Kinder, namentlich Lisa, die Älteste, die schon begreift, sehen mich fragend und mißbilligend an. Schweigend trinken wir den Tee. Sie kommt und kommt nicht. Der ganze Abend vergeht, ohne daß sie zurückkehrt, und zwei Gefühle wechseln in meiner Seele: der Zorn darüber, daß sie mich und die Kinder durch ihre Abwesenheit quält, die doch schließlich nur mit ihrer Rückkehr enden könne, und die Angst, daß sie am Ende doch nicht kommt und sich etwas antut. Ich möchte sie holen – doch wo soll ich sie suchen? Bei ihrer Schwester? Aber das sieht so dumm aus: man kommt hin und fragt nach ihr! Schließlich, Gott mit ihr: wenn sie andere quälen will, so soll sie sich auch selbst quälen! Das will sie ja nur, daß man sie hole. Das nächste Mal wird sie es dann nur um so toller treiben. Wie aber, wenn sie nicht bei der Schwester ist, wenn sie sich etwas antut oder schon angetan hat? . . . Elf Uhr, zwölf Uhr. Ich gehe nicht ins Schlafzimmer, es sieht so dumm aus, wenn man dort so allein herumliegt und wartet. Ich gehe überhaupt nicht schlafen. Ich will mich lieber irgendwie beschäftigen, einen Brief schreiben, etwas lesen . . . ach, zu nichts hab' ich Lust. Ich sitze ganz allein im Kabinett, quäle mich, ärgere mich und horche zum Zimmer hinaus. Drei, vier Uhr – sie ist noch immer nicht da. Gegen Morgen schlafe ich ein. Nach einiger Zeit erwache ich – noch immer bin ich allein.

Alles im Hause geht seinen alten Gang, alles jedoch ist erstaunt und sieht mich vorwurfsvoll an, in der Meinung, daß ich an allem schuld sei.

In mir wütet immer noch der Kampf zwischen dem Zorne darüber, daß sie mich so martert, und der Unruhe um ihr Verbleiben.

Gegen elf Uhr morgens erscheint ihre Schwester bei mir als ihre Abgesandte. Die gewohnte Unterhaltung beginnt: ›Sie ist in einer schrecklichen Verfassung . . .‹ – ›Ja, aber wie denn? Es ist doch nichts geschehen!‹ Ich spreche von ihrem unerträglichen Charakter und sage, daß mich jedenfalls keine Schuld treffe.

›Auf keinen Fall darf das so bleiben‹, sagte die Schwester.

›Alles kommt auf *ihr* Konto, nicht auf meines‹, sagte ich. ›Ich werde jedenfalls nicht den ersten Schritt tun. Wenn sie sich scheiden lassen will – mir soll es recht sein.‹

Der Besuch der Schwägerin war ergebnislos verlaufen. Ich hatte ihr ohne Umstände erklärt, daß ich den ersten Schritt nicht tun würde, kaum jedoch war sie fort, kaum war ich aus dem Zimmer getreten und hatte die verstörten, erschrockenen Gesichter der Kinder gesehen, als ich auch schon bereit war, dennoch den ersten Schritt zu tun. Wie aber soll ich es anfangen? Wieder gehe ich umher und rauche, trinke beim Frühstück Likör und Wein und erreiche damit, was ich unbewußt wünsche: daß ich das Törichte, Abgeschmackte meiner Lage nicht sehe.

Gegen drei Uhr kommt sie angefahren. Ohne ein Wort zu sagen, geht sie an mir vorüber. In der Meinung, daß sie sich beruhigt hat, beginne ich ihr auseinanderzusetzen, ihre Vorwürfe hätten mich gereizt. Mit abwesendem, bis zum Äußersten abgespanntem Gesicht erklärt sie mir, wir könnten nicht miteinander weiterleben. Ich sage, mich träfe keine Schuld, sie hätte mich geradezu herausgefordert. Sie sieht mich ernst und feierlich an und sagt darauf: ›Sprich nicht weiter, es wird dir leidtun.‹ Ich entgegne ihr, ich könne kein Komödienspiel leiden. Da schreit sie mir irgend etwas ins Gesicht, was ich nicht verstehe, und läuft in ihr Zimmer. Der Schlüssel knarrt von innen; sie hat sich eingeschlossen. Ich klopfe, keine Antwort erfolgt, und ich entferne mich wütend. Eine halbe Stunde darauf kommt Lisa weinend gelaufen. – ›Was gibt es? Ist etwas vorgefallen?‹ – ›In Mamas Zimmer ist es so still.‹ – ›Komm schnell!‹ – Ich rüttle aus Leibeskräften an der Tür. Der Riegel schloß nicht dicht, und die beiden Flügel springen auf. Ich trete an ihr Bett heran. Sie liegt recht unbequem da, in Unterkleidern und hohen Stiefeletten. Auf dem Tische steht ein geleertes Opiumfläschchen. Wir riefen sie ins Bewußtsein zurück; Tränen – und schließlich Versöhnung. Doch nein, nicht Versöhnung: jeder von uns trägt in der Seele den alten Grimm, noch verstärkt durch den Schmerz, den die Erregung dieses neuen Streites hervorgerufen hat und den natürlich jeder vollständig auf die Rechnung des andern setzt. Aber schließlich mußte doch alles das ein Ende nehmen, und das Leben kam wieder ins alte Geleise. Zank und Streit gab es unaufhörlich, bald einmal in der Woche, bald einmal im Monat, bald auch Tag für Tag. Und immer war es dasselbe Spiel. Einmal hatte ich bereits einen Auslandspaß genommen – der Zank hatte zwei Tage gedauert. Dann aber kam wieder eine halbe Erklärung, eine halbe Aussöhnung – und ich blieb.«

21

»So also sah es in unserem ehelichen Leben aus, als jener Mensch auf der Bildfläche erschien. Er kam nach Moskau – Truchatschewskij hieß er – und machte mir seinen Besuch. Es war am Vormittag. Ich empfing ihn. Wir hatten uns einstmals geduzt. Er schwankte in der Unterhaltung zwischen dem ›Sie‹ und dem ›Du‹ hin und her und schien dem letzteren den Vorzug zu geben, ich betonte jedoch von vornherein das ›Sie‹, und er gab sogleich nach.

Er mißfiel mir sehr, und zwar auf den ersten Blick. Seltsamerweise jedoch trieb mich eine verhängnisvolle Macht, ihn an mich zu ziehen, statt ihn von mir fernzuhalten. Was wäre schließlich einfacher gewesen, als daß ich nach einer kühlen Unterhaltung mich von ihm verabschiedet hätte, ohne ihn meiner Frau vorzustellen? Statt dessen jedoch kam ich wie absichtlich auf sein Spiel zu sprechen und sagte, man habe mir erzählt, er habe sein Geigenspiel aufgegeben. Er sagte, er spiele im Gegenteil jetzt eifriger denn je, und erinnerte mich daran, daß auch ich früher gespielt hätte. Ich erklärte, daß ich nicht mehr spielte, daß jedoch meine Frau gut spiele. Ganz seltsamerweise gestalteten sich meine Beziehungen zu ihm gleich am ersten Tage, in der ersten Stunde unseres Wiedersehens so, als ob alles auf den Endzweck, der schließlich erzielt wurde, abgesehen gewesen wäre. Es war etwas Gespanntes in unseren Beziehungen: jedes Wort, jeder Ausdruck, der über seine oder meine Lippen kam, schien mir ein besonderes Gewicht zu haben.

Ich stellte ihn meiner Frau vor. Sogleich entspann sich eine Unterhaltung über Musik, und er bot sich an, mit ihr zusammen zu spielen. Meine Frau war, wie stets in dieser letzten Zeit, sehr elegant und schick, ja von bestrickendem Reiz. Er gefiel ihr anscheinend auf den ersten Blick. Vor allem war sie hocherfreut darüber, einen Geiger zum Zusammenspiel zu haben, was sie sehr gern hatte, so daß sie zu diesem Zweck auch öfters einen Violinisten vom Theater zu engagieren pflegte. Man sah ihr die Freude über die neue Bekanntschaft am Gesicht an; als sie mich jedoch anschaute, begriff sie sogleich mein Gefühl und änderte ihren Gesichtsausdruck. Und nun begann dieses Spiel des gegenseitigen Belügens. Ich lächelte zuvorkommend und tat, als ob mir das alles sehr angenehm wäre. Er sah meine Frau so an, wie alle sittenlosen Männer hübsche Frauen anzusehen pflegen, wobei er sich so anstellte, als ob für ihn nur der Gegenstand der Unterhaltung von Interesse sei, während gerade dieser ihn am wenigsten interessierte. Sie suchte gleichgültig zu erscheinen, aber das ihr wohlbekannte, künstlich-lächelnde Mienenspiel meines von Eifersucht erregten Gesichtes und der lüsterne Blick des Gastes machten sie offenbar befangen. Ich sah, daß vom ersten Augenblick an ihre Augen in eigentümlicher Weise erglänzten, und meine Eifersucht bewirkte es wohl, daß zwischen ihm und ihr sozusagen ein elektrischer Strom entstand, der bei beiden den gleichen Ausdruck in Blick und Lächeln hervorrief. Sie errötete, er errötete. Sie lächelte, er lächelte. Wir plauderten von Musik, von Paris, von allen möglichen Bagatellen. Er erhob sich, um zu gehen, stand, den Hut am zuckenden Schenkel, lächelnd da und sah bald sie, bald mich an, als wartete er, was wir wohl beginnen würden. Ich habe diesen Moment ganz besonders im Gedächtnis behalten: hätte ich ihn nicht eingeladen, so wäre gar nichts geschehen. Doch ich sah ihn und sie an. ›Glaube nicht etwa, ich sei eifersüchtig‹, sprach ich in Gedanken zu ihr und fuhr dann, zu ihm gewandt, fort: ›oder ich fürchtete deine Nebenbuhlerschaft‹, und ich lud ihn ein, gelegentlich am Abend seine Geige mitzubringen und mit meiner Frau zu musizieren. Sie sah mich erstaunt an, wurde rot, meinte erschrocken, sie spiele doch nicht gut genug, und weigerte sich, mit ihm zusammen zu spielen. Ihre Weigerung reizte mich noch mehr, und ich bestand nun erst recht auf meinem Vorschlag. Ich erinnere mich des seltsamen Gefühls, das mich beschlich, als ich ihn mit seinem hüpfenden Vogelschritt hinausgehen sah und seinen weißen Nacken mit dem in der Mitte gescheitelten schwarzen Haar betrachtete. Ich sagte mir im stillen, daß die Anwesenheit dieses Menschen mir unbedingt peinvoll sei. Es hing nur von mir ab, dachte ich, es so einzurichten, daß sie ihn niemals zu Gesicht bekäme – aber das hätte dann so ausgesehen, als ob ich Angst vor ihm habe. Nein, ich hätte keine Angst! Das wäre gar zu erniedrigend, redete ich mir ein. Und so lud ich ihn denn im Vorzimmer, wohl wissend, daß meine Frau es hörte, noch zu diesem Abend ein. Er nahm es an, versprach, seine Geige mitzubringen, und empfahl sich.

Am Abend erschien er mit der Geige, und sie spielten. Aber das Spiel klappte nicht recht: die Noten, die sie brauchten, waren nicht vorhanden, und was vorhanden war, konnte meine Frau ohne Vorbereitung nicht spielen. Ich war ein großer Musikfreund und verfolgte ihr Spiel mit Interesse, hatte für ihn ein Notenpult aufgestellt und wandte die Notenblätter um. Sie spielten einige Sachen, Lieder ohne Worte und eine Mozartsche Sonate. Er spielte ausgezeichnet: er besaß im höchsten Maße das, was man Tonfülle nennt, und außerdem einen zarten, edlen Geschmack, der im übrigen seinem Charakter zu widersprechen schien. Er spielte natürlich weit besser als meine Frau, half ihr, wo es ging, und lobte zugleich ihr Spiel in reservierter Weise. Er hielt sich sehr gut. Meine Frau schien sich nur für die Musik zu interessieren und gab sich sehr einfach und natürlich. Ich stellte mich, als sei ich ganz mit der Musik beschäftigt, in Wirklichkeit jedoch wurde ich den ganzen Abend von Eifersuchtsqualen gepeinigt.

Vom ersten Blick an, den sie miteinander gewechselt hatten, sah ich, daß das Tier, das in ihnen stak, ohne irgendwelche Rücksicht auf die gesellschaftliche Situation bereits die forschende Frage gestellt hatte: ›Darf ich?‹, worauf die Antwort erfolgt war: ›O ja – bitte sehr!‹ Ich sah es ihm an, daß er nicht erwartet hatte, in meiner Frau, einer schlichten Moskowiterin, eine so anziehende Dame zu finden, und daß er darüber sehr erfreut war – denn einen Zweifel an ihrer Zustimmung hielt er offenbar für ausgeschlossen. Die Frage war nur, ob nicht vielleicht der Gatte sich allzu unbequem erweisen würde. Wäre ich selbst rein gewesen, so hätte ich das nicht so klar durchschaut, aber ich hatte, wie die meisten Männer, als Junggeselle von den Frauen dieselbe Meinung gehabt und las deshalb in seiner Seele wie in einem offenen Buche.

Ganz besonders quälte mich die Erkenntnis, daß sie gegen mich kein anderes Gefühl hegte als diese beständige, nur durch die üblichen Sinnlichkeitsausbrüche unterbrochene Erregtheit, während dieser Mensch durch seine äußere Eleganz, durch die Neuheit seiner Erscheinung, durch sein unzweifelhaft großes musikalisches Talent und die intime Annäherung, die das Zusammenspiel, zumal durch die Mitwirkung der Geige, bei empfänglichen Naturen hervorbringt, ihr nicht nur gefallen, sondern sie unbedingt beim ersten Angriff erobern, sie nach seinem Willen ummodeln und sich völlig gefügig machen mußte. Ich mußte das einsehen, und ich litt unsagbar unter dieser Erkenntnis. Gleichwohl oder vielleicht eben darum trieb mich eine geheime Macht wider Willen an, nicht nur besonders höflich, sondern geradezu zuvorkommend gegen ihn zu sein. Ob ich das um meiner Frau oder um seinetwillen tat, etwa um zu zeigen, daß ich ihn nicht fürchte, oder ob es um meinetwillen, um mich selbst zu täuschen, geschah, weiß ich nicht, jedenfalls vermochte ich vom ersten Augenblick an nicht einfach und natürlich gegen ihn zu sein. Ich mußte ihn streicheln, um nicht dem Wunsche nachzugeben, ihn sofort zu töten. Ich bewirtete ihn beim Abendessen mit teuren Weinen, schwärmte von seinem Spiel, setzte, wenn ich mit ihm sprach, das freundlichste Lächeln auf und lud ihn für den nächsten Sonntag zum Mittagessen ein. Sie sollten dann wieder zusammen spielen, und ich versprach, ein paar musikalische Bekannte einzuladen, die ihn anhören sollten. Damit schieden wir voneinander.«

In heftiger Erregung rückte er auf seinem Platze hin und her und ließ seinen eigentümlichen Laut vernehmen.

»Höchst seltsam«, begann er wieder, sichtlich bemüht, seine

Ruhe zu bewahren, »wie die Anwesenheit dieses Menschen auf mich wirkte.

Zwei oder drei Tage darauf kam ich aus einer Ausstellung nach Hause. Ich betrete das Vorzimmer, verspüre einen Druck, wie wenn sich mir ein Stein schwer auf die Brust legte, und kann mir keine Rechenschaft geben, was das eigentlich bedeutet. Erst allmählich kam es mir zum Bewußtsein: ich hatte im Vorzimmer etwas bemerkt, was im Zusammenhang mit ihm stehen mußte. Im Kabinett angelangt, machte ich kehrt, um mir Klarheit über den Sachverhalt zu verschaffen. Ich ging ins Vorzimmer zurück und fand die Richtigkeit meiner Beobachtung bestätigt: nein, ich hatte mich nicht geirrt – dort hing sein Mantel. Solch ein moderner, geckenhafter Mantel, wissen Sie? Alles, was sich auf ihn bezog, erregte immer meine besondere Aufmerksamkeit, wenn ich mir auch nicht sofort volle Rechenschaft darüber gab. Ich frage nach ihm: ja, er ist da. Ich gehe nicht durch das Besuchszimmer, sondern durch das Unterrichtszimmer der Kinder nach dem Salon. Lisa, meine Tochter, sitzt mit einem Buche in der Hand da, und die Kinderfrau mit der Kleinsten am Tische läßt irgendeinen Deckel tanzen. Die Salontür ist geschlossen. Ich höre von dort her ein gleichmäßiges Arpeggio und seine und ihre Stimme, ich horche, vermag jedoch nichts von ihrem Gespräch zu unterscheiden, offenbar sollte das Klavier ihre Worte, oder ihre Küsse – wer weiß? –, übertönen. Mein Gott, was sich da in mir aufbäumte! Wenn ich nur an die reißende Bestie denke, die damals in mir lebte, packt mich das Entsetzen. Das Herz krampfte sich mir plötzlich zusammen, es blieb stehen und begann dann wie mit Hammerschlägen zu pochen. Das vorwiegende Gefühl, das ich empfand, war, wie bei allen meinen Zornesaufwallungen, Mitleid mit mir selbst. ›In Gegenwart der Kinder, der Kinderfrau!‹ dachte ich. Ich muß schrecklich ausgesehen haben, denn Lisa sah mich mit ganz verängstigten Augen an. ›Was soll ich tun?‹ fragte ich mich, ›hineingehen kann ich nicht, ich richte Gott weiß was an. Doch ich kann auch nicht fortgehen. Die Kinderfrau sieht mich gerade so an, als ob sie alles erriete.‹

›Ja, ich muß hineingehen‹, sprach ich zu mir selbst und öffnete rasch die Tür. Er saß am Klavier, spielte mit seinen gebogenen, langen, weißen Fingern diese Arpeggien, und sie stand an der Ecke des Flügels über die aufgeschlagenen Noten gebeugt. Sie hatte mich zuerst erblickt oder gehört und schaute mich an. Ob sie erschrocken war und sich nur so stellte, als sei sie nicht erschrocken, oder ob sie tatsächlich nicht erschrocken war – jedenfalls zuckte und bewegte sie sich nicht, sondern errötete nur, und zwar erst nachträglich.

›Wie freue ich mich, daß du gekommen bist – wir haben uns noch nicht entschlossen, was wir am Sonntag spielen sollen‹, sprach sie in einem Tone, in dem sie nicht mit mir gesprochen hätte, wenn wir allein gewesen wären. Dieser Ton sowie der Umstand, daß sie sich und ihn in dem Worte ›wir‹ zusammenfaßte, beunruhigte mich. Ich begrüßte ihn schweigend. Er drückte mir die Hand und begann mir mit einem Lächeln, worin von vornherein eine gewisse Ironie zu liegen schien, zu erklären, er habe die Noten für die sonntägliche Musikunterhaltung mitgebracht, sie seien noch nicht einig, was sie spielen sollten, eine schwierigere klassische Sache, etwa eine Beethovensche Sonate für Violine, oder einige kleinere Stücke? Alles war so natürlich und einfach, daß man an nichts Anstoß nehmen konnte; dennoch war ich überzeugt, daß alles erlogen war, daß es ihnen nur darauf ankam, sich zu verabreden, wie sie mich hintergehen könnten.

Eine der quälendsten Eigentümlichkeiten unseres gesellschaftlichen Verkehrs ist für eifersüchtige Leute – und das sind wohl alle, die unsere Salons bevölkern – die allzu freie, gefährliche Annäherung, die zwischen Männern und Frauen möglich ist. Man macht sich einfach lächerlich, wenn man auf Bällen, im Verkehr des Arztes mit seiner Patientin, im Bereich der Künste, der Malerei, besonders aber der Musik, diese Annäherung verhindern wollte. Die Leutchen widmen sich zu zweien der edelsten aller Künste, der Musik; zu diesem Zweck muß ein gewisses Näherrücken stattfinden, das nichts Verdächtiges hat: nur der dumme eifersüchtige Ehemann kann darin etwas Unerwünschtes sehen. Und dabei wissen doch alle nur zu gut, daß gerade die erwähnten Beschäftigungen, zumal mit der Musik, zu den meisten Ehebrüchen in unseren Gesellschaftskreisen Anlaß geben.

Ich hatte sie augenscheinlich durch die Verwirrung, die sich in meinen Zügen malte, gleichfalls in Verwirrung gebracht. Ich konnte eine ganze Weile kein Wort sagen und war wie eine umgestülpte Flasche, aus der das Wasser nicht herausquillt, weil sie zu voll ist. Ich brannte darauf, ihn auszuschelten und hinauszuwerfen, doch ich fühlte, daß ich wieder freundlich und zuvorkommend gegen ihn sein müßte. Ich stellte mich, als hieße ich alles gut, versicherte ihm, daß ich mich ganz auf seinen guten Geschmack verlasse, und riet ihr, sich ebenso zu verhalten. Er blieb noch so lange, als notwendig war, um den peinlichen Eindruck, der dadurch entstanden war, daß ich plötzlich mit erschrockenem Gesicht ins Zimmer trat und schweigend stehen blieb, zu verwischen, und er empfahl sich, nachdem er angeblich mit ihr darüber einig geworden, was sie morgen spielen würden. Ich war meinerseits fest davon überzeugt, daß im Vergleich zu dem, was sie tiefinnerlich beschäftigte, die Frage, was sie spielen sollten, ihnen höchst gleichgültig war. Ich begleitete ihn mit ganz besonderer Höflichkeit ins Vorzimmer – wie sollte ich das nicht bei einem Menschen, der erschienen war, um die Ruhe einer ganzen Familie zu stören und ihr Glück zu vernichten? Mit ausnehmender Freundlichkeit drückte ich seine weiße, weiche Hand.«

22

»An diesem ganzen Tage sprach ich nicht mit ihr, ich war dazu nicht imstande. Ihre Nähe rief in mir eine solche Wut hervor, daß ich mich vor mir selbst fürchtete. Bei Tisch fragte sie mich in Gegenwart der Kinder, wann ich verreise. Ich hatte in der nächsten Woche vor, zu einer Kreisversammlung zu fahren. Ich gab ihr Bescheid. Sie fragte mich, ob ich nicht irgend etwas für die Fahrt mitnehmen möchte. Ich antwortete ihr nicht und begab mich schweigend in mein Kabinett. In letzter Zeit war sie nie in mein Zimmer gekommen, namentlich nicht um diese Zeit. Ich lag im Kabinett und war im höchsten Maße aufgebracht.

Da vernehme ich einen bekannten Schritt. Und plötzlich kommt mir der furchtbare, tolle Gedanke in den Kopf, daß sie, wie die Frau des Urias, ihre bereits begangene Sünde verbergen wolle und daß sie deshalb zu so ungewohnter Stunde zu mir komme. ›Kommt sie denn wirklich zu mir?‹ dachte ich und horchte auf die sich nahenden Schritte. ›Wenn sie zu mir kommt, dann ist meine Vermutung richtig‹ ... Und in meiner Seele erhebt sich eine unaussprechliche Wut gegen sie. Die Schritte kommen näher und näher – vielleicht geht sie doch vorüber, in den Salon? Nein, die Tür knarrte, und in der Türöffnung erschien ihre hohe, schöne Gestalt; aus ihren Mienen und Blicken spricht Scheu und Schmeichelei, die sie verbergen möchte, die mir jedoch nicht entgehen und deren Bedeutung ich wohl begreife. Ich war fast dem Ersticken nahe, so lange hatte ich meinen Atem angehalten, und ohne ein Auge von ihr zu wenden, griff ich nach meiner Zigarettentasche und zündete mir eine Zigarette an.

›Sieh doch! Man kommt zu dir, um zu plaudern, und du steckst dir eine Zigarette an?‹ sagte sie, setzte sich neben mich auf den Diwan und wollte sich an mich lehnen.

Ich rückte fort, um ihrer Berührung auszuweichen.

›Ich sehe, es paßt dir nicht, daß ich am Sonntag spielen will?‹ sagte sie.

›Oh, doch, doch, es paßt mir sehr gut‹, erwiderte ich.

›Ja, aber ich sehe doch ...‹

›Freut mich sehr, daß du es siehst. Ich sehe nur das eine, daß du dich wie ein kokettes Weib benimmst ... Du schwärmst eben für alles Gemeine, während ich es verabscheue.‹

›Wenn du schimpfen willst wie ein Kutscher, dann geh' ich lieber.‹

›Geh – aber merk es dir: wenn *dir* an der Familienehre nichts liegt, so werde *ich* sie zu schützen wissen, dich aber ... dich ... mag der Teufel holen!‹

›Ja, was ... was denn?‹

›Pack dich – um Gottes willen, pack dich!‹

Ob sie sich nur so stellte, als verstünde sie meine Worte nicht, oder ob sie sie wirklich nicht verstand – kurzum, sie wurde böse, ging jedoch nicht hinaus, sondern blieb beleidigt mitten im Zimmer stehen.

›Du bist wirklich ganz unmöglich geworden‹, begann sie, ›du hast eine Art, an die auch ein Engel sich nicht zu gewöhnen vermöchte‹ – und wie immer suchte sie mich an einer möglichst schmerzlichen Stelle zu treffen, indem sie mich an einen Zusammenstoß mit meiner Schwester erinnerte, der ich damals im Ärger einige Grobheiten gesagt hatte. Sie wußte, daß mir dieser Streit sehr peinlich gewesen war, und darum spielte sie gerade jetzt auf ihn an.

›Nach jenem Vorfall wundere ich mich über nichts mehr‹, sagte sie.

›Ja, mich beleidigen, erniedrigen, mich mit Schmach und Schuld bedecken . . .‹, sagte ich mir im stillen – und plötzlich erfaßte mich eine so entsetzliche Wut gegen sie, wie ich sie noch niemals empfunden hatte. Zum erstenmal verspürte ich das Verlangen, diese Wut physisch zum Ausdruck zu bringen. Ich sprang auf und drang auf sie ein, im Augenblick jedoch, da ich aufsprang, kam mir mein Wutzustand zum Bewußtsein, und ich fragte mich, ob ich recht daran täte, mich diesem Gefühl zu überlassen. Und alsbald gab ich mir zur Antwort: ›Ja, ja, du tust recht daran, denn das wird sie einschüchtern‹, und statt die Flamme zu löschen, begann ich sie vielmehr zu schüren und empfand eine wahre Lust, wie sie mehr und mehr in mir emporloderte.

›Scher dich hinaus, oder ich schlage dich tot!‹ schrie ich, auf sie zutretend, und erfaßte ihre Hand. Ich verstärkte dabei absichtlich den wütenden Ausdruck meiner Stimme. Und ich muß wohl furchtbar ausgesehen haben, denn sie war so eingeschüchtert, daß sie nicht einmal mehr die Kraft fand, sich zu entfernen, und nur noch die Worte hervorbrachte: ›Waßja, was ist denn mit dir? Was ist dir?‹

›Hinaus mit dir!‹ brüllte ich noch lauter, ›du bringst mich, weiß Gott, zum Äußersten! Ich stehe für mich nicht mehr ein!‹

Ich überließ mich ganz meiner Wut, berauschte mich förmlich an ihr und verspürte nicht übel Lust, noch irgend etwas ganz Außergewöhnliches zu vollbringen, das den Grad meiner

Raserei zum Ausdruck bringen könnte. Ich brannte vor Verlangen, sie zu schlagen, zu töten, doch sagte ich mir, daß das doch nicht so ohne weiteres gehe, und um meinem Jähzorn wenigstens einen Ausweg zu schaffen, nahm ich den Briefbeschwerer vom Tische, schrie noch einmal: ›Hinaus mit dir!‹ und schleuderte den Briefbeschwerer auf den Fußboden hin. Dann ging sie aus dem Zimmer, blieb jedoch in der Tür stehen. Und da, während sie sich noch nach mir umsah – ich tat es bloß, damit sie es sähe –, nahm ich auch den Leuchter und das Tintenfaß vom Schreibtisch, warf beides auf den Boden und schrie: ›Geh, pack dich, ich stehe nicht für mich ein!‹

Sie ging, und ich beruhigte mich sogleich. Eine Stunde später kam die Kinderfrau und sagte mir, daß meine Frau einen hysterischen Anfall habe. Ich ging in ihr Zimmer: Sie schluchzte, lachte, konnte nicht sprechen und wurde am ganzen Leibe von Zuckungen geschüttelt. Sie verstellte sich nicht, sondern war wirklich krank.

Am Morgen, nachdem wir uns versöhnt und ich ihr eingestanden hatte, daß ich auf Truchatschewskij eifersüchtig gewesen sei, war sie nicht im geringsten verlegen, sondern lachte auf die natürlichste Weise; schon die Möglichkeit, sagte sie, sich in einen solchen Menschen zu verlieben, käme ihr sonderbar vor.

›Kann eine anständige Frau wohl für einen solchen Menschen eine andere Empfindung hegen als eben jene, die die Musik hervorruft?‹ sagte sie. ›Wenn es dir recht ist, will ich ihn niemals wiedersehen. Auch an diesem Sonntag nicht, obgleich schon alle eingeladen sind; schreib ihm, daß ich unpäßlich sei, und damit Schluß. Unangenehm ist nur, daß jemand – womöglich er selbst – denken könnte, er sei gefährlich. Ich bin jedenfalls viel zu stolz, um einen solchen Gedanken aufkommen zu lassen!‹

Und sie log damals wirklich nicht, sie glaubte an das, was sie sagte, sie hoffte, durch diese Worte Geringschätzung gegen ihn in sich hervorzurufen und sich so gegen ihn zu schützen, was ihr freilich nicht gelang. Alles hatte sich gegen sie verschworen, insbesondere diese fluchwürdige Musik. So endete alles – am Sonntag versammelten sich die Gäste, und sie spielten wieder zusammen.«

23

»Ich halte es für überflüssig zu sagen, daß ich sehr ehrgeizig war. Wenn man in unserem gewöhnlichen Durchschnittsleben nicht ehrgeizig ist, fehlt es einem eigentlich an einem Lebenszweck. Nun, so machte ich mich denn am Sonntag mit all dem Geschmack, den ich besaß, an das Arrangement des Diners nebst anschließender musikalischer Abendunterhaltung. Ich selbst besorgte die meisten Einkäufe zum Essen und lud die Gäste ein. Um sechs Uhr versammelten sich die Gäste, und auch er erschien im Frack, mit brillantenbesetzten Manschettenknöpfen von schlechtem Geschmack. Er benahm sich ganz ungezwungen, gab seine Antworten rasch, mit einem Lächeln der Zustimmung und des Einverständnisses – jenem besonderen Lächeln, verstehen Sie, das besagt, daß alles, was Sie tun oder reden mögen, gerade das ist, was er erwartet. Alles Unvornehme, das mir jetzt an ihm auffiel, vermerkte ich mit besonderem Wohlgefallen, da es mich beruhigen und mir zum Beweis dafür werden mußte, daß er im Vergleich zu meiner Frau auf einer viel zu niedrigen Stufe stand, auf die sie, wie sie sagte, sich nie herablassen könnte. Ich gestattete mir nun nicht mehr, den Eifersüchtigen zu spielen. Erstens hatte ich die Qualen dieser Leidenschaft schon zur Genüge kennengelernt, so daß ich der Ruhe bedurfte, und zweitens wollte ich den Versicherungen meiner Frau Glauben schenken und glaubte ihnen in der Tat. Aber obschon ich nicht eifersüchtig sein wollte, war mein Benehmen beiden gegenüber doch recht unnatürlich, und während des Mittagessens wie auch während der ersten darauffolgenden Stunde, bevor noch die Vorträge begannen, hörte ich nicht auf, ihre Bewegungen und Blicke zu verfolgen.

Das Mittagessen hatte als solches etwas Langweiliges, Gespreiztes. Die musikalischen Vorträge begannen ziemlich früh. Ach, wie lebhaft mir die Einzelheiten dieses Abends noch vor Augen stehen! Ich erinnere mich, wie er die Geige hereinbrachte, den Geigenkasten abstaubte, die Decke mit den Stickereien von Damenhand abnahm, das Instrument hervorholte und zu stimmen anfing. Ich erinnere mich, wie meine Frau mit erkünstelt-gleichgültiger Miene, hinter der sich, wie ich wohl merkte, eine große Ängstlichkeit wegen ihres geringen Könnens verbarg, am Klavier Platz nahm, wie vom Klavier das übliche *a* und das Pizzicato der Geige sich vernehmen ließen und die Noten verteilt wurden. Ich erinnere mich, wie sie dann einander ansahen und wie das Spiel begann. Er griff die ersten Akkorde. Sein Gesicht nahm einen ernsten, strengen, sympathischen Ausdruck an, mit vorsichtigen Fingern tastete er über die Saiten. Das Klavier gab ihm Antwort, und das Spiel fing an.«

Posdnyschew hielt inne und stieß ein paarmal hintereinander seinen Laut aus, wollte von neuem zu reden beginnen, brachte es jedoch nur zu einem Schnaufen durch die Nase und hielt wieder inne.

»Sie spielten Beethovens Kreutzersonate«, fuhr er dann fort. »Kennen Sie das erste Presto? Kennen Sie es? Oh!« schrie er auf. »Oh, oh! Was für ein furchtbares Ding, diese Sonate, und zwar gerade dieser Teil! Und überhaupt die Musik – was für eine entsetzliche Sache! Was tut sie? Und warum tut sie eben das, was sie tut? Es heißt, die Musik erhebe die Seele – Unsinn, Lüge! Sie wirkt überaus stark, gewiß – ich spreche von mir –, doch von einer seelischen Erhebung ist bei ihrer Wirkung nicht im geringsten die Rede; sie wirkt auf die Seele weder erhebend noch niederdrückend, sondern erregend. Wie soll ich es Ihnen sagen? Die Musik zwingt mich, mich selbst und das, was meine Wirklichkeit ist, zu vergessen, sie versetzt mich in eine andere Wirklichkeit, die nicht die meine ist; ich habe unter dem Einfluß der Musik den Eindruck, daß ich etwas fühle, was ich im Grunde genommen gar nicht fühle, etwas begreife, was ich nicht begreife, etwas vermag, was ich nicht vermag. Ich erkläre das damit, daß die Musik wie das Gähnen oder das Lachen wirkt: ich bin nicht schläfrig, doch ich gähne, wenn ich andere gähnen sehe; ich habe keinen Grund zum Lachen, doch ich lache, wenn ich andere lachen höre. Die Musik versetzt mich plötzlich, unmittelbar, in jenen seelischen Zustand, in dem sich der Urheber der Musik befunden hat. Unsere Seelen verschmelzen, und ich schwebe mit ihm zusammen aus dem einen Zustand in den andern hinüber. Warum ich das tue, weiß ich freilich nicht. Wer beispielsweise die Kreutzersonate geschrieben hat, Beethoven also – der wußte wohl, warum er sich in einen solchen veränderten Seelenzustand versetzte, er löste gewisse Handlungen bei ihm aus, und daher hatte dieser Zustandswechsel für ihn einen Sinn, für mich jedoch hat er keinen Sinn. So wirkt denn diese Musik zwar erregend, ohne aber zu einem Ergebnis zu führen. Ein Militärmarsch – nun ja, nach dem marschieren die Soldaten, damit hat diese Musik ihren Zweck erfüllt; eine Tanzmelodie – ich tanze danach, das Ergebnis ist da; der kirchliche Meßgesang – ich nehme das Abendmahl, auch hier dient die Musik einem Zweck; bei der bloßen Musik aber läuft alles nur auf die Erregung hinaus, und was in dieser Erregung getan werden soll, bleibt ungetan. Daher wirkt die Musik zuweilen so grausig, so entsetzlich. In China ist die Musik eine Staatsangelegenheit. Und das soll sie auch sein. Wie kann man zulassen, daß jeder beliebige Mensch seinen Nächsten – oder auch eine ganze Gesellschaft – hypnotisiert, um dann mit ihnen zu machen, was er will? Wie kann man vor allem zulassen, daß jeder beliebige unsittliche Mensch sich so als Hypnotiseur betätige?

Und dieses schreckliche Mittel befindet sich nun in jedermanns Händen. Nehmen wir beispielsweise eben diese Kreutzersonate, das erste Presto – darf man von Rechts wegen dieses Presto im Salon inmitten dekolletierter Damen spielen, die hinterher Beifall klatschen, Gefrorenes essen und über die letzte Skandalgeschichte plaudern? Solche Stücke sollten nur bei gewissen, bedeutsamen Gelegenheiten gespielt werden, um gewisse, der Musik entsprechende, wichtige Wandlungen auszulösen. Dem Spiel hat die Tat zu folgen, zu der die Musik begeistert hat. Die Erregung einer Gefühlsenergie jedoch, die sozusagen gegenstandslos bleibt und weder der Zeit noch dem Orte entspricht, kann nur verderblich wirken.

Auf mich wenigstens übte dieses Stück eine furchtbare Wirkung aus: Es war mir, als ob sich mir neue Gefühlswelten, neue Möglichkeiten eröffneten, von denen ich bisher keine Ahnung gehabt. ›*So* also soll es sein – keineswegs so, wie ich bisher gedacht und gelebt, sondern *so*!‹ sprach gleichsam eine Stimme in meiner Seele. Was das Neue war, das ich erkannt hatte, davon vermochte ich mir noch keine Rechenschaft zu geben, doch das Bewußtsein dieses neuen Zustandes war von außerordentlich freudiger Art. Alle die Menschen ringsum, darunter auch meine Frau und er, erschienen mir in einem völlig neuen Lichte.

Nach diesem Presto spielten sie noch das schöne, aber nicht ungewöhnliche und nicht neue Andante mit den abgeschmackten Variationen und das ganz schwache Finale. Dann spielten sie noch auf Bitten der Gäste eine Elegie von Ernst und verschiedene andere kleine Sachen; alles das war hübsch, doch machte es auf mich nicht den hundertsten Teil des Eindrucks, den die erste Nummer des Programms hervorgebracht hatte. Alles das erzielte seinen Erfolg schon gleichsam auf dem Hintergrunde des Eindrucks, den das erste Stück hervorgerufen hatte. Ich war den ganzen Abend leicht und heiter gestimmt. Meine Frau hatte ich noch niemals so gesehen, wie sie an jenem Abend war: diese strahlenden Augen, dieser Ernst, dieser bedeutsame Ausdruck während des Spiels, die völlige Hingabe und das weiche, schmachtende, selige Lächeln am Ende des Spiels. Ich sah das alles, doch schrieb ich diese Wirkung derselben Ursache zu, die auch mich in ihren Bann gezogen hatte, und glaubte, daß auch ihr, wie mir, gleichsam aus der Erinnerung wiedererstehend, sich eine Welt von neuen Gefühlen eröffnet hatte. Der Abend nahm ein gutes Ende, und die Gäste begaben sich nach Hause. Truchatschewskij wußte, daß ich zwei Tage später zur Kreisversammlung fahren mußte. Beim Abschied sagte er, daß er bei seinem nächsten Besuche in Moskau abermals das Vergnügen des heutigen Abends zu haben hoffe. Aus seinen Worten konnte ich schließen, daß er einen Besuch in meiner Abwesenheit für ausgeschlossen halte, was mir sehr erwünscht war. Da ich bis zu seiner Abreise von der Kreisversammlung nicht zurück sein konnte, sollten wir uns somit vorläufig nicht mehr sehen. Zum erstenmal drückte ich ihm mit aufrichtigem Vergnügen die Hand und dankte ihm für den mir bereiteten Genuß. Auch von meiner Frau nahm er endgültig Abschied, und ihr Abschied erschien mir durchaus natürlich und jeder Zweideutigkeit bar. Alles war in bester Ordnung. Meine Frau war gleich mir von dem Abend sehr befriedigt.«

24

»Zwei Tage darauf fuhr ich, nachdem ich in der besten, ruhigsten Stimmung von meiner Frau Abschied genommen, nach der Kreisstadt. Dort gab es stets sehr viel zu tun, ein Leben ganz besonderer Art, eine kleine Welt für sich. Zehn Stunden täglich brachte ich an den beiden Tagen in den verschiedenen Sitzungen zu. Am zweiten Tage brachte man mir in das Amtslokal einen Brief von meiner Frau. Ich las ihn sogleich – sie schrieb von den Kindern, von einem Onkel, von der Kinderfrau, von allerhand Einkäufen und beiläufig, wie von einer ganz alltäglichen Sache, daß Truchatschewskij da gewesen sei und die versprochenen Noten mitgebracht habe, daß er sich erboten hätte, noch zu spielen, sie ihm jedoch abgesagt habe. Ich wußte mich nicht zu erinnern, daß er versprochen hätte, uns Noten zu bringen; ich hatte den Eindruck, daß er damals für die Dauer Abschied genommen hätte, und darum berührte mich die Sache eigentümlich. Ich hatte jedoch so viel zu tun, daß ich nicht lange nachdenken konnte, und erst am Abend, in meinem Quartier, las ich den Brief zum zweitenmal mit Aufmerksamkeit durch. Abgesehen davon, daß Truchatschewskij nochmals in meiner Abwesenheit einen Besuch gemacht hatte, erschien mir der ganze Ton des Briefes unverständlich. Das wilde Tier der Eifersucht begann in seinem Käfig zu toben und wollte herausspringen, doch ich hatte Angst vor diesem Tier und sperrte es schleunigst ein. ›Was für ein abscheuliches Gefühl, diese Eifersucht‹, sagte ich mir, ›und was kann natürlicher sein als das, was sie da schreibt!‹ Und ich legte mich zu Bett und begann über die Amtsgeschäfte nachzudenken, die für morgen vorlagen. Ich hatte immer einen schlechten Schlaf, wenn ich solch eine Sitzung an einem fremden Orte mitzumachen hatte, diesmal jedoch schlief ich sehr bald ein. Da – Sie wissen, wie das so zu sein pflegt: plötzlich geht's wie ein elektrischer Schlag durch den ganzen Menschen, und man erwacht. So erwachte auch ich, mit dem Gedanken an sie, an meine sinnliche Liebe zu ihr, an Truchatschewskij und daran, daß sie beide einig wären. Wut und Entsetzen preßten mir das Herz zusammen. Ich suchte jedoch Vernunft anzunehmen. ›Wie töricht‹, sagte ich mir, ›es liegt doch gar kein Grund vor, gar nichts ist da und gar nichts ist gewesen. Wie kann ich überhaupt sie und mich selbst so tief erniedrigen, indem ich so schreckliche Vermutungen zulasse! Ein hergelaufener Geiger, eine Art Mietling, der allgemein als ein Mensch von schlechten Sitten gilt, und eine geachtete und geschätzte Frau, eine Familienmutter, meine Gattin! Was für ein Unsinn!‹ sagte ich mir auf der einen Seite. ›Und doch – warum sollte es nicht sein?‹ klang es mir von der anderen Seite ins Ohr. ›Warum sollte nicht dasselbe einfache, leicht begreifliche Prinzip, auf Grund dessen ich sie geheiratet und mit ihr zusammengelebt habe, auch hier wirksam gewesen sein? Was ich einzig und allein bei ihr suchte – warum sollten das nicht auch andere, wie zum Beispiel dieser Musiker, bei ihr suchen? Er ist unverheiratet, ist gesund – ich erinnere mich, wie er beim Verzehren des Koteletts den Knorpel zermalmte, so daß man es förmlich krachen hörte, und mit den roten Lippen gierig das Weinglas umfing –, er ist wohlgenährt, von glatten Manieren und keineswegs ohne Grundsätze, sondern dem einen Grundsatz ergeben: jeden Genuß, der sich ihm darbietet, auszukosten. Das Band, das sie verknüpfte, war die Musik, die raffinierteste Gefühlsvermittlerin. Was sollte ihn zurückhalten? Nichts. Alles muß ihn im Gegenteil zu ihr hinziehen. Und sie? Wer ist sie? Sie war stets ein Rätsel und ist es geblieben. Ich kenne sie nicht. Ich kenne sie nur als Tier. Und für ein Tier gibt es keine Hemmung, darf es keine Hemmung geben.‹ Nun erst erinnerte ich mich ihrer Gesichter an jenem Abend, als sie nach der Kreutzersonate irgendeine leidenschaftliche kleine Sache, ich weiß nicht von wem, spielten, ein Stück von geradezu gemeiner Sinnlichkeit. ›Wie konnte ich nur abreisen?‹ sagte ich mir, als ich mich ihrer Gesichter erinnerte; war es nicht klar, daß an jenem Abend bereits alles zwischen ihnen abgemacht war, und war es nicht zu sehen, daß es schon an jenem Abend nicht nur zwischen ihnen keine Scheidewand mehr gab, sondern daß sie beide, vor allem sie, nach dem, was zwischen ihnen geschehen war, ein gewisses Schamgefühl empfanden? Ich erinnerte mich, wie sie sanft, selig und schmachtend lächelte und sich den Schweiß von dem geröteten Gesichte wischte, als ich an das Klavier herantrat. Schon da vermieden sie es, einander anzusehen, und erst beim Abendessen, als er ihr Wasser eingoß, sahen sie einander mit einem kaum merklichen Lächeln an. Mit Entsetzen erinnerte ich mich jetzt ihres Blickes mit dem kaum merklichen Lächeln. ›Ja, alles ist zu Ende‹, sagte mir eine Stimme, doch sogleich widersprach eine andere Stimme. ›Nicht doch, was fällt dir ein? Das kann ja nicht sein‹, sagte diese zweite Stimme. Es schauerte mich, so im Dunkeln dazuliegen, ich zündete ein Licht an, und es wurde mir seltsam bang zumute in dem kleinen Zimmer mit den gelben Tapeten. Ich zündete mir eine Zigarette an und rauchte, wie man immer tut, wenn man sich in einem Kreise unlöslicher Widersprüche bewegt, rauchte eine Zigarette nach der andern, um mich zu betäuben und die Widersprüche nicht zu sehen. Die ganze Nacht konnte ich nicht einschlafen, und um fünf Uhr, nachdem ich zu dem Entschlusse gekommen war, daß ich nicht länger in diesem Zustande nervöser Spannung bleiben könnte, erhob ich mich, weckte den Kellner, der mich bediente, und schickte ihn nach dem Wagen, da ich sogleich abfahren müsse. An die Kreisversammlung sandte ich ein Schreiben, ich wäre in einer eiligen Sache nach Moskau berufen worden und bäte um Vertretung. Um acht Uhr war ich bereits in meinem Reisewagen unterwegs.«

25

Der Schaffner kam in unsern Wagen, und als er bemerkte, daß unser Licht fast heruntergebrannt war, löschte er es aus, ohne ein neues anzuzünden. Draußen dämmerte es bereits. Während der Anwesenheit des Schaffners schwieg Posdnyschew und seufzte nur schwer. Erst als jener gegangen war und man in dem halbdunklen Coupé nur das Klirren der Fensterscheiben und das gleichmäßige Schnarchen des Handlungsgehilfen vernahm, setzte Posdnyschew seine Erzählung fort. Im Zwielicht des Morgengrauens konnte ich Posdnyschew gar nicht mehr sehen.

Ich vernahm nur seine Stimme, aus der mehr und mehr Leid und Erregung hervorklangen.

»Ich hatte 35 Werst zu Wagen und acht Stunden mit der Bahn zu fahren. Die Wagenfahrt war wundervoll. Es war ein sonniger Herbsttag mit leichtem Frost – so die Zeit, wissen Sie, wo die Radschienen sich im halbharten Straßenschmutz abdrücken. Die Wege waren glatt, das Licht grell und die Luft erfrischend. Die Fahrt im Reisewagen war wirklich ein Genuß. Als es hell geworden war und ich so dahinfuhr, wurde mir leichter ums Herz. Ich sah die Pferde, die Felder, die Leute, die des Weges daherkamen, und vergaß, wohin ich fuhr. Zuweilen schien es mir, daß ich einfach nur so fuhr, daß nichts von alledem, was meinen Geist beschäftigte, in Wirklichkeit existierte. Dieses Selbstvergessen stimmte mein Gemüt ganz besonders freudig. Wenn ich mich daran erinnerte, wohin ich fuhr, sprach ich zu mir selbst: ›Du wirst schon weitersehen, denk nicht darüber nach.‹ Unterwegs hatte ich überdies ein kleines Erlebnis, das mich stark aufhielt und zugleich zerstreute: die Wagenachse zerbrach und mußte ausgebessert werden. Der Achsenbruch war insofern von Bedeutung, als ich nicht um 5 Uhr, wie ich gedacht hatte, sondern erst um 12 Uhr in Moskau und um 1 Uhr in meiner Wohnung sein konnte, da ich den Kurierzug verpaßte und den Personenzug benutzen mußte. Die Wagenfahrt mit Hindernissen, die Reparatur, die Abrechnung in der Herberge, die Unterhaltung mit den Herbergsleuten – alles das gab mannigfache Zerstreuung. Als die Dämmerung hereinbrach, war alles fertig, und ich fuhr weiter. Die Abendfahrt war noch schöner als die Fahrt am Tage. Es war Neumond und der Weg ausgezeichnet; der leichte Frost, die Pferde, der muntere Kutscher – alles war dazu angetan, meine Stimmung zu heben und mich vergessen zu machen, was mich erwartete, oder vielleicht auch mich diese Stimmung auskosten zu lassen, weil ich wußte, was mich erwartete und daß es sich nun um den Abschied von den Freuden des Lebens handelte. Doch diese ruhige Gemütsverfassung samt der Möglichkeit, meine Gefühle zu bezwingen, fand mit der Wagenfahrt ein Ende. Sobald ich im Zuge saß, nahm alles sogleich ein verändertes Aussehen an. Diese achtstündige Bahnfahrt war für mich etwas Entsetzliches, was ich mein Lebtag nicht vergessen werde. Ob ich mir vielleicht im Zuge lebhafter vorstellte, ich sei bereits zu Hause angekommen, oder ob die Eisenbahnfahrt überhaupt so aufregend auf die Menschen wirkt, jedenfalls war ich von dem Augenblick an, da ich im Zuge saß, nicht mehr Herr meiner Einbildungskraft. Sie begann mir ununterbrochen, mit auffallender Grellheit, ganze Reihen von Szenen vorzugaukeln, die meine Eifersucht schürten, Serien von Bildern, eines immer zynischer als das andere, sie alle schilderten den Verrat, den sie dort in meiner Abwesenheit an mir beging. Ich verzehrte mich vor Unwillen, Zorn und einer besonderen Art Lustgefühl angesichts meiner Demütigung bei der Vertiefung in jene Szenen, von denen ich mich nicht losreißen, nicht befreien, die ich nicht verwischen, nicht hervorzaubern konnte. Ja noch mehr: je tiefer ich mich in diese Phantasieszenen versenkte, desto mehr glaubte ich an ihre Wirklichkeit. Die grelle Deutlichkeit, in der ich die Szenen sah, diente mir gleichsam zum Beweise, daß das, was ich sah, der Wirklichkeit entsprach. Irgendein Teufel ersann da gleichsam wider meinen Willen die scheußlichsten Bilder und schob sie meiner Vorstellung unter. Eine frühere Unterhaltung mit einem Bruder Truchatschewskijs fiel mir ein, und mit wahrer Begeisterung zerriß ich mein Herz in der Erinnerung an jene Unterhaltung, indem ich diese auf Truchatschewskijs Beziehungen zu meiner Gattin übertrug. Es war schon lange her, aber ich hatte mir die Sache wohl gemerkt. Auf meine Frage, ob er öffentliche Häuser besuche, hatte Truchatschewskijs Bruder mir erwidert, daß ein ordentlicher Mensch dies nicht tue, da er doch leicht krank werden könne und Schmutz und Ekel mit in Kauf nehmen müsse, während er stets eine anständige Frau als Geliebte finden könne. Nun hatte sein Bruder – meine Frau gefunden. Sie stand allerdings nicht mehr in der ersten Jugendblüte, ein Seitenzahn fehlte ihr schon, und die Statur war ein bißchen zu rund, aber schließlich – was blieb einem übrig? Man muß nehmen, was man findet. Es ist am Ende noch ganz schmeichelhaft für sie, daß er ihr die Ehre antut, sie zu seiner Geliebten zu wählen; jedenfalls war sie ungefährlich für seine kostbare Gesundheit. Nein, das ist unmöglich, sprach ich voll Entsetzen zu mir selbst. Es kann, es kann einfach nichts Derartiges geben! Es liegt auch nicht der geringste Anlaß vor, etwas Derartiges anzunehmen. Sagte sie mir nicht, der Gedanke, ich könnte ihretwegen auf den anderen eifersüchtig sein, habe für sie etwas Demütigendes? ›Ja, aber sie lügt in einem fort, lügt in einem fort‹, schrie es in mir auf, und die Aufregung begann von neuem. Außer mir waren nur noch zwei Reisende im Wagen, eine alte Frau mit ihrem Gatten, ein mürrisches Paar, das auf einer der nächsten Stationen ausstieg, so daß ich ganz allein im Coupé blieb. Ich saß wie ein wildes Tier im Käfig; bald sprang ich auf, um ans Fenster zu treten, bald begann ich schwankend auf und ab zu gehen, als wollte ich den Waggon zur Eile antreiben – der aber rüttelte und zitterte mit seinen Bänken und Fenstern ganz so wie unserer hier.«

Posdnyschew sprang auf und machte ein paar Schritte, um sich dann wieder zu setzen.

»Ach, diese Eisenbahnwagen!« fuhr er auf – »ich fürchte mich förmlich vor ihnen. Ein Grauen überfällt mich, wenn ich darin sitze. Ich sagte mir, ich will an etwas anderes denken – vielleicht an den Herbergswirt, bei dem ich Tee getrunken hatte. Die Gestalt des langbärtigen Herbergsknechtes und seines Enkels, der in gleichem Alter mit meinem Waßja stehen mochte, tauchte vor mir auf. Mein Waßja! Er muß es nun mit ansehen, wie der Musiker seine Mutter küßt. Was muß in seiner armen Seele vorgehen? Doch was fragt sie danach? Sie liebt ... Und wieder bäumt sich alles in mir auf. Nein, nein! Ich will lieber an die Besichtigung des Krankenhauses in der Kreisstadt denken – wie der eine Patient sich gestern über den Arzt beklagte – den Arzt, der den Schnurrbart so trägt wie Truchatschewskij. Wie frech er doch log, als er sagte, daß er von Moskau abreise – überhaupt, wie frech sie mich beide betrogen! Und wieder begann es von vorn. Alles, woran ich nur dachte, hing mit ihm zusammen. Ich litt ganz entsetzlich. Das Schlimmste war, daß ich nicht wußte, woran ich mich halten sollte, daß Zweifel und Ungewißheit, ob ich sie lieben oder hassen sollte, mir die Seele zerrissen. Ich litt so furchtbar, daß mir sogar der Gedanke kam, aus dem Zuge zu springen, mich auf die Schienen zu legen und allem ein Ende zu machen. Dann gab es wenigstens keinen Zweifel mehr für mich. Das einzige, was mich abhielt, es zu tun, war das Mitleid mit mir selbst, das sogleich wieder durch den Haß, den ich ihr gegenüber empfand, abgelöst wurde. Ihm gegenüber empfand ich ein eigenartiges Gefühl des Neides, ein Bewußtsein meiner Unterlegenheit und seines Sieges, für sie aber hatte ich nichts als einen grenzenlosen Haß. Es geht nicht an, daß ich mit mir ein Ende mache und sie am Leben lasse; sie soll leiden, wenigstens so viel, daß sie begreift, wie furchtbar ich gelitten habe, sagte ich mir. Auf allen Stationen stieg ich aus, um mich zu zerstreuen. Auf einer Station sah ich am Büfett, daß die Leute tranken, und alsbald trank auch ich ein Glas Branntwein. Neben mir stand ein Jude, der gleichfalls trank. Er redete mich an, und um nicht allein in meinem Wagen zu bleiben, stieg ich mit ihm in seinen schmutzigen, verräucherten Wagen dritter Klasse ein, dessen Fußboden ganz von den Schalen zerkauter Sonnenblumenkerne bedeckt war. Dort nahm ich neben ihm Platz, und er begann allerhand Anekdoten zu erzählen. Ich hörte zu, verstand jedoch nicht, was er sagte, da ich in Gedanken stets bei meinen eigenen Angelegenheiten verweilte. Er bemerkte das und verlangte von mir mehr Aufmerksamkeit, worauf ich mich erhob und wieder in meinen Wagen zurückging. ›Ich muß es doch einmal gründlich überlegen‹, sagte ich mir, ›ob ich mit meinen Gedanken auch wirklich auf dem richtigen Wege bin und überhaupt einen Grund habe, mich so zu quälen.‹ Ich setzte mich, um ruhig nachzudenken, alsbald jedoch begann statt des ruhigen Nachdenkens wieder die alte Litanei: statt klarer Gedanken – wüste Szenen und Vorstellungen.

›Wie oft habe ich mir schon diese Qualen bereitet‹, sagte ich mir und dachte dabei an die vielen früheren Eifersuchtsanfälle – und schließlich kam nichts dabei heraus. So werde ich sie vielleicht, ja sogar bestimmt, ruhig schlafend antreffen: sie wird erwachen, wird sich freuen, daß ich da bin, und an ihren Worten und ihrem Blick werde ich fühlen, daß nichts vorgefallen ist und alle meine Vermutungen töricht waren. Oh, wie herrlich wäre das! Doch nein, das ist zu oft gewesen, es kann nicht noch einmal sein, sagte mir irgendeine Stimme, und wieder begann es von neuem. Das ist eine wahre Höllenqual! Nicht in ein Syphilishospital würde ich einen jungen Menschen führen, um ihm die Lust am Weibe zu benehmen, sondern in meine eigene Seele in ihrem damaligen Zustande, damit er die Teufel sähe, die sie zerfleischt haben. Empörend war es schon, daß ich mir ein zweifelloses Recht auf ihren Körper anmaßte, als ob es *mein* Körper wäre, während ich auf der anderen Seite fühlte, daß mir ein Eigentum an diesem Körper durchaus nicht zustand, daß er keineswegs mir gehörte, daß sie darüber verfügen dürfe, wie sie wolle, und wenn sie darüber nicht so verfügt, wie ich es will, so darf ich eben weder ihm noch ihr etwas antun. Er singt, wie Hans der Schließer unterm Galgen, sein Lied – wie er sie auf den süßen Mund geküßt usw., und er hat gewonnenes Spiel. Und gegen sie kann ich noch weniger ausrichten. Wenn sie noch nichts getan hat, aber die böse Absicht hegt und ich weiß, daß dies der Fall ist: um so schlimmer; dann wäre es schon besser, sie hätte es wirklich getan und ich wüßte es, damit endlich die Ungewißheit aufhörte. Ich hätte nicht sagen können, was ich eigentlich wünschte. Ich wünschte, sie möchte das nicht wollen, was sie ihrerseits wiederum wollen mußte. Es war schon der reine Wahnsinn.«

26

»Auf der vorletzten Station, als der Schaffner hereinkam, um die Fahrkarten abzunehmen, suchte ich meine Sachen zusammen und trat auf die Plattform hinaus. Das Bewußtsein der bevorstehenden Entscheidung hatte meine Aufregung immer mehr gesteigert. Ich fror, und meine Kiefer bebten so heftig, daß die Zähne aneinanderschlugen. Mechanisch verließ ich mit der Menge das Stationsgebäude, nahm eine Droschke, stieg ein und fuhr heim. Unterwegs beobachtete ich die wenigen Fußgänger und die Hausknechte, die Schatten, die die Straßenlaternen und die Laternen meiner Droschke bald vorn, bald hinten warfen, und dachte an nichts weiter. Als ich eine halbe Werst gefahren war, wurde mir kalt an den Füßen, und es fiel mir ein, daß ich meine Wollstrümpfe im Zuge ausgezogen und in die Reisetasche gelegt hatte. Wo war die Tasche? Hatte ich sie bei mir? Ja, da ist sie; aber wo ist der Korb? Ich sah, daß ich mein Gepäck ganz und gar vergessen hatte; ich holte den Gepäckschein hervor, überlegte einen Augenblick, und nachdem ich zu dem Entschluß gekommen war, daß es sich nicht verlohne, deshalb zurückzufahren, fuhr ich weiter. So sehr ich mir jetzt auch Mühe gebe, mir meinen damaligen Zustand, was ich dachte und was ich wollte, ins Gedächtnis zu rufen – es will mir nicht gelingen. Ich erinnere mich nur, daß ich das Bewußtsein hatte, irgendeinem furchtbaren, ungemein wichtigen Ereignisse meines Lebens gegenüberzustehen. Ob dieses Ereignis eintrat, weil ich so und so dachte, oder das und das wollte, weiß ich nicht. Vielleicht ist nach dem, was nun geschah, auf all die vorhergehenden Minuten in meiner Erinnerung ein trübender Schatten gefallen.

Ich fuhr an meinem Hause vor. Es war in der ersten Stunde nach Mitternacht, es schlug eben ein Uhr. Ein paar Droschken hielten vor dem Hause; sie sahen an der Hausfront erleuchtete Fenster – es waren die Fenster des Saales und des Empfangszimmers unserer Wohnung –, und sie rechneten auf Fahrgäste. Ohne mir lange Rechenschaft davon abzulegen, warum unsere Fenster noch so spät erleuchtet wären, stieg ich in dem gleichen Zustande der Erwartung irgendeines schrecklichen Ereignisses die Treppe hinan und klingelte.

Der Diener, der gutmütige, fleißige und sehr beschränkte Jegor, öffnete. Das erste, was mir im Vorzimmer in die Augen fiel, war – sein Mantel, der neben anderen Garderobestücken am Riegel hing. Ich hätte mich eigentlich wundern sollen, wunderte mich jedoch nicht, da ich es erwartet hatte. ›Es stimmt also‹, sagte ich mir im stillen, nachdem ich Jegor gefragt hatte, wer da sei, und er mir Truchatschewskij genannt hatte. Ich fragte, ob sonst noch jemand da sei. Er antwortete: ›Nein, niemand.‹ Ich erinnere mich, daß er mir in einem Tone antwortete, als wollte er mir eine Freude machen und meine Zweifel zerstreuen, daß vielleicht doch noch jemand da sein könnte. ›So, so‹, sprach ich gleichsam zu mir selbst. ›Und die Kinder?‹ – ›Sind, Gott sei Dank, gesund. Sie schlafen schon lange.‹

Ich konnte weder Atem schöpfen noch die bebenden Kiefer zum Stillstand bringen. Es war also nicht so, wie ich es gedacht hatte: daß ich erst ein Unglück befürchten, es sich aber dann herausstellen würde, daß alles in Ordnung, alles beim alten sei. Nun war aber doch nicht alles beim alten, und alles das, was ich in meiner Phantasie gesehen und für bloße Einbildung gehalten – alles das war Wirklichkeit, leibhaftige Wirklichkeit.

Ich wollte schon in Schluchzen ausbrechen, aber der Teufel flüsterte mir flugs ins Ohr: ›Flenn du nur und gib dich deiner weinerlichen Stimmung hin, sie werden inzwischen in aller Ruhe auseinandergehen, du wirst keine Beweise in der Hand haben und wirst dein Leben lang zweifeln und Qualen leiden.‹ Und sogleich entschwand jede Spur von weichem Mitleid mit mir selbst, und an seine Stelle trat – Sie werden es nicht glauben – ein seltsames Gefühl, nämlich die Freude, daß meine Qual nun ein Ende finden, daß ich sie nun strafen, mich von ihr befreien und meiner Wut freien Lauf lassen würde. Und ich ließ meiner Wut freien Lauf und wurde zum reißenden Tier. ›Nicht doch, nicht doch‹, sagte ich zu Jegor, der ins Gastzimmer gehen wollte, ›kümmere dich um nichts weiter, sondern nimm rasch eine Droschke, und hier hast du meinen Gepäckschein, hol rasch meine Sachen von der Bahn ab. Beeil dich!‹ Er ging durch den Korridor, um seinen Paletot zu holen. Ich fürchtete, daß er sie aufscheuchen könnte, begleitete ihn nach seiner Kammer und wartete, bis er sich angezogen hatte. Vom Gastzimmer her vernahm man durch einen dazwischenliegenden Raum hindurch ihr Gespräch und das Klirren von Messern und Tellern. Sie aßen und hatten mein Klingeln überhört. ›Daß sie nur jetzt nicht herauskommen!‹ dachte ich. Jegor hatte seinen Paletot angezogen und wollte gehen. Ich ließ ihn hinaus und schloß die Tür hinter ihm; ein unheimliches Gefühl überkam mich, als ich mich allein wußte und mir sagte, daß ich nun sogleich handeln müsse. Wie? – wußte ich noch nicht. Ich wußte nur, daß nun alles zu Ende sei, daß es einen Zweifel an ihrer Schuld nicht geben könne und daß ich sie nun sogleich bestrafen und meinen Beziehungen zu ihr ein Ende machen würde. Bisher hatte ich immer noch geschwankt und hatte mir gesagt: ›Vielleicht ist alles nicht wahr, vielleicht ist alles doch nur Täuschung.‹ Jetzt war jede Möglichkeit dieser Art ausgeschlossen. Alles war für immer entschieden. Da saß sie nun mit ihm mitten in der Nacht, während sie mich abwesend glaubte. Das hieß wirklich schon alle Scham vergessen! Oder noch schlimmer: vielleicht sollte diese offene Frechheit, diese Kühnheit des Verbrechens gar als Beweis ihrer Unschuld gelten. Jedenfalls war alles klar und jeder Zweifel ausgeschlossen. Ich fürchtete jetzt nur, daß sie sich trennen, daß sie einen neuen Betrug ersinnen und mich um den augenscheinlichen Beweis und die Möglichkeit der Überführung bringen könnten.

Um sie möglichst sicher zu ertappen, schlich ich mich auf den Zehenspitzen näher an den Speisesaal, in dem sie saßen, heran, nicht durch das Empfangszimmer, sondern durch den Korridor und die Kinderzimmer. Im ersten Kinderzimmer schliefen die Knaben. Als ich ins zweite Zimmer trat, bewegte sich die Kinderfrau, als wollte sie erwachen. Ich stellte mir vor, was sie denken würde, wenn sie alles erführe, und ein solches Mitleid mit mir selbst ergriff mich bei diesem Gedanken, daß mir die Tränen in die Augen traten. Um die Kinder nicht zu wecken, schlich ich auf den Fußspitzen wieder in den Korridor zurück und begab mich in mein Kabinett, wo ich mich auf den Diwan warf und zu schluchzen begann.

Ich, ein ehrenhafter Mensch, der Sohn meiner Eltern, der ich mein Leben lang von einem reinen Familienleben geträumt hatte, ich, ein Mann, der seiner Frau nie untreu geworden war, stand nun vor diesem furchtbaren Bild! Hier schliefen unsere fünf Kinder, und dort umarmte sie einen Musikanten, nur weil er rote Lippen hatte. Nein, das war kein Mensch, das war eine Hündin, eine räudige Hündin ... Neben dem Zimmer der Kinder, denen sie ihr Leben lang Liebe vorgeheuchelt hatte! Und mir einen solchen Brief zu schreiben! Und sich dann dem ersten besten so frech an den Hals zu werfen! Ach, was weiß ich überhaupt! Vielleicht ist es immer so gewesen. Vielleicht stammen alle diese Kinder, die als die meinigen gelten, von meinen

Lakaien. Und morgen wäre ich heimgekehrt, und sie wäre mir entgegengekommen mit ihrer Frisur, ihrer Taille, ihren lässigen, graziösen Bewegungen – die ganze reizvolle, verhaßte Gestalt sah ich vor mir aufsteigen – und dieses reißende Tier der Eifersucht würde sich für immer in meinem Herzen eingenistet und meine Seele zermürbt haben. Die Kinderfrau ... und Jegor ... was werden die denken? Und die arme Lisotschka? Sie hatte schon einiges Verständnis für die Dinge ringsum. Und diese Frechheit! Diese Lüge! Diese tierische Sinnlichkeit, die mir so wohl bekannt ist, sagte ich mir.

Ich wollte mich erheben, vermochte es jedoch nicht. Mein Herz schlug so heftig, daß ich mich nicht auf den Beinen halten konnte. Ja, ein Schlaganfall wird mich töten. Sie ist mein Tod. Das würde ihr so recht sein! Doch nein, das hieße doch es ihr zu bequem machen. Dieses Vergnügen will ich ihr nicht bereiten ... Hier sitze ich nun – und sie schmausen und lachen dort, und ... Warum habe ich sie damals nicht erwürgt, sagte ich mir, als ich sie vor acht Tagen aus meinem Kabinett warf und ihr die Sachen nachschleuderte? Ich vergegenwärtigte mir lebhaft den Zustand, in dem ich mich damals befunden hatte; und nicht nur das – ich fühlte auch dasselbe Bedürfnis, zuzuschlagen und zu zerstören, das ich damals empfunden hatte. Ich erinnere mich, wie ich auf einmal den Drang verspürte, zu handeln, wie alle Vorstellungen außer jenen, die diesem Drange dienten, in meinem Hirn zurückwichen und ich in den Zustand eines reißenden Tieres oder eines Menschen verfiel, der unter dem Einfluß physischer Erregung steht, im Augenblick der Gefahr etwa, wenn er folgerichtig und ohne Übereilung handelt, doch auch ohne einen Augenblick zu verlieren, alles im Hinblick auf ein bestimmtes Ziel.«

27

»Das erste, was ich tat, war, daß ich die Stiefel auszog und in bloßen Strümpfen zu der Wand über dem Diwan hintrat, wo meine Schußwaffen und Dolche hingen. Ich nahm einen noch nie gebrauchten, sehr scharfen Damaszenerdolch von der Wand und zog ihn aus der Scheide, die, wie ich mich erinnere, hinter den Diwan fiel. ›Später will ich sie dort hervorholen‹, sagte ich mir noch, ›sonst geht sie verloren.‹ Dann zog ich den Paletot aus, den ich die ganze Zeit über angehabt hatte, und ging, leise auftretend, in bloßen Strümpfen nach dem Salon. Als ich mich sachte herangeschlichen hatte, öffnete ich plötzlich die Tür.

Ich sehe noch den Ausdruck ihrer Gesichter. Ich erinnere mich dieses Ausdrucks deshalb, weil er mir eine qualvolle Wonne bereitete. Es war der Ausdruck des Entsetzens. Das war es, was ich brauchte. Niemals werde ich den Ausdruck verzweifelten Entsetzens vergessen, der im ersten Augenblick auf den Gesichtern der beiden hervortrat, als sie mich erblickten. Er saß, glaube ich, am Tische, sobald er mich jedoch sah oder hörte, sprang er auf und blieb mit dem Rücken gegen das Büfett stehen. In seinen Zügen malte sich nichts als ein unverhohlenes Entsetzen. In ihrem Gesichte lag derselbe Ausdruck, doch war noch ein zweiter ihm beigemengt. Wäre nur der Ausdruck des Entsetzens darauf zu lesen gewesen, dann wäre vielleicht das nicht geschehen, was schließlich geschehen ist, doch prägte sich in ihrem Gesichte, wie mir wenigstens schien, im ersten Augenblick noch der Unwille und die Empörung darüber aus, daß man ihren Liebesrausch und ihr Glück an seiner Seite zu stören wage. Sie hatte jetzt sozusagen kein anderes Bedürfnis, als daß man sie in ihrem Glück nicht störe. Doch der Ausdruck ihrer Gesichter blieb nur einen Augenblick unverändert. Der Ausdruck des Entsetzens in seinem Gesichte wechselte sogleich mit dem fragenden Ausdruck: ›Kann ich leugnen oder nicht? Wenn Leugnen noch einen Zweck hat, dann heißt es sofort damit beginnen. Sonst heißt es die Sache anders anfangen. Doch wie?‹ Und er sah sie fragend an. Der Ausdruck des Unwillens und der Empörung in ihrem Gesichte schien mir gewichen zu sein, nachdem sie ihm einen besorgten Blick zugeworfen hatte. Ich war, den Dolch im Rücken haltend, einen Augenblick in der Tür stehengeblieben. In diesem Moment lächelte er und begann in einem bis zur Lächerlichkeit gleichgültigen Ton: ›Wir hatten gerade musiziert . . .‹ – ›Ich hatte nicht erwartet . . .‹, bemerkte sie, sich seinem Tone anpassend. Keiner von beiden sprach seinen Satz zu Ende. Dieselbe Wut, die mich damals, vor einer Woche, überkam, bemächtigte sich meiner auch jetzt. Wiederum empfand ich diesen Drang, etwas zu zerstören, mich gewaltsam auszutoben, die Freude an der Raserei, und gab mich ihr hin.

Keiner von beiden hatte seinen Satz beendet. Es begann nun jenes andere, das er fürchtete und das ihre Worte mit einemmal gegenstandslos machte. Ich stürzte mich auf sie, immer noch den Dolch verbergend, damit er mir nicht in den Arm fiele, wenn ich nach der Stelle stechen würde, die ich von Anfang an zum Angriff ausgewählt hatte – nämlich nach ihrer linken Brustseite unterhalb der Rippen. Im Augenblick, da ich mich auf sie stürzte, sah er, was ich vorhatte, griff, was ich nie von ihm erwartet hätte, nach meiner Hand und schrie: ›Kommen Sie zu sich! Was haben Sie vor? Zu Hilfe!‹

Ich entriß ihm meine Hand und stürzte mich schweigend auf ihn. Seine Blicke kreuzten sich mit meinen. Er wurde plötzlich bleich wie Linnen, die Augen glänzten ganz seltsam, und er schlüpfte, was ich gleichfalls nicht erwartet hätte, unter dem Flügel hindurch zur Tür hinaus. Ich stürzte ihm nach, verspürte jedoch eine schwere Last an meinem linken Arme. Es war meine Gattin. Ich wollte mich losreißen, sie hängte sich jedoch mit noch größerer Schwere an mich und ließ mich nicht los. Das unerwartete Hindernis, ihr Gewicht und die mir widerwärtige Berührung erregten mich noch mehr. Ich fühlte, daß ich ganz toll vor Raserei war und furchtbar aussehen mußte, ich freute mich darüber. Ich holte aus voller Kraft mit dem linken Arm aus und versetzte ihr mit dem Ellbogen einen Stoß mitten ins Gesicht. Sie schrie auf und ließ meinen Arm los. Ich wollte ihm nacheilen, sagte mir jedoch, daß es lächerlich sein würde, dem Liebhaber seiner Frau in Strümpfen nachzulaufen, und ich wollte nicht lächerlich, sondern furchtbar sein. In all meiner Wut dachte ich die ganze Zeit über doch auch daran, welchen Eindruck ich auf die andern machte, und dieser Eindruck war zum Teil sogar bestimmend für mein Handeln. Ich wandte mich nach ihr um. Sie war auf das Sofa gefallen, hielt die Hand vor die Augen, die mein Stoß getroffen hatte, und sah mich an. In ihrem Gesicht waren Angst und Haß gegen mich, ihren Feind, zu lesen – derselbe Haß, der aus den Augen der Ratte spricht, wenn man die Falle emporhebt, in die sie geraten ist. Ich konnte wenigstens nichts anderes an ihr wahrnehmen als Angst und Haß gegen mich, den die Liebe zu dem andern in ihr hervorrief. Aber ich hätte mich vielleicht noch bezwungen und meine Tat nicht vollbracht, wenn sie geschwiegen hätte. Doch sie begann plötzlich zu sprechen und nach meiner Hand, die den Dolch hielt, zu fassen. ›Komm doch zur Besinnung! Was tust du denn? Was ist mit dir? Nichts ist geschehen, nichts, nichts! Ich schwöre es dir!‹ Ich hätte noch gezögert, aber diese ihre letzten Worte, aus denen ich auf das Gegenteil schloß – nämlich, daß *alles* geschehen sei –, forderten eine Antwort heraus. Und die Antwort mußte der Seelenstimmung entsprechen, in die ich mich versetzt hatte und die sich in einem ständigen Crescendo befand. Auch die Wut hat ihr Gesetz. – ›Lüge nicht, Elende!‹ rief ich und faßte mit der Linken nach ihrer Hand, die sie mir jedoch entriß. Da packte ich sie, ohne den Dolch loszulassen, mit der linken Hand an der Kehle, warf sie hintenüber und begann, sie zu würgen. Was für einen feisten Hals hatte sie doch! Sie faßte mit beiden Händen nach meiner Hand, suchte ihren Hals zu befreien, und als wenn ich das erwartet hätte, stach ich sie aus aller Macht mit dem Dolch unterhalb der Rippen in die linke Seite . . .

Wenn die Leute behaupten, daß sie in einem Wutanfall nicht wissen, was sie tun, so ist das unsinnig und unwahr. Ich wußte alles, nicht für einen Augenblick verlor ich das klare Bewußtsein. Je stärker ich selbst in mir meine Wut anfachte, desto greller leuchtete das Licht des Bewußtseins in mir auf, das mich alles das deutlich sehen ließ, was ich tat. Ich kann nicht sagen, daß ich alles voraus wußte, was ich tun würde, in dem Augenblick jedoch, da ich handelte, ja vielleicht noch ganz kurz vorher wußte ich, was ich tun würde, und ich hatte gar noch, im Falle der Reue, die Möglichkeit, einzuhalten. Ich wußte, daß ich sie unterhalb der Rippen treffen und daß der Dolch dort eindringen würde. Im Augenblick, da ich es tat, wußte ich, daß ich etwas Entsetzliches tat, etwas, das ich noch nie getan und das noch furchtbare Folgen haben würde. Aber dieses Bewußtsein fuhr nur wie ein Blitz durch mein Hirn, und diesem Blitz folgte sogleich die Tat. Die Tat selbst spiegelte sich im Bewußtsein mit ungewohnter Grellheit. Ich spürte den jähen Widerstand des Korsetts und noch irgendeines Gegenstands, hörte irgendeinen Laut und fühlte dann das Eindringen der Klinge ins Weiche. Sie griff mit den Händen nach dem Dolche, schnitt sich dabei und ließ ihn los. Ich habe später im Gefängnis, nachdem die sittliche Wandlung sich in mir vollzogen hatte, lange über diesen Augenblick nachgedacht und mir davon ins Gedächtnis zurückzurufen versucht, was ich nur irgend konnte. Ich erinnere mich eines Augenblicks, nur eben *eines* Augenblicks, der der Tat vorausging, in dem ich das furchtbare Bewußtsein hatte, eine Frau, meine Gattin, getötet zu haben. Das Entsetzen dieses Bewußtseins ist mir noch im Gedächtnis, und ich nehme an und entsinne mich sogar dunkel, daß, nachdem ich ihr den Dolch in die Brust gestoßen, ich ihn sogleich wieder herauszog, in dem Wunsche, innezuhalten und das Geschehene wiedergutzumachen. Eine Sekunde lang stand ich unbeweglich in der Erwartung da, was wohl geschehen würde: ob es wohl möglich sei, hier noch etwas gutzumachen. Sie sprang auf und schrie: ›Amme, er hat mich getötet!‹

Die Kinderfrau, die den Lärm gehört hatte, erschien in der Tür. Ich stand da und wartete und wollte noch immer nicht recht an das Geschehene glauben. Doch da strömte das Blut schon unter ihrem Korsett hervor. Und da begriff ich, daß nichts mehr gutzumachen sei, und entschied mich auch gleich dahin, daß das gar nicht nötig wäre, daß ich es so gewollt und daß ich das, was geschehen, auch habe tun müssen. Ich wartete, bis sie hinfiel und die Kinderfrau mit dem Rufe: ›Um Gottes willen!‹ zu ihr hineilte – dann erst warf ich den Dolch fort und verließ das Zimmer. ›Ich darf mich nicht aufregen, ich muß wissen, was ich tue‹, sprach ich zu mir selbst, ohne nach ihr und der Kinderfrau hinzublicken. Die Kinderfrau schrie und rief das Mädchen. Ich ging den Korridor entlang, schickte das Mädchen hinein und begab mich in mein Zimmer. ›Was soll ich nun tun?‹ fragte ich mich und begriff sogleich, was ich zu tun hätte. Ich trat an die Wand in meinem Kabinett, nahm einen Revolver herunter, untersuchte ihn – er war geladen – und legte ihn auf den Tisch. Dann holte ich die Dolchscheide hinter dem Diwan hervor und setzte mich auf diesen. Lange saß ich da, ohne an etwas zu denken oder mich an etwas zu erinnern. Ich hörte, daß es draußen irgendein Getriebe gab. Ich hörte, wie jemand kam und dann noch jemand. Dann hörte und sah ich, wie Jegor meinen Reisekorb ins Kabinett trug. Als ob ihn jetzt noch jemand hätte brauchen können!

›Hast du gehört, was geschehen ist?‹ sprach ich zu ihm. ›Sag dem Hauswart, man solle es der Polizei melden.‹ Er erwiderte nichts und ging hinaus. Ich erhob mich, schloß die Tür, zog eine Zigarette und Zündhölzer heraus und begann zu rauchen. Ich hatte die Zigarette noch nicht zu Ende geraucht, als ich in einen dumpfen, schweren Schlaf verfiel. Ich schlief wohl an die zwei Stunden. Mir träumte, wir hätten uns vertragen und seien beinahe wieder Freunde, nur eine Kleinigkeit stehe noch zwischen uns, doch sonst sei alles in Ordnung. Ein Klopfen an der Tür weckte mich. ›Das ist die Polizei‹, dachte ich beim Erwachen, ›ich habe ja wohl jemand getötet. Aber vielleicht ist sie es auch, die da klopft, vielleicht ist gar nichts geschehen.‹ Noch einmal klopfte es an der Tür. Ich öffnete nicht und beschäftigte mich mit der Frage: ›Ist es Wirklichkeit oder nicht?‹ Ja, es ist Wirklichkeit. Ich dachte an den Widerstand des Korsetts, an das Eindringen der Klinge in den Körper, und ein Schauer lief mir über den Rücken ... Ja, es ist wahr; es ist wahr. Nun muß ich auch mich töten, sprach ich zu mir selbst. Aber ich sprach es – und wußte doch, daß ich mich nicht töten würde. Dennoch erhob ich mich und nahm den Revolver wieder zur Hand. Aber, wie seltsam: so nahe ich auch früher oft dem Selbstmord gewesen war und so lebhaft ich noch kürzlich während der Bahnfahrt an diese Möglichkeit, durch die ich sie erschrecken wollte, gedacht hatte – jetzt lag mir der Gedanke, mich zu töten, völlig fern. ›Warum sollte ich das tun?‹ fragte ich mich. Und ich fand keine Antwort auf die Frage. Wieder wurde an die Tür geklopft. Jedenfalls muß ich erst einmal nachsehen, wer da klopft. Das andere eilt noch nicht. Ich legte den Revolver auf den Tisch und deckte ein Zeitungsblatt darüber. Dann ging ich nach der Tür und schob den Riegel zurück. Es war die Schwester meiner Frau, eine gutmütige, beschränkte Witwe. ›Waßja, was hast du da angerichtet?‹, und ihre stets bereitgehaltenen Tränen begannen zu fließen. – ›Was wünschst du?‹ fragte ich sie grob. Ich sah sehr wohl, daß gar kein Grund vorlag, gegen sie grob zu sein, doch ich konnte keinen andern Ton für unsere Unterhaltung finden. – ›Waßja, sie stirbt. Iwan Sacharytsch hat es gesagt.‹ Iwan Sacharytsch war der Hausarzt, ihr Arzt und Berater. – ›Ist er denn hier?‹ fragte ich, und der ganze Zorn, den ich gegen sie gehegt, kam wieder zum Durchbruch. ›Nun also – was soll ich?‹ – ›Waßja, geh doch zu ihr! Ach, wie entsetzlich ist das doch!‹ sagte sie. – ›Zu ihr gehen?‹ fragte ich mich selbst und gab mir alsbald zur Antwort, das müsse ich wohl tun, das sei wahrscheinlich immer so, daß, wenn ein Gatte seine Frau getötet hat wie ich, er dann unbedingt zu ihr hingeht. Wenn das so üblich ist, so muß auch ich hingehen, sagte ich mir. Und was das andere betrifft – ich dachte an meine Absicht, mich zu erschießen – so werde ich, falls es notwendig sein sollte, immer noch Zeit dazu haben. Und so ging ich denn zu ihr. ›Jetzt wird es Phrasen geben und Grimassen‹, sprach ich zu mir selbst, ›aber ich lasse mich nicht von ihr unterkriegen.‹ – ›Halt‹, sagte ich zu ihrer Schwester, ›es sieht dumm aus, wenn ich ohne Stiefel hineingehe, laß mich wenigstens die Pantoffeln anziehen.‹«

28

»Und, wie seltsam: als ich das Zimmer verließ und die gewohnten Räume durchschritt, da lebte in mir von neuem die Hoffnung auf, daß nichts geschehen sei, aber der Geruch dieses ekelhaften Zeugs – Jodoform oder Karbol – schlug mir gar zu penetrant entgegen. Ja, es ist doch alles gewesen. Als ich durch den Korridor am Kinderzimmer vorüberschritt, erblickte ich Lisanjka. Sie sah mich mit erschrockenen Augen an. Es war mir sogar, als ob alle fünf Kinder da wären und mich ansähen. Ich ging zu der Tür, das Dienstmädchen öffnete mir von innen und kam heraus. Das erste, was mir in die Augen fiel, war ihr hellgraues Kleid auf dem Stuhl, das von Blut ganz schwarz war. Sie lag mit hochgestreckten Knien auf unserem zweischläfrigen Bett, zum Teil sogar auf meinem Bett, zu dem der Zutritt leichter war. Sie lag ganz schräg auf den bloßen Kissen, in offener Nachtjacke. Die Stelle, wo die Wunde sein mußte, war mit irgend etwas bedeckt. Im Zimmer herrschte ein durchdringender Jodoformgeruch. Vor allem erschreckte mich ihr gedunsenes, blau angelaufenes Gesicht, das in der Nasengegend und unter den Augen dunkle Flecke aufwies. Sie rührten von dem Stoße mit dem Ellbogen her, der sie getroffen hatte. Von ihrer Schönheit war keine Spur vorhanden, sie erschien mir vielmehr häßlich. Ich blieb an der Schwelle stehen. ›Tritt doch näher, tritt doch näher heran‹, sprach die Schwester zu mir. – ›Vielleicht will sie bereuen?‹ dachte ich. ›Soll ich verzeihen? Ja, sie stirbt, da kann ich ihr verzeihen‹, dachte ich – ›ich will recht großmütig sein.‹ Ich trat ganz dicht heran. Sie richtete mit Mühe ihre Augen, von denen das eine ganz verschwollen war, auf mich und sprach mühsam und stockend: ›Nun hast du dein Ziel erreicht, du hast mich getötet!‹ – und in ihrem Gesicht spiegelte sich durch die physischen Leiden und die Nähe des Todes hindurch der mir wohlbekannte, kalte, tierische Haß. ›Die Kinder ... lasse ich dir ... aber nicht. Sie – die Schwester – wird sie zu sich nehmen!‹ Das, worauf es mir vor allem ankam, ihre Schuld, ihren Verrat, erwähnte sie überhaupt nicht, als ob es sich nicht verlohne, davon zu reden. ›Ja, weide dich an deinem Werke‹, sagte sie, sah nach der Tür und schluchzte auf. In der Tür stand die Schwester mit den Kindern. ›Sieh, was du angerichtet hast!‹ Ich blickte nach den Kindern hin und auf ihr entstelltes Gesicht und vergaß zum erstenmal mich selbst, mein Recht und meinen Stolz und sah zum erstenmal in ihr den Menschen. Und so klein und erbärmlich erschien mir meine Eifersucht und alles das, was mich gekränkt hatte, und für so bedeutsam und furchtbar erachtete ich das, was ich getan, daß ich mein Gesicht auf ihre Hände niedersenken und sie um Verzeihung bitten wollte. Indessen ich wagte es nicht. Sie hatte die Augen geschlossen und schwieg, offenbar war sie nicht mehr imstande zu sprechen. Dann erbebte ihr entstelltes Gesicht und legte sich in Falten. Sie stieß mich leise von sich. ›Warum war das alles? Warum?‹ – ›Verzeih mir!‹ sagte ich, ›verzeih, alles ist Torheit!‹ – ›Wenn ich nur nicht sterbe!‹ schrie sie, richtete sich auf und sah mich mit den fieberhaft glänzenden Augen durchdringend an. ›Du hast dein Ziel erreicht! Ich hasse dich! Oh! Oh!‹ rief sie offenbar im Fieber, vor irgend etwas erschreckend. – ›Nun, töte nur, töte, ich habe keine Angst! . . . Aber töte uns alle, alle, auch ihn. Er ist entflohen, entflohen!‹ Die Fieberphantasien hörten die ganze Zeit nicht auf. Sie erkannte niemand mehr. Um die Mittagsstunde war sie tot.

Mich hatte man schon vorher, um acht Uhr morgens, auf die Wache und von dort ins Gefängnis gebracht. Dort saß ich, mein Urteil erwartend, elf Monate lang, dachte über mich und meine Vergangenheit nach und verstand jetzt beides. Vom dritten Tage an begann ich, beides zu begreifen: am dritten Tage führte man mich ›dahin‹.«

Er wollte etwas sagen, hielt jedoch inne, da er sich des Schluchzens nicht erwehren konnte. Als er seine Kräfte wieder gesammelt hatte, fuhr er fort: »Ich begann erst dann zu begreifen, als ich sie im Sarge erblickte.«

Er schluchzte auf, fuhr jedoch hastig fort: »Erst als ich ihr totes Antlitz sah, begriff ich alles, was ich getan hatte. Ich begriff, daß ich, ich sie getötet hatte, daß es durch mich geschehen war, daß sie, die bisher gelebt und sich bewegt hatte und voll Wärme gewesen war, nun unbeweglich, wächsern und kalt dalag und daß dies niemals, nirgends und durch kein Mittel geändert werden könne. Wer das nicht selbst erlebt hat, kann es nicht begreifen ... Oh! oh! oh!« rief er wehklagend aus und verstummte. – –

Wir saßen lange schweigend da. Er schluchzte und saß bebend, ohne ein Wort zu sprechen, vor mir da.

»Nun, verzeihen Sie.« – Er wandte sich von mir ab, streckte sich auf der Bank aus und deckte sich mit seinem Plaid zu.

Auf der Station, auf der ich aussteigen mußte – es war gegen acht Uhr morgens –, trat ich an ihn heran, um von ihm Abschied zu nehmen. Ob er schlief oder sich nur schlafend stellte – jedenfalls bewegte er sich nicht. Ich berührte ihn mit der Hand und sah, daß er nicht geschlafen hatte.

»Leben Sie wohl«, sagte ich und reichte ihm die Hand.

Er nahm meine Hand und lächelte, jedoch so traurig, daß ich nahe daran war, zu weinen.

»Ja, verzeihen Sie«, wiederholte er nochmals das Wort, mit dem er seine Erzählung geschlossen hatte.

NACHWORT DES DICHTERS

Ich erhielt und erhalte noch immer zahlreiche Briefe von unbekannten Leuten, die mich bitten, in einfachen und klaren Worten darzulegen, was ich eigentlich über das Thema der von mir unter dem Titel »Die Kreutzersonate« veröffentlichten Erzählung denke. Ich will versuchen, dies zu tun, d. h. in Kürze, soweit dies möglich ist, das Wesen dessen auszudrücken, was ich in dieser Erzählung und den an sie geknüpften Folgerungen zur Darstellung gebracht habe.

Ich wollte erstens sagen, daß sich in unserer Gesellschaft eine feste, allen Ständen gemeinsame und durch eine falsche Wissenschaft gestützte Überzeugung gebildet habe, der Geschlechtsverkehr sei eine für die Gesundheit unentbehrliche Sache, und da die Ehe nicht immer möglich sei, so sei auch der außereheliche Geschlechtsverkehr, der den Mann nur zu einer Geldzahlung verpflichtet, eine völlig natürliche Angelegenheit, die daher auch nur Aufmunterung verdiene.

Diese Überzeugung ist eine in so hohem Maße allgemeine und feste, daß die Eltern auf den Rat der Ärzte ihren Kindern Gelegenheit zur Ausschweifung verschaffen und daß die Regierungen, deren einziger Zweck doch darin besteht, für das sittliche Wohl ihrer Bürger Sorge zu tragen, die Ausschweifung regeln, das heißt, einen ganzen Stand von Frauen organisieren, die körperlich und seelisch zugrunde gehen müssen, um die vermeintlichen Bedürfnisse der Männer zu befriedigen und um den unverheirateten Männern Gelegenheit zu geben, mit vollkommen ruhigem Gewissen der Ausschweifung zu huldigen.

Und nun wollte ich sagen, daß dies nicht gut sei, weil es doch unmöglich in der Ordnung sein könne, daß für den Gesundheitszustand der einen Kategorie von Menschen Körper und Seele einer anderen Kategorie zugrunde gerichtet werden, wie es nicht in der Ordnung sein kann, daß, damit die eine Kategorie von Menschen gesund bleibe, sie das Blut einer anderen Menschenkategorie trinke.

Der Schluß, der nach meiner Meinung naturgemäß daraus zu ziehen ist, ist dieser, daß man sich dieser Verirrung und Täuschung nicht hingeben dürfe. Und um sich ihnen nicht hinzugeben, darf man erstens unsittlichen Lehren, durch welche vermeintlichen Wissenschaften sie auch gestützt werden mögen, keinen Glauben schenken und muß zweitens begreifen, daß die Unterhaltung eines Geschlechtsverkehrs, bei dem die Geburten absichtlich verhindert werden oder die Sorge für die Kinder auf die Frauen abgewälzt oder die Möglichkeit des Gebärens von vornherein verhindert wird – daß ein solcher Geschlechtsverkehr eine Übertretung der einfachsten Forderungen der Sittlichkeit, mithin selbst etwas Unsittliches ist, und daß ledige Leute, die nicht unsittlich leben wollen, sich dieses Verkehrs enthalten müssen.

Um nun enthaltsam leben zu können, müssen diese ledigen Leute in jeder Beziehung eine natürliche Lebensführung anstreben, das heißt, sie dürfen nicht trinken, nicht im Übermaß essen, kein Fleisch genießen, nicht der anstrengenden körperlichen Arbeit – die durch keine Gymnastik zu ersetzen ist – aus dem Wege gehen und den Verkehr mit fremden Frauen selbst in Gedanken so wenig wie etwa den Verkehr mit ihren eigenen Müttern, Schwestern, weiblichen Verwandten oder mit den Frauen ihrer Freunde zulassen. Beweise dafür, daß die Enthaltsamkeit möglich und weniger schädlich und gesundheitsgefährdend ist als der ungezügelte Geschlechtsverkehr, wird jeder Mann in seinen Kreisen zu Hunderten finden.

Das ist der erste Punkt.

Der zweite Punkt ist, daß in unserer Gesellschaft, da man den Liebesverkehr nicht nur als eine notwendige Vorbedingung der Gesundheit und des Genusses, sondern auch als eine poetische Erhöhung des Lebensglücks ansieht, die eheliche Untreue in allen Schichten der Gesellschaft – namentlich, dank dem Soldatentum, auch im Bauernstande – eine ganz gewöhnliche Erscheinung geworden ist.

Und das ist nach meiner Meinung nicht gut.

Der Schluß aber, der daraus zu ziehen ist, lautet, daß man dies eben nicht tun darf.

Damit man dies aber nicht tue, muß die Ansicht vom Wesen der sinnlichen Liebe eine andere werden, müssen Männer und

Frauen in den Familien wie durch die öffentliche Meinung so erzogen werden, daß sie vor wie nach der Heirat die Verliebtheit und die damit verbundene sinnliche Liebe nicht als einen poetischen, erhabenen Zustand ansehen, wie sie es jetzt tun, sondern als einen den Menschen erniedrigenden, tierischen Zustand, wie denn auch anzustreben ist, daß die Verletzung des in der Ehe gegebenen Treuegelöbnisses durch die öffentliche Meinung mindestens ebenso gerügt werde wie die Nichterfüllung finanzieller Verpflichtungen und Betrug in Handelssachen und nicht, wie es jetzt geschieht, die Verletzung der Treue gar noch in Romanen, Gedichten, Liedern, Opern usw. besungen werde.

Das ist der zweite Punkt.

Der dritte Punkt ist, daß in unserer Gesellschaft, gleichfalls infolge der falschen Bedeutung, die man der sinnlichen Liebe beilegt, das Kindergebären seinen ursprünglichen Sinn verloren hat. Statt das Ziel und die Rechtfertigung der ehelichen Beziehungen zu sein, gilt es vielmehr als ein Hindernis für die angenehme Fortsetzung der Liebesbeziehungen.

Außerhalb der Ehe wie in der Ehe ist daher auf den Rat der Diener der ärztlichen Wissenschaft der Gebrauch von Mitteln, die der Frau das Kindergebären unmöglich machen, immer üblicher geworden oder, was früher nicht Sitte und Brauch war und was in patriarchalisch lebenden Bauernfamilien auch heute noch nicht vorkommt: die ehelichen Beziehungen werden während der Schwangerschaft und Nährzeit fortgesetzt.

Und das ist nach meiner Meinung nicht gut.

Nicht gut ist es, Mittel gegen das Kindergebären anzuwenden, erstens, weil sich die Menschen dadurch von den Sorgen und Mühen um die Kinder befreien, die als eine Sühne der sinnlichen Liebe anzusehen sind, und zweitens, weil dies einer dem menschlichen Gewissen ganz besonders widerstrebenden Handlung, nämlich dem Mord, nahesteht. Nicht gut endlich ist der Geschlechtsverkehr während der Schwangerschafts- und Nährzeit, weil durch ihn die körperlichen, noch mehr aber die geistigen Kräfte der Frau zugrunde gerichtet werden.

Der Schluß, der sich hieraus ergibt, ist dieser, daß man dies nicht tun darf. Und um dies nicht zu tun, müssen wir begreifen, daß die Enthaltsamkeit, die schon im ledigen Stande eine unerläßliche Bedingung der menschlichen Würde ist, in noch höherem Maße im Ehestand zur Pflicht wird.

Das ist der dritte Punkt.

Der vierte Punkt ist der, daß in unserer Gesellschaft, in der die Kinder entweder ein Hindernis des Sinnengenusses oder das Ergebnis eines unglücklichen Zufalls oder eine Elternfreude besonderer Art bilden, falls nämlich die Eltern sich gerade so viel Kinder wünschen, die Kinder nicht im Hinblick auf jene Aufgaben des menschlichen Lebens erzogen werden, die ihnen als verständigen und liebenden Wesen bevorstehen, sondern lediglich im Hinblick auf die Freuden, die sie ihren Eltern bereiten können. Infolgedessen werden die Kinder der Menschen wie die Kinder der Tiere erzogen, so daß die Hauptsorge der Eltern nicht darin besteht, sie auf eine menschenwürdige Tätigkeit vorzubereiten, sondern darin, sie möglichst gut zu ernähren, ihr Wachstum zu fördern, sie sauber, weiß, satt und hübsch zu machen, worin die Eltern noch von der verlogenen Wissenschaft, die sich Medizin nennt, unterstützt werden; wenn in den unteren Volksschichten nicht das gleiche geschieht, so ist dies eine Folge der Not, die Ansichten jedoch sind genau dieselben. Bei den verzärtelten Kindern erwacht dann, wie bei überfütterten Tieren, unnatürlich früh eine unbezwingliche Sinnlichkeit, die diesen Kindern im frühreifen Alter zur Ursache schlimmer Qualen wird. Putzsucht, das Lesen aufregender Bücher, Theaterbesuch, Musik, Tanzvergnügungen, Näschereien, allerlei Lebensgewohnheiten und Bedürfnisse, von den zierlichen Konfektschachteln bis zu den Romanen, Erzählungen und Gedichten, schüren diese Sinnlichkeit noch mehr, und so werden die schrecklichsten geschlechtlichen Laster und Krankheiten die üblichen Begleiterscheinungen der heranwachsenden Jugend beiderlei Geschlechts, Erscheinungen, die auch im reifsten Alter oft nicht schwinden.

Und das ist nach meiner Meinung nicht gut.

Der Schluß, der sich daraus ergibt, lautet, daß man aufhören sollte, die Kinder der Menschen wie die Kinder der Tiere zu erziehen, und daß man für die Erziehung der Menschenkinder andere Ziele aufstellen müsse als den schönen, wohlgepflegten Körper.

Das ist der vierte Punkt.

Der fünfte Punkt ist der, daß in unserer Gesellschaft die Liebelei zwischen einem jungen Manne und einer Frau, die doch im Grunde genommen nur auf die sinnliche Liebe ausgeht, zu einem höheren poetischen Ziel menschlichen Strebens erhoben worden ist, wobei die jungen Männer die beste Zeit ihres Lebens darauf verwenden, sich ein recht vorteilhaftes Liebesverhältnis zu suchen oder eine recht günstige Partie zu machen, während Frauen und Mädchen ihrerseits darauf ausgehen, die Männer in eine mehr oder weniger leichte oder ernste Liaison hineinzulokken.

So werden die besten Kräfte der Menschen nicht nur unproduktiven, sondern auch direkt schädlichen Zwecken zuliebe vergeudet. Daher kommt zum größten Teil der törichte Luxus unseres Lebens, daher die Müßigkeit der Männer und die Schamlosigkeit der Frauen, die sich nicht scheuen, nach Art notorisch verderbter Weibsbilder, die sie sich zum Vorbild nehmen, die Mode mitzumachen und gewisse die Sinnlichkeit reizende Körperteile offen zur Schau zu stellen. Und das ist nach meiner Meinung nicht gut.

Es ist darum nicht gut, weil die Vereinigung mit dem Gegenstand der Liebe, sei es in der Ehe oder außer der Ehe, so sehr man diese Vereinigung auch poetisch verklären möge, ein des Menschen unwürdiges Ziel ist, wie es auch kein des Menschen würdiges Ziel ist, was sich viele gleichwohl als das höchste Glück vorstellen: dem Körper so viel süße Speise wie möglich einzuverleiben.

Der Schluß aber, den man daraus ziehen kann, ist, daß man aufhören muß, die sinnliche Liebe als etwas ganz Besonderes und Erhabenes anzusehen, und vielmehr begreifen muß, daß die menschenwürdigen Ziele – sei es die Arbeit zum Wohl der Menschheit oder des Vaterlandes, der Wissenschaft oder der Kunst, ganz zu schweigen vom Gottesdienst –, soweit sie wirklich edel und menschenwürdig sind, durch die Vereinigung mit dem Gegenstande der Liebe in oder außer der Ehe nicht gefördert werden, daß im Gegenteil die Verliebtheit und die Vereinigung mit dem Gegenstande der Liebe, wie sehr auch die Dichter in Versen und Prosa das Gegenteil zu beweisen suchen, die Erreichung irgendwelcher menschenwürdigen Ziele nie erleichtern, sondern stets erschweren werden.

Das ist der fünfte Punkt!

Dies ist das Wesentliche, was ich zum Ausdruck bringen wollte, und ich glaube es in meiner Erzählung deutlich ausgesprochen zu haben. Ich meinte: man könne wohl darüber disputieren, in welcher Weise das Übel zu beseitigen sei, auf das die von mir aufgestellten Thesen hinweisen, ihnen jedoch nicht zuzustimmen sei einfach unmöglich.

Ich war der Meinung, daß es unmöglich sei, diesen Thesen nicht zuzustimmen, erstens, weil diese Thesen mit dem Fortschritt der Menschheit, der stets von sittlicher Ungebundenheit zu immer größerer Sittenreinheit emporführt, sowie mit dem sittlichen Bewußtsein der Gesellschaft und unserem Gewissen harmonieren, das stets die sittliche Ungebundenheit verurteilt und die Sittenreinheit hochschätzt; und zweitens, weil diese Thesen lediglich die notwendigen Folgerungen aus der Lehre des Evangeliums darstellen, zu dem wir uns entweder offen bekennen oder das wir doch wenigstens, wenn auch nur unbewußt, als Grundlage unserer Begriffe über die Sittlichkeit anerkennen.

Die Wirklichkeit zeigt jedoch ein anderes Bild.

Niemand wird allerdings die Thesen geradezu bestreiten, daß man vor der Ehe nicht ausschweifend leben dürfe, daß man es auch nach Eingehung der Ehe nicht tun dürfe, daß man das Kindergebären nicht künstlich verhindern, aus den Kindern kein Spielzeug machen und die geschlechtliche Vereinigung nicht über alle irdischen Genüsse und Güter stellen dürfe – niemand wird, mit einem Worte, bestreiten, daß die Keuschheit höher stehe als die Ausschweifung. Aber man sagt eben: »Wenn die Ehelosigkeit besser ist als die Ehe, dann sollten doch verständigerweise die Menschen sich an das Bessere halten. Tun sie dies aber, so stirbt das Menschengeschlecht aus, die Ausrottung des Menschengeschlechts kann mithin nicht das Ideal des Menschengeschlechts sein.«

Doch ganz abgesehen davon, daß die Ausrottung des Menschengeschlechts für die Menschen unserer Tage keine neue Vorstellung ist, sondern, soweit sie religiös sind, für sie ein Glaubensdogma und, soweit sie wissenschaftlich denken, eine notwendige Folgerung aus der Beobachtung über das Erkalten der Sonne bildet, so liegt in diesem Einwand ein weitverbreitetes, altes Mißverständnis.

Man sagt: »Wenn die Menschen das Ideal vollkommener Keuschheit erreichen, so vernichten sie sich selbst, und darum kann dieses Ideal nicht das rechte sein.« Die aber so sprechen, verwechseln absichtlich oder unabsichtlich zwei verschiedenartige Dinge, nämlich die Verhaltensmaßregel oder Vorschrift und das Ideal. Die Keuschheit ist keine Vorschrift oder Verhaltensmaßregel, sondern ein Ideal oder, genauer gesagt, eine der Vorbedingungen des Ideals.

Ein Ideal ist aber nur dann ein Ideal, wenn seine Verwirklichung nur in der Idee, nur gedanklich möglich ist, wenn es sich nur als in der Unendlichkeit erreichbar darstellt und wenn daher die Möglichkeit, ihm näherzukommen, eine unendliche ist. Wäre das Ideal nicht nur erreichbar, sondern könnten wir uns seine Verwirklichung vorstellen, so würde es aufhören, ein Ideal zu sein.

So war das Ideal Christi – die Begründung des Reiches Gottes auf Erden – ein Ideal, von dem schon die Propheten voraussagten, daß einst eine Zeit kommen werde, da alle Menschen, der Lehre Gottes folgend, ihre Schwerter in Pflugscharen und ihre Spieße in Sicheln umwandeln würden, da der Löwe sich neben dem Lamme lagern würde und alle Wesen in Liebe vereinigt sein würden. Jeglicher Sinn des menschlichen Lebens bewegt sich in der Richtung nach diesem Ideal, und daher schließt das Streben nach dem christlichen Ideal in seiner Ganzheit und Geschlossenheit, wie auch nach der Keuschheit, als einer der Vorbedingungen dieses Ideals, nicht nur die Möglichkeit des Lebens keineswegs aus, vielmehr würde der Mangel eines solchen christlichen Ideals die Möglichkeit des Fortschritts und folglich auch des Lebens selbst verneinen.

*

Behauptungen wie jene, das Menschengeschlecht würde aussterben, wenn die Menschen mit allen Kräften die Keuschheit anstreben, stehen auf einer Stufe mit der Äußerung – die man zuweilen auch hören kann –, daß das Menschengeschlecht aussterben würde, wenn die Menschen, statt den Kampf ums Dasein zu führen, mit allen Kräften der Verwirklichung der Freundes- und Feindesliebe, wie überhaupt der Liebe zu allem Lebenden, nachstrebten.

Solche Behauptungen haben ihren Ursprung darin, daß der Unterschied zweier abweichender Methoden sittlicher Lebensführung falsch aufgefaßt wird.

Wie es zwei abweichende Methoden gibt, einem nach dem Wege fragenden Wanderer Bescheid zu geben, so gibt es auch zwei abweichende Möglichkeiten sittlicher Wegweisung für den Menschen, der die Wahrheit sucht. Die eine Methode besteht darin, daß man den Wanderer auf die Gegenstände hinweist, denen er begegnen werde und nach denen er sich zu richten habe, die andere Methode besteht darin, daß man dem Menschen auf Grund des Kompasses, den er in sich trägt und auf dem er stets dieselbe unveränderte Richtung vermerkt findet, nur eben die Richtung angibt, so daß er stets jede Abweichung, die er sich gestattet, selbst feststellen kann.

Die erste Methode sittlicher Lebensführung ist die Methode der Aufstellung äußerlicher Vorschriften und Bestimmungen: man gibt dem Menschen bestimmte Kennzeichen der Handlungen an, die er zu tun oder zu lassen habe.

»Du sollst den Sabbat heiligen; du sollst dich der Beschneidung unterziehen; du sollst nicht stehlen; du sollst keine gegorenen Getränke genießen; du sollst keine lebenden Wesen töten; du sollst den Armen den Zehnten geben; du sollst fünfmal täglich Waschungen vornehmen und beten; du sollst dich taufen lassen, sollst zum Abendmahl gehen usw.« So lauten die äußerlichen Gebote der verschiedenen religiösen Lehren, des Brahmaismus, Buddhismus, Mohammedanismus, des jüdischen und des kirchlich-orthodoxen, fälschlicherweise als »christlich« bezeichneten Glaubens.

Die zweite Methode ist die, dem Menschen eine ihm nie erreichbare Vollkommenheit zu zeigen, nach der zu streben er gleichwohl den Drang in sich fühlt: man zeigt dem Menschen ein Ideal, das ihm stets gestattet, zu sehen, wie weit er selbst von ihm, dem Ideal, entfernt sei.

»Liebe deinen Gott mit deinem ganzen Herzen, mit deiner ganzen Seele, mit deinem ganzen Vermögen und deinen Nächsten wie dich selbst. Seid vollkommen, wie euer Vater im Himmel vollkommen ist.«

So lautet die Lehre Christi.

Der Prüfstein für die Erfüllung der äußeren religiösen Vorschriften ist die Übereinstimmung der Handlungen mit den Bestimmungen dieser Lehre, und diese Übereinstimmung liegt in den Grenzen der Erfüllbarkeit.

Der Prüfstein für die Erfüllung der Lehre Christi ist das Bewußtsein davon, in welchem Maße sie nicht mit der idealen Vollkommenheit übereinstimmt. (Der Grad der Annäherung ist nicht sichtbar: sichtbar ist nur die Abweichung von der Vollkommenheit.) Der Mensch, der das äußere Gebot anerkennt, ist wie ein Mensch, der im Lichte einer Laterne steht, die an einem Pfeiler hängt. Er steht im Lichte dieser Laterne, für ihn ist es hell genug, und er braucht nirgends weiter hinzugehen. Der Mensch dagegen, der die Lehre Christi bekennt, ist wie ein Mensch, der auf einer mehr oder weniger langen Stange eine Laterne vor sich herträgt: das Licht ist stets vor ihm, lockt ihn beständig, ihm zu folgen, immer wieder öffnet sich vor ihm ein neuer beleuchteter Raum, der ihn anzieht.

Der Pharisäer dankt Gott dafür, daß er alle Gebote erfüllt hat. Auch der reiche Jüngling hat alles von Kindheit an erfüllt und begreift nicht, was ihm fehlen könnte. Sie können beide nicht anders denken; vor ihnen ist nichts, dem sie nachstreben könnten. Der Zehnte ist bezahlt, der Sabbat wird gehalten, die Eltern werden geachtet, Ehebruch, Mord, Diebstahl werden nicht begangen. Was verlangt man noch mehr? Für den Bekenner der christlichen Lehre aber ruft die Erreichung jeder neuen Stufe der Vollkommenheit das Bedürfnis des Überganges zu einer höheren Stufe hervor, von der aus eine noch höhere sichtbar wird, und so ohne Ende.

Wer das Gesetz Christi bekennt, der befindet sich stets in der Lage des Zöllners. Er fühlt sich immer unvollkommen, da er hinter sich den Weg nicht sieht, den er bereits zurückgelegt hat, sondern stets nur den Weg vor sich, den er gehen muß und den er noch nicht zurückgelegt hat.

Darin liegt der Unterschied der Lehre Christi von allen anderen religiösen Lehren – ein Unterschied, der nicht in der Verschiedenheit der Forderungen liegt, sondern in der Verschiedenheit der Art, die Menschen zu führen.

Christus hat nie irgendwelche Vorschriften für das Leben gegeben, er hat nie irgendwelche Einrichtungen getroffen, noch auch jemals die Ehe eingesetzt. Aber die Menschen, die die Eigentümlichkeit der Lehre Christi nicht begriffen, die an äußerliche Lehren gewöhnt waren und gleich dem Pharisäer sich gerechtfertigt fühlen wollten, machten, entgegen allem Geiste der Lehre Christi, aus ihrem Buchstaben eine äußerliche, aus Vorschriften bestehende Lehre, die sie die kirchliche christliche Lehre nannten, und schoben der wahren christlichen Ideallehre diese ihre Ersatzlehre unter.

Die kirchlichen Lehren, die sich selbst christliche nennen, haben für alle Lebenslagen an Stelle der Lehre des Ideals Christi äußerliche Vorschriften und Verordnungen gesetzt, die dem Geiste der Lehre widersprechen. Dies geschah im Hinblick auf die Staatsgewalt, das Gericht, das Heer, die Kirche, den Gottesdienst, und es geschah auch in bezug auf die Ehe: obwohl Christus niemals die Ehe eingesetzt, im Gegenteil, wenn es nach dem Buchstaben geht, sie eher verworfen hat – »verlasse dein Weib und folge mir nach« –, haben die kirchlichen Lehren, die sich christliche nennen, die Ehe zu einer christlichen Einrichtung gemacht, d. h. die äußerlichen Bedingungen bestimmt, unter denen die sinnliche Liebe für einen Christen sündenfrei und völlig gesetzlich sein könne.

Da aber in der wahren christlichen Lehre keinerlei Grundlagen für die Einsetzung der Ehe vorhanden sind, so nahm die Sache eine solche Wendung, daß die Menschen unserer Welt das eine Ufer verließen und das andere nicht erreichten, das heißt an die kirchliche Festsetzung der Ehe in Wirklichkeit nicht glauben, in dem Gefühl, daß diese Einrichtung in der christlichen Lehre keine Begründung habe, und gleichzeitig das durch die kirchliche Lehre verdunkelte Ideal Christi – das Streben nach voller Keuschheit – nicht sehen, somit also in bezug auf die Ehe ohne Richtschnur bleiben. Daher rührt die anfangs sonderbar anmutende Erscheinung, daß bei den Juden, Mohammedanern, Lamaisten und in anderen Bekenntnissen, deren religiöse Lehren tief unter den christlichen stehen, die aber dafür genaue äußerliche Bestimmungen über die Ehe besitzen, der familiäre Zusammenhang und die Gattentreue unvergleichlich fester eingewurzelt sind als bei den sogenannten Christen. Bei jenen gibt es bestimmte Vorschriften über die Vielweiberei, die in ganz feste Grenzen eingedämmt ist. Bei uns dagegen herrscht volle Zügellosigkeit, Kebsweiberwirtschaft, Vielweiberei, Vielmännerei, die keinen Vorschriften unterliegen und sich hinter dem Schein einer vermeintlichen Einehe verbergen.

Nur weil an einem gewissen Teil der sich verbindenden Paare von der Geistlichkeit gegen Bezahlung die bekannte Zeremonie vollzogen wird, die man als kirchliche Trauung bezeichnet, geben die Leute unserer Kreise, naiv oder heuchlerisch, sich der Vorstellung hin, sie lebten in der Einehe.

Eine christliche Ehe kann es nicht geben und hat es nie gegeben, wie es nie einen christlichen Gottesdienst gegeben hat noch geben kann (Matth. VI, 5–13; Joh. IV, 21), ebensowenig wie christliche Lehrer und Kirchenväter (Matth. XXIII, 8–10), noch ein christliches Eigentum, ein christliches Heer, ein christliches Gericht oder einen christlichen Staat.

So wurde das Christentum auch stets von den Christen der ersten und der folgenden Jahrhunderte aufgefaßt.

Das Ideal des Christen ist die Liebe zu Gott und dem Nächsten, ist die Selbstentäußerung im Dienste Gottes und des Nächsten, die sinnliche Liebe aber – die Ehe – ist Dienst am eigenen Ich, sie ist also auf jeden Fall ein Hindernis für den Gottes- und Nächstendienst und mithin vom christlichen Standpunkte gleichbedeutend mit Schuld und Sündenfall.

Die Eheschließung vermag den Gottes- und Menschendienst selbst dann nicht zu fördern, wenn die Eheschließenden die Fortpflanzung des Menschengeschlechtes zum Ziele haben sollten: solche Leute täten, statt zu heiraten und neue Kinderleben hervorzubringen, weit besser daran, die Millionen von Kindern zu retten und zu erhalten, die rings um uns aus Mangel an geistiger und materieller Nahrung zugrunde gehen.

Nur dann könnte ein Christ ohne Schuld und Sündenfall in die Ehe eintreten, wenn er sähe und wüßte, daß das Leben aller Kinder gesichert ist. Man kann die Lehre Christi, von der unser ganzes Leben durchdrungen ist und auf die unsere gesamte Sittlichkeit sich gründet, verwerfen, man muß jedoch, wenn man sie nicht verwirft, zugeben, daß sie das Ideal völliger Keuschheit lehrt.

Im Evangelium ist klar und ohne die Möglichkeit irgendeiner falschen Auslegung gesagt, erstens, daß der Verheiratete sich von seiner Ehegattin nicht scheiden lassen dürfe, um eine andere zu freien, sondern mit der leben solle, die er einmal erwählt hat (Matth. V, 31–32, XIX, 8ff.); zweitens, daß der Mensch im allgemeinen, ob er verheiratet oder unverheiratet ist, eine Sünde begeht, wenn er auf das Weib wie auf einen Gegenstand der Begierde blickt (Matth. V, 28–29); drittens, daß der Unverheiratete besser tut, überhaupt unverheiratet zu bleiben, das heißt in Keuschheit zu leben (Matth. XIX, 10–12).

Tausenden und Abertausenden werden diese Gedanken seltsam, ja sogar widerspruchsvoll erscheinen.

Und sie sind in der Tat voller Widerspruch, jedoch nicht untereinander, sie sind vielmehr voller Widerspruch mit unserem ganzen Leben, und unwillkürlich drängt sich einem die Erkenntnis auf: auf welcher Seite die Wahrheit liegt – in diesen Gedanken oder in dem Leben der Millionen von Menschen, darunter auch dem meinigen?

Eben dieses Gefühl empfand auch ich im stärksten Maße, als ich zu den Überzeugungen gelangte, die ich jetzt hier ausspreche; ich hatte nie erwartet, daß mein Gedankengang mich dahin führen würde, wohin er mich schließlich geführt hat. Ich war entsetzt über meine Folgerungen, wollte ihnen nicht glauben, mußte es jedoch schließlich tun. Und so sehr auch diese Folgerungen mit dem ganzen Zuschnitt unseres Lebens, mit meinen früheren Gedanken und Äußerungen im Widerspruch standen – ich konnte nicht anders, als sie anerkennen.

Doch alles das sind allgemeine Betrachtungen, die auch sonst richtig sein mögen, hier jedoch sich auf die Lehre Christi beziehen und nur für die bindend sind, die diese Lehre bekennen. Allein Leben bleibt Leben, und es geht nicht an, daß man, nachdem man einmal auf das unerreichbare Ideal Christi hingewiesen hat, die Menschen in einer der brennendsten, allgemeinsten und schwerwiegendsten Fragen ohne jeglichen Fingerzeig mit diesem Ideal allein lasse. »Der leidenschaftliche Jüngling wird sich zuerst wohl von dem Ideal hinreißen lassen, aber er wird nicht Kraft genug haben, wird sich von allen Fesseln losmachen und in völlige Ausschweifung verfallen.«

So hört man gewöhnlich urteilen.

»Das Ideal Christi ist unerreichbar, daher kann es uns nicht als Richtschnur im Leben dienen; man kann von ihm wohl reden und schwärmen, aber für das Leben gibt es keinen Maßstab, und darum muß man von ihm absehen.«

Wir bedürften nicht eines Ideals, sondern einer Richtschnur, die dem Durchschnittsmaß der sittlichen Kraft unserer Gesellschaft entspräche. Eine kirchliche, ehrbare oder auch nicht ganz ehrbare Ehe, bei der der eine Teil, wie bei uns der Mann, schon mit vielen Frauen Beziehungen unterhalten haben kann, oder eine Ehe mit der Möglichkeit der Scheidung oder wenigstens eine bürgerliche Ehe oder, wenn wir auf demselben Wege fortschreiten, die japanische Ehe auf Zeit – ja, warum dann nicht auch die sogenannten Freudenhäuser?

Man sagt, sie seien dem Laster auf der Straße vorzuziehen ...

Darin liegt ja aber das Unglück, daß, nachdem man sich gestattet hat, das Ideal der menschlichen Schwäche zuliebe herabzusetzen, die Grenze nicht mehr zu finden ist, bei der man Halt machen müßte.

Diese Art der Beurteilung ist von Anfang an grundfalsch; falsch ist es vor allem zu behaupten, daß das Ideal der unendlichen Vollkommenheit nicht eine Richtschnur für das Leben sein könne, daß man es als unbrauchbar erklären und von seiner Anwendung absehen müsse – indem man, mit der Achsel zukkend, erklärt: »Ich werde es nie erreichen, kann es also doch nicht gebrauchen«, oder daß man das Ideal so tief herabdrückt, bis es auf der Stufe der eigenen Schwachheit steht.

So denken hieße dem Seemann nachahmen, der da sagt: »Da ich nicht in der Richtung fahren kann, die der Kompaß mir vorschreibt, will ich den Kompaß ins Wasser werfen, oder ich will nicht mehr nach ihm hinsehen; ich werde das Ideal fortwerfen oder den Zeiger des Kompasses an der Stelle befestigen, die im gegebenen Augenblick gerade dem Laufe meines Schiffes entspricht, das heißt, ich werde das Ideal bis zur Stufe meiner Schwachheit herabdrücken.«

Das von Christus aufgestellte Ideal ist kein Traumbild und kein Thema schwungvoller Predigten, sondern die unentbehrlichste, allen verständliche Richtschnur des sittlichen Lebens des Menschen, wie der Kompaß das unentbehrlichste, selbstverständlichste Gerät des Seefahrers ist, nur muß man eben an diesen wie an jene *glauben.*

In welcher Lage sich der Mensch auch befinde, stets genügt das von Christus aufgestellte Ideal, um ihm den richtigsten Hinweis für das zu bieten, was er tun oder lassen solle. Aber man muß dieser Lehre vollen Glauben schenken, und zwar dieser Lehre allein, wie der Seefahrer an den Kompaß glauben und aufhören muß, nach den Ufern auszuschauen und sich von den Gegenständen, die er da sieht, lenken zu lassen.

Man muß es verstehen, sich von der christlichen Lehre leiten zu lassen, wie man es verstehen muß, sich als Seefahrer vom Kompaß leiten zu lassen, und darum muß man vor allem seine Lage begreifen und sich nicht scheuen, die Abweichung dieser Lage von der gegebenen idealen Richtung genau festzustellen.

Auf welcher Stufe der Mensch auch stehen mag, stets gibt es für ihn eine Möglichkeit, sich dem Ideal zu nähern; es gibt für ihn keine Lage, in der er sagen könnte, er habe das Ideal erreicht und brauche nicht mehr nach einer größeren Annäherung zu streben.

Von dieser Art ist das Streben des Menschen nach dem christlichen Ideal im allgemeinen und nach der Keuschheit im besondern.

Stellt man sich, was die Geschlechtsfrage angeht, die mannigfachen Lagen der Menschen vor, von der unschuldigen Kindheit bis zur Ehe, in der die Keuschheit nicht beobachtet wird, so wird die Lehre Christi auf jeder Stufe zwischen diesen beiden Lagen mit dem von ihm aufgestellten Ideal als stets klare und bestimmte Richtschnur dafür dienen, was der Mensch auf jeder dieser Stufen tun oder lassen solle.

Was hat der reine Jüngling, das keusche junge Mädchen zu tun? Sie sollen sich rein halten und der Verführung nicht nachgeben, und um alle ihre Kräfte dem Gottes- und Nächstendienste zu widmen, sollen sie nach immer größerer Reinheit ihrer Gedanken und Wünsche streben.

Was soll der Jüngling oder das Mädchen tun, die der Verführung unterlegen sind, die von Gedanken an eine Liebe zu einem unbestimmten Gegenstande oder einer bestimmten Person verzehrt werden und auf diese Weise bis zu einem gewissen Grade die Möglichkeit, Gott und den Nächsten zu dienen, verloren haben? – Immer wieder dasselbe: sich vor dem Fall hüten, nicht vergessen, daß Nachgiebigkeit nicht vor dem Fall bewahrt, sondern seine Möglichkeit verstärkt, und nach wie vor um eines vollkommeneren Gottes- und Nächstendienstes willen nach immer größerer und größerer Keuschheit streben.

Was sollen die Menschen tun, wenn sie dem Kampf nicht gewachsen waren und gefallen sind?

Sie sollen ihren Fall nicht als einen rechtmäßigen Genuß betrachten, wie sie es jetzt tun, wenn der Fall durch die Zeremonie der Ehe gerechtfertigt wird, auch nicht wie einen zufälligen Genuß, den man mit andern wiederholen kann, noch auch als ein Unglück, wenn der Fall mit einer Unebenbürtigen und ohne Zeremonie erfolgte, sondern man soll diesen ersten Fehltritt als den einzigen ansehen, als das Eingehen einer unlöslichen Ehe.

Eine solche Eheschließung weist durch die Folgen, die sie mit sich bringt, nämlich die Geburt der Kinder, den Eheschließenden eine neue, begrenztere Form des Gottes- und Nächstendienstes zu. Vor der Ehe konnte der Mensch unmittelbar in allen möglichen Formen Gott und den Menschen dienen, die Eheschließung aber beschränkt das Gebiet seiner Tätigkeit und verlangt von ihm die Aufziehung der aus der Ehe stammenden Nachkommenschaft, die selbst wieder sich dem Dienste Gottes und der Nächsten widmen soll.

Was sollen der Mann und die Frau tun, die in der Ehe leben und durch die Erziehung der Kinder den bescheidenen Teil am Gottes- und Nächstendienst auf sich nehmen, der sich aus ihrer Lage ergibt?

Immer das gleiche: gemeinsam nach der Befreiung von der Verführung streben, nach der Selbstläuterung und nach der Vernichtung der Sünde, an deren Stelle man Beziehungen setzen soll, die einen allgemeinen und persönlichen Gottes- und Nächstendienst ermöglichen – die reinen Beziehungen von Bruder und Schwester, die von sinnlicher Liebe nichts wissen.

Und darum ist es nicht wahr, daß wir uns nicht von dem Ideal Christi leiten lassen können, weil es so hoch, so vollkommen und unerreichbar ist. Wir vermögen uns nur darum nicht von ihm leiten zu lassen, weil wir uns selbst belügen und täuschen.

Wenn wir nämlich sagen, daß wir leichter erfüllbare Vorschriften haben müßten, als das Ideal Christi es ist, da wir sonst, ohne ein Ideal zu erreichen, in Ausschweifung verfallen, so sagen wir damit nicht eigentlich, daß das Ideal Christi für uns zu hoch sei, sondern nur, daß wir nicht daran glauben und unsere Handlungen nicht durch dieses Ideal bestimmen lassen wollen. Wenn wir beispielsweise sagen, daß wir, wenn wir einmal einen Fehltritt begangen haben, für immer in Ausschweifung verfallen sind, sagen wir damit nur, daß wir schon im voraus entschlossen waren, den Fall mit einer Unebenbürtigkeit nicht als eine Sünde, sondern als eine Belustigung, einen Zeitvertreib anzusehen, den wir nicht unbedingt durch das, was wir Ehe nennen, gutzumachen brauchten. Wenn wir jedoch begreifen, daß der sittliche Fall auch eine Sünde ist, die nur durch eine unlösbare Ehe und die gesamte Arbeit an der Erziehung der Kinder, die aus dieser Ehe entspringen, gesühnt werden muß und gesühnt werden kann, so könnte unser Fehltritt für uns nie zum Anlaß werden, daß wir für immer der Ausschweifung verfallen.

Das wäre schließlich dasselbe, wie wenn der Ackersmann die Saat, die an einer Stelle nicht aufgegangen ist, nicht als Saat betrachtete, sondern seine Saat an einer zweiten und dritten Stelle ausstreuen wollte und nur den Teil als wirkliche Saat betrachtete, der aufgegangen ist. Ein solcher Mensch würde augenscheinlich viel Land und viel Saatgut verderben und niemals säen lernen.

Stellt nur immer die Keuschheit als Ideal hin, nehmt an, daß jeder sittliche Fall eines Menschenpaares dessen einziger Fehltritt in diesem Leben sei, so ist bereits der Fall der einzigen, unzerreißbaren Ehe im Leben gegeben. Die uns von Christus gegebene Richtschnur wird hier nicht nur völlig ausreichen, sondern die einzig mögliche sein.

»Der Mensch ist schwach, man muß ihm eine Aufgabe stellen, die seinen Kräften entspricht«, sagen die Leute. Das ist etwa dasselbe, als wenn man sagte: »Meine Hand ist schwach, ich kann keine Linie ziehen, die gerade, das heißt die kürzeste zwischen zwei Punkten ist, ich nehme mir daher, wenn ich eine Gerade ziehen will, um meine Aufgabe zu erleichtern, eine krumme oder gebrochene Linie zum Vorbild.«

Je schwächer meine Hand ist, desto notwendiger brauche ich ein vollkommenes Vorbild.

Wir dürfen, nachdem wir die christliche Lehre vom Ideal kennengelernt haben, uns nicht so stellen, als ob dieses uns unbekannt wäre, und es durch äußerliche Vorschriften ersetzen.

Die christliche Lehre vom Ideal ist der Menschheit eben darum offenbart worden, weil es ihr in ihrer gegenwärtigen Epoche zur Richtschnur dienen kann. Die Menschheit hat bereits die Periode der äußerlichen religiösen Satzungen hinter sich, und niemand glaubt mehr an sie. Die christliche Lehre vom

Ideal ist die einzige Lehre, die der Menschheit als Richtschnur zu dienen vermag.

Man kann und darf das Ideal Christi nicht durch äußerliche Vorschriften ersetzen, wir müssen uns vielmehr dieses Ideal in seiner ganzen Reinheit bewahren und uns vor allem den Glauben an dieses Ideal erhalten.

Dem Schwimmer, der nicht weit vom Ufer schwamm, konnte man zuerst zurufen: »Richte dich nach jenem Hügel, nach diesem Vorgebirge, diesem Turm usw.« Doch es kommt die Zeit, da die Schwimmer sich vom Ufer entfernt haben und nur die unerreichbaren Gestirne sowie der Kompaß, der uns die Richtung anzeigt, ihnen als Lenker dienen können und sollen. Eines wie das andere ist uns gegeben.

24. April 1890

HERTA SCHMID: NACHWORT

Wirkung des Werks

Die *Kreutzersonate* gehört zu den meistgelesenen Werken Lev Tolstojs. Zur Zeit ihrer Veröffentlichung rief sie »eine Sensation in Europa hervor und blieb in den Vereinigten Staaten lange Zeit verbannt«[1]. In Rußland zirkulierte sie, ehe Tolstojs Frau, Sof'ja Andreevna Tolstaja, den Kampf gegen die Zensur, die den Druck des Werks in jeder Form hatte verhindern wollen, gewann[2], in verschiedenen Abschriften, die nicht minder heftige zustimmende und ablehnende Reaktionen zeitigten. Diese Wirkung kann sich nach Balzacs *Physiologie du mariage*, Flauberts *Madame Bovary* und Maupassants *Une vie* kaum noch aus einer tabubrechenden Wirkung des Ehethemas, um das die Handlung der Erzählung kreist, herleiten. Sie resultiert vielmehr aus zwei Faktoren, die mit der gedanklichen und zugleich künstlerischen Behandlungsweise dieses Themas zusammenhängen und für Tolstojs gesamte schriftstellerische Methode charakteristisch sind: aus dem Faktor der intensiven moralischen Beeinflussung des Lesers, die der Darstellung der erzählten Ereignisse um den mörderischen Verlauf einer Ehe ständig synchronisiert ist, und dem Faktor der Selbstanalyse des erlebenden Bewußtseins, das radikal und schonungslos gegenüber allen gesellschaftlich vorgegebenen Denk- und Erklärungsweisen seine eigene Kausalerklärung für die erlebten Fakten sucht und schließlich auch findet. Für das Publikum seiner Zeit und, wie das *Nachwort* des Autors zur *Kreutzersonate* belegt, auch für Tolstoj selbst stand freilich die beabsichtigte praktische Wirkung im Vordergrund, denn er wollte mit der *Kreutzersonate* eine Reform des Zusammenlebens der Geschlechter im

---

1 Thaïs S. Lindstrom: *A Concise History of Russian Literature.* I: *From the Beginnings to Chekhov.* London/New York 1966. S. 179.

2 Am 13. April 1891 erwirkte Sof'ja Andreevna Tolstaja in einer Audienz beim Zaren in Petersburg die Druckerlaubnis für den 13. Band der Werkausgabe Tolstojs, worin auch die *Kreutzersonate* gedruckt werden sollte. Die Zensur hielt diesen Band wegen der *Kreutzersonate* trotz der Einwilligung des Zaren zurück, bis schließlich die Zustimmung des Ministers des Inneren den Weg für die Veröffentlichung freigab. Im Einzeldruck durfte die *Kreutzersonate* erst 1900 erscheinen.

Sinne entweder der Abschaffung der Ehe oder doch ihrer Umwandlung in eine Funktionsgemeinschaft allein zum Hervorbringen und Aufziehen der Nachkommenschaft erzielen.[3] Dahinter stand Tolstojs allgemeiner Kampf gegen die Institutionen der bürgerlichen Gesellschaft seiner Zeit wie die Institution des Rechtswesens, des Militärs, der Kirche und des Staates überhaupt. Diese – wie die moderne Literaturwissenschaft sagen würde – Dominanz der pragmatischen Funktion seiner Werke über deren ästhetische gilt für Tolstojs gesamtes schriftstellerisches Werk, zumindest, was die Absicht des Autors betrifft. Sie erklärt sich aus dem Selbstverständnis Tolstojs, der schon als Heranwachsender eine besondere Bestimmung in sich fühlte, die er jedoch weitaus eher in Richtung einer Religionsstiftung und einer Volkspädagogik betätigen wollte als in Richtung eines monumentalen künstlerischen Lebenswerks.[4] Im Laufe seines langen Lebens hat Tolstoj alle drei Ziele erreicht: Er begründete eine gegen die offizielle orthodoxe Kirche in Rußland gerichtete, auf die Quellen der christlichen Lehre zurückgehende religiöse Bewegung, er leitete eine auf modern anmutenden pädagogischen Prinzipien basierende Bauernschule in Jasnaja Poljana, und er wurde – neben oder vor Dostoevskij[5] – zum meistgelesenen russischen Autor in und außerhalb Rußlands.

Der umfassende und anhaltende Erfolg Tolstojs als Schriftsteller ist nun keineswegs in seinen außerkünstlerischen reformerischen Ambitionen begründet, denen er selbst seine Werke un-

3 Auch unter dem Gesichtspunkt der funktionalen Bestimmung erschien Tolstoj die geschlechtliche Beziehung noch verwerflich. Daß er sie im *Nachwort* dennoch toleriert, mag auf den Einfluß V. G. Čertkovs zurückzuführen sein, der ihn bestürmte, von der Forderung der absoluten Enthaltsamkeit abzulassen, da hierdurch Millionen verheirateter Leser ins Unglück gestürzt würden.

4 Diese Bestrebungen Tolstojs hängen wesentlich mit seiner Wahrheitssuche zusammen, die ihm von frühester Zeit an Triebfeder allen Tuns wurde. Vgl. dazu die aufschlußreiche Darstellung bei Käte Hamburger: *Tolstoi. Gestalt und Problem.* Göttingen [2]1963 (insbesondere das erste Kapitel: *Das Ethos der Wahrheit.* S. 10–14).

5 Zum Verhältnis von Dostoevskij und Tolstoj siehe die umfangreiche Studie von George Steiner: *Tolstoi oder Dostojewskij.* München/Wien 1964; hier auch die Darstellung der Gründe für das sehr unausgeglichene Interesse der offiziellen Kritik in der Sowjetunion an beiden großen Romanciers, S. 308–312.

terordnen wollte, sondern in deren immanenter poetischer Kraft. Bei Werken wie *Anna Karenina, Krieg und Frieden* oder auch kleineren Erzählungen wie der zusammen mit der *Kreutzersonate* entstandenen Erzählung *Der Tod des Ivan Il'ič* wurde diese *faktische* Dominanz des Ästhetischen über die pragmatischen Ziele niemals ernsthaft bestritten. In bezug auf die *Kreutzersonate* besteht jedoch auch in Kreisen der Literaturwissenschaft eine geteilte Meinung. So spricht Käte Hamburger dem Werk einen nur geringen künstlerischen Wert zu; da sie gleichzeitig der Meinung ist, das Werk habe einem »heutigen Geschmack und Empfinden wenig zu sagen« und werde eher als »Kuriosum« empfunden, weil sich Tolstoj trotz seines Hasses auf die Gesellschaft dennoch im Rahmen ihrer Ordnungskategorien bewege[6], bleibt nach diesem Urteil die Frage offen, was überhaupt noch das immer wieder bestätigte Interesse moderner Leser an der *Kreutzersonate* begründen könnte. Ein wenig vorsichtiger in seinem Urteil ist Adolf Stender-Petersen. Er nennt die *Kreutzersonate* eine der »erschütterndsten und meistgenannten Novellen« Tolstojs, in der die »moralische Motivierung« so stark hervortrete, daß sie »nur als Illustration der Idee geschaffen zu sein schien«. Dennoch aber, so Stender-Petersen, verleugnet sich die »mächtige plastische Schöpferkraft Tolstojs auch hier nicht«[7]. Einen deutlich markierten Gegenpol zu Käte Hamburger stellt endgültig P. Kirpotin dar, der es dem »seltsamen Thema dieser Erzählung und dem Kreuzzug gegen die Ehe überhaupt« zuschreibt, daß die Aufmerksamkeit des Lesers von den »hohen künstlerischen Qualitäten dieser Erzählung und der darin enthaltenen Lebensanalyse« abgelenkt werde und diesen nicht die Anerkennung habe zukommen lassen, die sie verdienen.[8] Beide Autoren, Stender-Petersen und Kirpotin, erkennen der *Kreutzersonate* somit sowohl künstlerischen Wert wie auch eine dauerhafte, die Zeitgrenzen überschreitende Wirkung ihres Inhalts zu. Was nun die Frage des

---

6 Vgl. K. Hamburger a. a. O., S. 124, 119; vgl. dazu auch die ähnlich lautende Meinung G. Steiners a. a. O., S. 255.

7 Adolf Stender-Petersen: *Geschichte der russischen Literatur.* II. München 1957. S. 370.

8 P. Kirpotin: *Russian Literature.* New York ^{2}1967. S. 146.

künstlerischen Werts betrifft, so ist sicher aufschlußreich, daß Tolstoj immerhin neun z. T. sehr divergierende Redaktionen dieser Erzählung verfaßt hat und beim Verfassen der siebenten Redaktion bekennt, daß ihn die »Ehrsucht«, das Streben nach künstlerischer »Vollkommenheit« bei der Verwirklichung der moralisch beeinflussenden Absichten, mit denen er ursprünglich an das Ehethema herangegangen war, hindere und den Schaffensprozeß verzögere.[9] Auf der anderen Seite ist bei einem Kunstwerk die Inhaltswirkung niemals von der formalen Wirkung, die sich aus der Präsentierungsweise der Inhaltsmomente herleitet, zu trennen. Zerlegt man nun – wiederum im Rückgriff auf die Begriffs- und Analysehilfen der modernen Literaturwissenschaft – die *Kreutzersonate* in ihren erzählten Inhalt, der die Geschichte der Ehe und der Ermordung der Frau durch den Mann umfaßt, und in ihre Formmomente, die die Erzählerfigur des Helden, die Erzählsituation im nächtlichen Zug mit dem fiktiven Autor als Hörer dieses Erzählers sowie die Brechung der erzählten Geschichte im reflektierenden Bewußtsein des Erzählers umfaßt, so ergibt sich schon bei flüchtigem Hinsehen ein sehr komplizierter, künstlerischer Formüberbau über die eigentliche Inhaltsebene, die klar macht, daß wir es hier keineswegs mit einem künstlerisch nachlässig hingeworfenen, allein an den moralischen Auswirkungen interessierten Tendenzwerk zu tun haben. Denn das formale Brechungsmoment, das Prisma des Heldenbewußtseins, durch das die erzählte Geschichte gefiltert wird, ist in sich zeitlich wiederum gedoppelt durch ein vergangenes Bewußtsein, das der erlebten Geschichte synchron war, und ein Jetztbewußtsein des erzählenden Helden, worin die Inhalte des Damalsbewußtseins kritisch reflektiert werden. Dieses in sich gedoppelte und zugleich gebrochene, kontrastive Bewußtsein bildet einen ständigen perspektivischen Punkt, von dem aus der Autor als Hörer und auch der Leser über die eigentliche Geschichte informiert werden. Die Einführung dieses komplizierten Perspektivverfahrens ist in Tolstojs Erzählung zweifach motiviert. Die Vorschaltung des zeitlich gedoppelten Erzählerbewußtseins vor den zu erzählen-

9 Vgl. die Tagebuchaufzeichnung Tolstojs vom 29. August 1889.

den, informativen Inhalt schafft für den Rezipienten einen formalen Abstand, der die unmittelbare Wirkung der Mordhandlung, die gerade wegen der immer wieder betonten Unausweichlichkeit und Fast-Gesetzmäßigkeit dieses Ausgangs einer Lebensform, der doch der größte Teil der Leserschaft selbst ausgesetzt ist, besonders stark ist, mildert und auf ein emotional erträgliches Maß reduziert. Auf der anderen Seite dient dieses Erzählerbewußtsein selbst zur Einführung neuer Inhaltsmomente neben und um den informativen Inhalt. Dies sind die Inhalte, die die reflektive Selbstanalyse einerseits und die folgernde, Handlungsmaximen ableitende Denktätigkeit des Erzählerbewußtseins zutage fördert. Will man diese aus dem Formüberbau der Geschichte hervorgehenden Inhaltsmomente als sekundäre und die eigentliche Geschichte als primären oder auch informativen Inhalt qualifizieren, so läßt sich leicht sehen, daß die in der Rezeptionsgeschichte festgestellte moralisch-pragmatische Wirkung hauptsächlich von einem Element des sekundären Inhalts der *Kreutzersonate* ausging, die wir als »folgernde, Handlungsmaximen ableitende Denktätigkeit« bezeichnet haben. Das Bedürfnis der Leserschaft Tolstojs nach solchen belehrenden Inhaltselementen in seinen Werken war offensichtlich groß, wurde aber gleichzeitig wohl durch die *Kreutzersonate* allein nicht völlig befriedigt, wie die Tatsache des *Nachworts*, das gerade diese Inhaltselemente zusammenfaßt, beweist.[10] Auf der anderen Seite steht der durch die Analysehaltung des Erzählerbewußtseins eingebrachte Bereich an sekundären Inhaltsmomenten, der nicht Schlußfolgerung und moralische Nutzanwendung, sondern Ursachenforschung zu dem erlebten und erlittenen Handlungsgeschehen darstellt. In diesem von der Form der Erzählung abgelei-

10 Am 6. März 1889 schrieb ein Tolstoj unbekannter Mann, V. P. Prochorov, an den Autor einen Brief, worin er ihn darum bat, den Grundgedanken seiner Erzählung in klaren Worten darzulegen, da dies für sein Leben sehr wichtig sei. Dieser Brief wurde zu einem wichtigen Anstoß für Tolstoj, das *Nachwort* zu Ende zu schreiben, mit dem er sich schon während der Arbeit an der achten Fassung der *Kreutzersonate* zu beschäftigen begonnen hatte. Vgl. dazu N. K. Gudzij: *Posleslovie k »Krejcerovoj sonate« (Das Nachwort zur »Kreutzersonate«).* In: Lev Tolstoj: *Polnoe sobranie sočinenij.* Tom 27 (Gesammelte Werke. Band 27). Moskva/Leningrad 1933. S. 623–646, hier S. 628.

teten Inhaltsmoment scheint auch Kirpotin das hauptsächliche Wirkungsmoment der *Kreutzersonate* zu sehen, denn die »Lebensanalyse«, von der er spricht, ist gerade hierin begründet. Die Weise, wie diese Analyse durchgeführt wird, ist, gerade weil es sich um ein zeitlich gebrochenes Bewußtsein handelt, das hier analysiert, äußerst kompliziert und läßt sich ihren Resultaten nach nicht so leicht auf einen Nenner bringen, wie dies bei den moralisch-beeinflussenden Schlußfolgerungen der Fall ist.[11] Gerade wegen ihres Widerstands gegen die leichte begrifflich-inhaltliche Synthetisierbarkeit kann man in ihr jedoch das die lange künstlerische Wirkung der *Kreutzersonate* begründende Moment vermuten, das auch die Modernität der Erzählung sichert unabhängig von der Alterung der moralischen Ansichten Tolstojs zur Ehe, die man mit Käte Hamburger wohl eingestehen wird.

Die Problematik der Ehe und der Erziehung

Das Hauptproblem der *Kreutzersonate* ist die Liebe zwischen Mann und Frau und die gesellschaftliche Institution der Ehe. Die erzählte Geschichte demonstriert am Einzelfall eines Eheverlaufs, wie die gesellschaftliche Auffassung von Liebe und Ehe zum moralischen Untergang beider Ehepartner und zur physischen Vernichtung durch Mord führt, der hier nur die realisierte Variante zur möglichen und im Verlauf der Geschichte von beiden Partnern versuchten oder doch erwogenen Selbstvernichtung im Selbstmord ist. Seine theoretische Dimension erhält dieser fast kriminalistische Einzelfall dadurch, daß in der Analyse die Ursache für den mörderischen Eheverlauf in den gesellschaftlichen Normen für Liebes- und Eheverhalten aufgezeigt wird und daß in der didaktischen Schlußfolgerung neue, revolutionäre Verhaltensnormen aufgestellt werden, die den Anspruch erheben, das existentielle Problem von Liebe und Ehe für die einzelnen lösen zu können. Die Quintessenz dieser neuen Norm liegt in der Lehre von der sexuellen Enthaltsamkeit, die nicht nur vor der

11 Wie die fünf Redaktionen des *Nachworts* zeigen, hat Tolstoj dennoch auch diese Zusammenfassung nicht mit leichter Hand geschrieben. Vgl. dazu N. K. Gudzij a. a. O.

Ehe, sondern auch während ihrer geübt werden soll. Diese wird vor allem im *Nachwort* in eine christliche Liebes- und Lebenslehre integriert, welche der rigorosen Verurteilung der geschlechtlichen Liebe die Autorität verleihen soll.

Da die herrschende kirchliche Lehre die Ehe nicht verurteilt, zieht Tolstoj zum Zweck der Begründung seiner Ablehnung von Ehe und jeglichem geschlechtlichen Leben seine eigene Theorie vom Wesen des christlichen Glaubens heran. Diese Theorie mündet in der Unterscheidung zwischen Gesetzesreligion und Idealreligion. Die Gesetzesreligion wendet sich an den geistig unentwickelten Menschen, der für konkrete Verhaltenssituationen konkrete Vorschriften braucht, an die er sich wie an äußere Wegweiser halten kann. Die Idealreligion dagegen kommt dem geistig entwickelten Menschen entgegen, dem ein Bedürfnis nicht nur nach momentan richtigem Verhalten, sondern nach Vervollkommnung seines Wesens innewohnt. Dieses Vollkommenheitsideal ist die Liebe des Christen zu Gott und zum Nächsten. Es lebt im Bewußtsein des Menschen wie ein »Kompaß«, der ihm den Weg zu einer unendlichen Annäherung an das Ideal anzeigt. Die geschlechtliche Liebe nun sieht Tolstoj als Hindernis für die Annäherung des Menschen an das Ideal an, und daher muß der Mensch, der den wahren Sinn des Christentums begriffen hat und ihm nachleben will, ganz auf sie verzichten. Die kirchliche Lehre dagegen, die die Ehe zu einem Sakrament gemacht hat, verstellt, indem sie statt des Ideals eine gemäßigte Verhaltensregel an die Hand liefert, das wahre Wesen des Christentums und hindert den Menschen am Streben nach Vollkommenheit. Es gibt, so Tolstoj, keine christliche Ehe, wie es auch keinen »christlichen Gottesdienst« und keine »christlichen Lehrer und Kirchenväter« »noch ein christliches Eigentum, ein christliches Heer, ein christliches Gericht oder einen christlichen Staat« gibt »noch geben kann«. Aus diesen scharfen Formulierungen wird erkennbar, warum die *Kreutzersonate* nicht nur in Rußland, sondern auch im übrigen Europa und in Amerika auf Ablehnung stoßen konnte.[12]

Tolstoj nennt die Enthaltsamkeit nicht selbst ein Ideal, sondern eine der Bedingungen zur Erreichung des eigentlichen christlichen Ideals der Liebe. Sie hat für ihn die Bedeutung des Verzichts auf den »Dienst an sich selbst« und damit des Verzichts auf den Egoismus des einzelnen zugunsten des Dienstes am Nächsten und an Gott. Dieser Dienst ist keineswegs abstrakt und lebensverneinend, denn Tolstoj erkennt ihm konkrete Äußerungsformen zu wie den Dienst an Gesellschaft, Vaterland, Wissenschaft, Kunst, also aktive Daseinsformen, die der Gesellschaft zugute kommen. Dem widerspricht allerdings, daß Tolstoj mit der Konsequenz des Aussterbens des Menschengeschlechts, die ja die absolute Befolgung des Enthaltsamkeitsgebots nach sich ziehen würde, durchaus rechnet. Er sieht das Ende der Menschheit im Dogma des religiösen Glaubens selbst begründet und verweist auch auf die Erkenntnisse der Wissenschaft, wonach die Erkaltung der Sonne das Ende des irdischen Lebens vorhersehbar mache. Tolstojs Bedürfnis, sein Rechnen mit dem Untergang des Menschengeschlechts doppelt zu begründen, mit dem christlichen und mit dem wissenschaftlichen Erklärungsinstrumentarium, weist darauf hin, daß die Untergangslehre selbst wie auch seine Enthaltsamkeitslehre noch andere als rein christliche, »ideale« Gründe hat. Auf einen dieser Gründe weist er selbst hin, wenn er im *Nachwort* den Fortschritt der Menschheit und das sittliche Gewissen der Gesellschaft als Zeugen für die Richtigkeit seiner Ausführungen bemüht, die immer die sexuelle Ausschweifung verurteilt und eine größtmögliche Enthaltsamkeit geboten hätten. Dies ist ein Argument mit der Vernünftigkeit des Menschengeschlechts, das für Tolstoj als den rationalen, in der Tradition der Aufklärung stehenden Denker ein mindestens ebenso großes Gewicht hat wie das religiöse Argument.[13] Der andere, eher psychologische Grund hängt mit Tolstojs negativer Einstellung zur Frau zusammen, die er in seinen Tagebüchern und Briefen vom frühen Erwachsenenalter bis zum Greisentum immer wieder

---

12 In der fünften und letzten Fassung des *Nachworts* kann sich Tolstoj nicht zu der von Čertkov geforderten »Rehabilitierung der ehrenhaften Ehe« entschließen, wie er in einem Begleitbrief an Čertkov, dem er diese Fassung zuschickt, schreibt, denn, so Tolstoj, »eine solche Ehe gibt es nicht«. Siehe N. K. Gudzij a. a. O., S. 631.

13 Zum schwierigen Verhältnis Tolstojs zur Religion siehe auch K. Hamburger a. a. O., insbesondere das Kapitel *Der Kampf um den Glauben*, S. 73–94.

zum Ausdruck gebracht hat.[14] Diese negative Einstellung ist autobiographisch, aber auch sozial bedingt durch die generelle Einstellung der bürgerlichen Gesellschaft des 19. Jahrhunderts zur Frau als einem unselbständigen, dem Mann nur funktional zugeordneten Wesen, dem keine Möglichkeit zur Entwicklung einer Eigenpersönlichkeit gegeben wurde. Dadurch war die Frau zu einem Liebes- und Lebenspartner untauglich, und die Kontakte Tolstojs mit Frauen wurden von ihm selbst wie wohl auch von vielen seiner Geschlechtsgenossen als erniedrigend und verabscheuungswürdig empfunden. Aus diesen mangelhaften Erfahrungen der geschlechtlichen Liebe resultiert die krasse Ablehnung der Mann-Frau-Beziehung überhaupt, die mit der Forderung nach Enthaltsamkeit zum Ausdruck gebracht wird, aber auch die letztlich lebensfeindliche Einstellung, die sich in dem ruhigen Hinnehmen der Konsequenz des Aussterbens der Menschheit aus der Forderung nach Enthaltsamkeit verrät. Die Hinweise auf wissenschaftliche Erkenntnisse und christliche Dogmen dienen hier nur zur Bemäntelung dieses inneren, psychologischen Grundes der Enthaltsamkeitsforderung.

Die eigentliche psychologische Ursachenforschung vollzieht Tolstoj nicht im *Nachwort,* sondern legt sie dem Erzähler der Ehegeschichte, Pozdnyšev, in den Mund. Pozdnyšev ist nicht nur mit einem zeitlich gedoppelten Bewußtsein im Sinne des Damals- und Jetztbewußtseins ausgestattet, sondern auch mit einem phänomenologisch doppelten Bewußtsein: Ein Teil seines Bewußtseins ist den jeweiligen Erlebnissituationen unmittelbar sinnlich zugewandt, und dieser Bewußtseinsteil benennt die konkret erlebten Erfahrungsinhalte nach ihrem direkten emotionalen Wert, den sie für das erfahrende Subjekt haben. Der andere Bewußtseinsteil verfügt über die gesellschaftlich normierten Erfahrungswerte, die die begriffliche Sprache für die gegebenen Erlebnissituationen bereithält. Hinter beiden Bewußtseinsteilen, die

14 Als Neunzehnjähriger schreibt Tolstoj in seinem *Tagebuch:* »Betrachte die Gesellschaft der Frauen als ein notwendiges Übel des allgemeinen Lebens und meide sie so viel als möglich«, und als Siebzigjähriger schreibt er: »Seit siebzig Jahren sinken die Frauen beständig in meiner Achtung, und noch immer sinken sie in meiner Achtung tiefer.« Siehe K. Hamburger a. a. O., S. 121.

man als kollektives und individuelles Bewußtsein qualifizieren könnte, wacht in Pozdnyšev ein aufmerksamer und nicht bestechlicher Beobachter, der die Diskrepanzen zwischen Individualwerten und Kollektivwerten der Erfahrungsinhalte deutlich registriert und Erklärungen für sie sucht. Gerade weil das phänomenologische Doppelbewußtsein Pozdnyševs sich seiner grundsätzlichen inneren Widersprüchlichkeit bewußt bleibt und sich nicht dem Druck des Kollektivbewußtseins unterordnet, kann es zu dem zeitlich gedoppelten Bewußtsein dieser Figur kommen; denn die zeitliche Brechung ist hier nichts anderes als die Wende von dem Bewußtseinsstand, worin die Erklärung für die festgestellten Wertungsdiskrepanzen noch nicht gefunden ist, zu dem Bewußtseinsstand, worin die gesuchte Erklärung gefunden worden ist. Beide Bewußtseinszeiten, die Zeit vor der Wende und die Zeit danach, werden durch den Erzähler Pozdnyšev im Text übrigens deutlich markiert durch immer wieder eingeflochtene Hinweise: »Damals verstand ich noch nicht, heute verstehe ich . . .« Wir können in diesem *dargestellten* Erzählerbewußtsein durchaus ein Abbild des Eigenbewußtseins Tolstojs vermuten, für den die sinnlich-konkrete Basiserfahrung wie auch die rationalisierende Bewußtseinsebene charakteristisch ist, die im inneren Dialog mit sich selbst und mit gesellschaftlich vorgeprägten Begriffsschablonen zu kritischen, dem Wahrheitswert der sinnlichen Erfahrung entsprechenden Benennungen strebt. Die strukturale Bewußtseinsidentität zwischen Held und Autor wird im Falle der *Kreutzersonate* auch durch inhaltliche Identität unterstrichen, denn wenn wir nur einmal das Beispiel des ersten sexuellen Kontakts Pozdnyševs betrachten, so kommt hier alles zusammen, was für das phänomenologische Doppelbewußtsein dieser Person wie auch das Tolstojs gelten mag: Pozdnyšev macht, so hören wir im vierten Kapitel, seine erste Erfahrung mit dem weiblichen Geschlecht nicht aus Verliebtheit, sondern weil ihm aus »gesundheitlichen« Gründen dazu geraten wird und weil das sexuelle Vergnügen für Männer seines Standes als ein legitimer »Zeitvertreib« neben anderen angesehen wird. Dasselbe gilt für Tolstojs erste Begegnung mit einer Frau, wie wir aus seinen Briefen und Tagebüchern wissen.[15] Der junge Pozdnyšev empfindet mit seinem unmittelbar erlebenden Bewußtsein den Vorgang bei der Prostitutierten als etwas Bedrückendes und Trauriges, das ihn beinahe zum »Weinen« bringt. Die Trauer resultiert aus der individuellen, aber noch nicht aussprechbaren Bewertung des Erlebens als eines Wertverlusts, wobei sich der Wert auf die eigene »Unschuld« und zugleich auf die Liebesfähigkeit gegenüber der Frau bezieht. Diese nur in der Emotion ausgedrückte Individualwertung steht der kollektiven gesellschaftlichen Wertung gegenüber, die im außerehelichen Geschlechtsverkehr etwas Normales, Gesundes und sogar etwas »Heldenhaftes« sieht. Das Damalsbewußtsein kann sich die Diskrepanz nicht erklären, das Jetztbewußtsein des erzählenden Pozdnyšev dagegen benennt und bewertet den gemachten Erfahrungsinhalt als »sittlichen Fall«, als »Ausschweifung« und als Beginn seiner Erziehung zum »Wüstling«. Diese Negativnamen und Negativbewertungen des Pozdnyšev *nach* der Erkenntniswende entsprechen gewiß nicht den gesellschaftlichen Wertungen, wie er sie damals und zur Jetztzeit des Erzählens in seinem Milieu finden konnte, sie entsprechen aber voll der Eigenbewertung Tolstojs, der wohl ebenso wie sein Held Pozdnyšev unter der Anleitung der Normen seines Gesellschaftsstandes zu einem »für immer zerstörten Verhältnis zur Frau« gebracht wurde und sich dieser Tatsache schonungslos stellte.[16] Unter literaturwissenschaftlichem Gesichtspunkt haben wir das phänomenologische Doppelbewußtsein Pozdnyševs jedoch noch anders als nur nach der Abbildrelation zwischen Autor und Held zu bewerten. Wir erkennen dann in diesem Bewußtsein eine generelle Entwicklungstendenz der russischen Literatur seit den fünfziger Jahren des 19. Jahrhunderts wieder, worin, wie Klaus Städtke schreibt, »im Gegensatz zur ›Natürlichen

15 Tagebucheintragung vom 29. März 1889: »Nach dem Mittagessen unterhielt ich mich mit Urusov, und mir ging durch den Kopf, wie ich und die Mehrzahl der Menschen ihre Unschuld verderben – nicht durch Verlockungen, nicht, weil uns eine Frau verführte, sondern weil wir einfach à froid beschließen, daß es noch ein weiteres Vergnügen gibt, die Unzucht, wie das Rauchen, Trinken, und wir gehen hin und begehen Unzucht.«

16 Vgl. dazu die Aussage Tolstojs in *Kindheit, Knabenalter, Jugend,* zitiert bei K. Hamburger a. a. O., S. 123.

Schule‹ der vierziger Jahre, in der die Figur als Funktion eines noch weitgehend ständischen sozialen Milieus dargestellt und bemitleidet wird [...], die Betonung der Eigenbewertung des Charakters und seine zunehmende Emanzipation aus seinem sozialen Milieu – vor allem in der Reflexion« feststellbar wird.[17] Diesen Vorgang der »Verbürgerlichung«, wie Städtke ihn nennt, nimmt insbesondere Rousseau in seinen *Bekenntnissen* vorweg durch eine Darstellung der »Ambivalenz und Mehrschichtigkeit« des individuellen Bewußtseins, die »seit dem frühen Tolstoj« auch für die russische Literatur eine entscheidende Rolle spielen. Dabei geht es »um die Emanzipation nicht nur des Individuums«, wie dies in der *Kreutzersonate* gezeigt wird, sondern »ganzer sozialer Gruppen, die, wie in Tolstojs Kriegserzählungen und Dostoevskijs *Totenhaus*, als Soldaten oder als Strafgefangene jenseits ihres gewohnten Milieus auf ihr Bewußtsein hin analysiert werden«[18]. Tolstojs *Kreutzersonate* zeigt nun gerade, daß die Individualerkenntnis sich nicht zur Gruppenerkenntnis ausweitet, denn Pozdnyšev wird, als er seine eigene Ursachenerklärung für den Mord an seiner Frau vor dem Gericht und der Gesellschaft vorträgt, für verrückt erklärt und von der Erziehung seiner Kinder ausgeschaltet. Damit zeigt dieses Alterswerk eine deutliche Tendenz zum Skeptizismus und zur Negativität, für die die rigorose und Tolstojs eigenes Eheleben ja scharf verurteilende Forderung geschlechtlicher Enthaltsamkeit wohl nur ein verzweifelter Ausdruck ist. Diese Negativtendenz hängt sicherlich mit der »Lebenskrise« Tolstojs zusammen, die er zu Beginn der neunziger Jahre durchmachte und die zu einer Umbewertung fast aller Problemkreise, die sein literarisches und gedankliches Werk bis dahin behandelt hatte, führte.

Die Auswirkung dieser »Krise« läßt sich an der veränderten Einstellung zum Liebes- und Ehekomplex feststellen, wie sie in Tolstojs *Kreutzersonate* im Vergleich mit vorausgegangenen Behandlungen desselben Komplexes zum Ausdruck kommt. So hat Tolstoj in dem Roman *Die Kosaken* und in *Krieg und Frieden*

17 Klaus Städtke: *Ästhetisches Denken in Rußland. Kultursituation und Literaturkritik*. Berlin/Weimar 1978. S. 219.
18 Ebenda.

durchaus positive Frauengestalten geschaffen, von denen jedoch nur eine – Nataša Rostova in *Krieg und Frieden* – auch eine ideale Ehefrau im Sinne der bürgerlichen Ehe des 19. Jahrhunderts abgibt, während Mar'janka in *Die Kosaken* gerade dadurch ihren Idealwert erhält, daß sie zu der bürgerlichen Frau in polarem Gegensatz steht; denn sie verkörpert die nicht-zivilisierte, im Naturzustand verbliebene Frau, die sich zur Ehefrau eines Vertreters der bürgerlichen Standesgesellschaft kaum eignen würde. Schaut man aber näher hin, so zeigt sich, daß auch Nataša als Ideal gerade deswegen herausgestellt wird, weil sie die sogenannte natürliche Bestimmung der Frau, die die durchaus nicht mehr natürliche Gesellschaft des 19. Jahrhunderts für die Frau als die ihr »Wesen« determinierende Bestimmung ausgab, voll erfüllt. Sie wird als ein instinktiv handelndes Geschöpf gezeigt, dessen ganzes Streben darauf gerichtet ist, in der Ehe, im engen Tätigkeitskreis von Mann und Kindern ihre Erfüllung zu finden. Schon in *Anna Karenina,* dessen Haupthandlung ja den Bruch der engen Konventionen für die Frau zum Inhalt hat, wird dann aber in der Figur Kittys, die die »ideale« Frauengestalt Natašas wiederverkörpert, die negative Kehrseite dieses von der Gesellschaft seiner Zeit proklamierten fraulichen Idealbildes gezeigt. Denn Kitty wird ganz von der engen prosaischen Lebenswelt bestimmt, die ihr die bürgerliche Gesellschaft zubilligt, sie geht mit ihrem gesamten Wesen in der Sorge für Haus und Herd, Kleidung, Mode und Kleinigkeiten des Alltags auf. Durch die dadurch bedingte geistige Enge geht sie ihrem Mann, Levin, der über die großen Fragen des Lebens und der Gesellschaft grübelt, in beträchtlichem Maß auf die Nerven, obwohl Levin sich scheut, es sich voll einzugestehen. Auch in der Jugendnovelle *Familienglück* hatte Tolstoj schon die Negativseiten der normentsprechenden Frauengestalt gezeichnet, die hier nicht aus der Perspektive des – nachsichtig oder gequält reagierenden – Mannes gesehen wird, sondern von der Frau selbst, welche sich im Verlauf der an sich glücklichen Ehe zunehmend der tiefen Kluft zwischen sich und ihrem Mann bewußt wird, wie sie durch die strenge Arbeits- und Interessenteilung zwischen Mann und Frau bedingt ist. Tolstoj kommt nun von dem konventionellen Idealbild der Frau, dem seine dargestellten Frauengestalten folgen, auch in der *Kreutzersonate* nicht los; während die Geschichte der Ehe in dieser Erzählung die Negativseiten dieses Idealbildes, nach dem Pozdnyševs Frau erzogen worden ist, schonungslos und in all ihren zerstörerischen Auswirkungen auf ein wahres gegenseitiges Verstehen und Sich-Achten der Ehepartner entwickelt, bietet das *Nachwort* als Lösung des Problems doch nur eine Negativlösung durch die Aufhebung der Geschlechtsbeziehung zwischen Mann und Frau nach Erledigung der Zeugungstätigkeit an, und in der Geschichte selbst wird als Erziehungsideal für die Frau gerade die totale Einengung ihres Interessenkreises auf die Geschäfte von Geburt und Kindererziehung dargeboten und werden die negativen Auswirkungen der bürgerlichen Erziehung allein darin gesehen, daß die Frau von diesen biologisch bedingten Interessengebieten fort auf zivilisatorische Bereiche wie Mode, Flirt und Zerstreuungen hingelenkt wurde. Wie die Entstehungsgeschichte der *Kreutzersonate* verrät, war sich Tolstoj auch zur Zeit der Abfassung dieser Erzählung nicht ganz einig darüber, ob er die Frau, die er immer nur als biologisch determiniertes Wesen sehen konnte, nur von ihrer negativen Seite für den Mann darstellen sollte oder auch das positive Wertmoment, das er und die Gesellschaft seiner Zeit diesem Frauenbild abgewinnen wollten, mitdarstellen sollte.[19] Die endgültige, letzte Fassung der Erzählung übergibt uns dann das eindeutige Negativbild, dem allerdings dadurch ein ausgleichendes Moment beigegeben wird, daß der Mann, der dieser Karikatur von einer Frau beigesellt ist, Pozdnyšev, in allen seinen kollektiven, gesellschaftlich vorgeprägten Zügen nicht weniger karikaturhaft erscheint. Daß diese Entscheidung für die letztliche Negativsicht der Frau keine rein

19 In den Begleitnotizen zu den verschiedenen Fassungen der *Kreutzersonate* legt Tolstoj immer wieder Zeugnis davon ab, daß er mit seiner Negativzeichnung der Frau in dieser Erzählung nicht ganz zufrieden war. Eine dieser Bemerkungen lautet: »Ich dachte mir: Ich schreibe die ›Kreutzersonate‹ und auch ›Über die Kunst‹ beide gleich negativ, schlecht, und dabei will ich doch etwas Positives schreiben . . . Ich arbeitete ein wenig an der ›Kreutzersonate‹. Sie ist im Unreinen fertig. Aber ich habe begriffen, daß ich alles umgestalten muß, Liebe und Mitleid für sie [d. h. für die Frau] hineinbringen muß.« Siehe N. K. Gudzij a. a. O., S. 578.

literarische Frage für Tolstoj war, wird durch die Tatsache seiner Trennung von Frau und Familie einige Jahre nach Abschluß der *Kreutzersonate* bestätigt.[20]

In Zusammenhang mit der »Krise«, die das Alterswerk Tolstojs, zu dem die *Kreutzersonate* ja gehört, einleitet, steht auch ein weiterer Problembereich, der in dieser Erzählung thematisiert wird, das Problem der Erziehung. So beschäftigte er sich in dieser Zeit intensiv mit Fragen der Kindererziehung und allgemeinen Lebensfragen, die seinen pädagogischen Bemühungen Ziel und Inhalt geben sollten.[21] In der *Kreutzersonate* wie auch im *Nachwort* wird das Hauptproblem der Liebe und Ehe unmittelbar mit der Erziehungsfrage verkoppelt. Die Rechtfertigung für dieses Vorgehen liegt darin, daß die Selbstanalyse des kritischen Erzählerbewußtseins Pozdnyševs die eigentlichen Ursachen für seine und seiner Frau offenbare Unfähigkeit zur Liebe und zur wahren Ehe aufdeckt. Diese Ursachen liegen in einer Erziehung beider Geschlechter, die allein mit ihrem »tierischen« Wesen rechnet, das auf Genuß jeder Art, ohne Einengung durch Moral und Verantwortung, ausgerichtet wird. Dies äußert sich für den Mann darin, daß mit Beginn der Geschlechtsreife zu den übrigen Genüssen, die er als ihm selbstverständlich zukommend zu erachten gelernt hat, auch noch die sexuelle »Ausschweifung« tritt, während die Frau in ihrem gesamten Streben und Trachten darauf ausgerichtet wird, den Mann sinnlich zu verführen, um ihn in die Ehe zu locken. Die Ehe, die zwischen zwei so aufgezogenen Wesen zustande kommt, kann dann nichts sein als ein Interessenbund, worin zwei »Egoisten« danach streben, voneinander den größtmöglichen Genuß mit der geringstmöglichen Verantwortung für den anderen zu haben. In dieser, von der Gesellschaft als »Liebes«-Bund bezeichneten Interessengemeinschaft kann das geistige, der eigentlichen menschlichen Natur entsprechende Prinzip keinerlei Verwirklichung finden. Mann und Frau, die nichts anderes gelernt haben, als ihre unmittelbaren körperlichen Bedürfnisse zu befriedigen, drängen einander immer tiefer ab in

---

20 Zur Lebensgeschichte Tolstojs vgl. J. Lavrin: *Lev Tolstoj.* Rowohlts Monographien. Reinbek ³1977.

21 Vgl. dazu das Kapitel *Erziehungslehre* bei K. Hamburger a. a. O., S. 39–45.

einen rein tierischen, vegetativen Zustand. Die daraus entspringende Emotion, die einer für den anderen hegt, ist keineswegs »Liebe«, sondern »Haß«. Dieser ist der Ausdruck der in der Ehe unterdrückten Menschlichkeit, die beide Partner ihrer natürlichen Anlage nach doch haben, die sie aber ineinander und jeder in sich nicht zu wecken vermögen. Aus diesem »Haß« entspringt in der erzählten Geschichte der Wunsch nach der physischen Selbstvernichtung wie auch nach der Vernichtung des Partners, wobei die Geschichte im Grunde genommen »zufällig« die zweite Möglichkeit realisiert.

Der »Haß« als die wahre Form der emotionalen Geschlechterbeziehung wird hier als notwendige Folge der gesellschaftlichen Erziehung dargestellt, ist also keineswegs der psychologischen Unfähigkeit der dargestellten Einzelpersonen zuzuschreiben. Die Ablösung des »Hasses« ist daher auch nur auf gesellschaftlicher Ebene möglich, in einer Änderung des Erziehungszieles, das sich die gesamte Gesellschaft setzt. Dieses Ziel beschreibt Tolstoj im *Nachwort* sehr detailliert: Die Eltern sollen aufhören, ihre Kinder nur für sich selbst, zu ihrer eigenen Befriedigung, zu erziehen, was sich darin äußert, daß sie die Kinder wie »Tierkinder« allein zu körperlicher Schönheit heranzüchten (durch übermäßige Nahrung, Erziehung zu äußerer Sauberkeit, Fernhalten von Arbeit); statt des Erziehungsideals des »schönen«, »verhätschelten« Körpers, der die Kinder durch zu früh erwachende übermäßige Sinnlichkeit quält, soll das Erziehungsideal des Dienstes an Gott und der Gesellschaft als wahres Ziel für »Menschenkinder« aufgestellt werden. Dazu sollen die Bedürfnisse des Körpers so gering wie möglich gehalten werden. Das Mittel, dies zu erreichen, sieht Tolstoj darin, daß die Nahrung mäßig sein und nur der Befriedigung des wirklichen Hungers dienen soll; zugleich schreibt er körperliche Arbeit für jeden vor, da er im Müßiggang, vor allem der Mitglieder seiner eigenen, adligen Gesellschaftsgruppe, eine der Hauptursachen aller Laster sieht.[22] Die Kleidung der Frauen und Mädchen, die in Tolstojs Augen selbst bei den höchsten Gesellschaftsschichten den Reizmitteln der Prostituierten nachemp-

22 Vgl. dazu auch K. Hamburger a. a. O., S. 60 f.

funden ist, da ja das Lebensziel auch dieser Frauen nur darin besteht, durch die Weckung der Sinnlichkeit einen Mann an sich zu fesseln, soll auf die »Schamlosigkeit« der Zurschaustellung des weiblichen Körpers verzichten. Dieser Ausfall gegen die weiblichen Verführungsmittel ist in der *Kreutzersonate* durch die detaillierte Beschreibung der Wirkung der Kleidung der Braut und der Wäschethemen, über die die Brautleute sich unterhalten, auf die Begehrlichkeit des Mannes in einem fast komischen Maß überzeichnet und in den weitergehenden Reflexionen Pozdnyševs zur »Herrschaft der Frau«, die sich in der Ausnutzung der Arbeit eines großen Teils der Gesellschaft allein für die Produktion von Modeartikeln ausdrücken soll, grotesk übersteigert. Wenn Tolstoj dann allerdings in dieser Negativherrschaft der Frau über den Mann und die Gesellschaft insgesamt einen Ausdruck der Rache der Frau für die Unterdrückung ihres Geschlechts in der Gesellschaft sieht, so wird deutlich, daß die überspitzten und lächerlich anmutenden Ausführungen des Helden der Erzählung doch einen sehr ernst zu nehmenden gesellschaftspolitischen Hintergrund haben, der wohl auch heute noch nicht jeder Aktualität entbehrt.

Die »Krise« in Tolstojs Leben, außerhalb derer die Problembereiche der *Kreutzersonate* wohl nur unzureichend erfaßt werden können, wurzelt, wie Käte Hamburger ausführt, in einer Erschütterung des Lebensgefühls Tolstojs und des Wahrheitsbegriffs, das für dieses Lebensgefühl entscheidend ist. Interessant für uns ist nun, daß für die einhellig festgestellte Krise des Wahrheitsbewußtseins Tolstojs von der literaturwissenschaftlichen Seite und von der philosophisch orientierten Literaturwissenschaft, für die uns Käte Hamburger stehen soll, verschiedene Ursachenerklärungen geliefert werden. So schreibt Käte Hamburger dem am Rationalismus des 18. Jahrhunderts geschulten Erkenntnisstreben Tolstojs eine immanente Tendenz zum Skeptizismus zu, der sich in der Vorkrisenzeit auf alle gesellschaftlich vermittelten Wahrheitswerte richtete; diese wurden, wie die *Tagebücher der Jugend* aussagen, im rationalen Analysevorgang durchleuchtet und, wenn sich ihre Inadäquatheit in bezug auf das ihnen unterliegende Erkenntnisobjekt herausgestellt hatte, rigoros verworfen und durch individuelle Bestimmungen ersetzt. Die neu gefundenen Bestimmungen hatten dadurch, daß sie die unmittelbare individuelle Objekterfahrung zum Ausdruck brachten, einen hohen subjektiven Wahrheitswert, in dem wiederum eine Zentralidee des 18. Jahrhunderts, die Idee des natürlichen Lebens, als grundlegende subjektive Erfahrungsform zum Ausdruck kam. Aufgrund des positiven emotionalen Lebensgefühls, das die Idee des natürlichen Lebens vermittelte, war Tolstoj in der Lage, die dichotomischen Spannungsbeziehungen, welche seine Skepsis gegenüber Wahrheits- und Lebenswerten seiner Gesellschaft zur Folge hatte, durchzustehen. Er brachte sie in seinen künstlerischen Werken in immer wiederkehrenden Oppositionspaaren wie der Opposition von Stadt- und Landleben, überzivilisiertem Leben der gehobenen Stände (insbesondere seines eigenen Standes, des hohen Adels) und ursprünglichem Leben der niederen Stände oder der Naturvölker, würdelosem Sterben der Reichen und würdevollem, in die Natur ergebenem Sterben der Armen und der Kreatur und schließlich auch in der Opposition von Mann und Frau zum Ausdruck, wobei die Frau, gerade weil sie als biologisch determiniert aufgefaßt wurde, als das der Natur nähergebliebene Geschöpf dem Mann, der sich durch Zivilisation und Bildung von der Natur entfernt hatte, überlegen gewertet wurde. Eine Parallele zu diesen Oppositionspaaren, denen allen derselbe Grundkontrast von Natur und Zivilisation zugrunde liegt, bildet Tolstojs Geschichtsauffassung, die davon ausgeht, daß nicht das vermeintliche Entscheiden und Handeln großer Einzelner, sondern der selbstgesetzliche kollektive Entwicklungsverlauf, in den sich die Einzelhandlungen an den ihnen zukommenden Stellen integrieren, unabhängig von Wissen und Wollen dieser Handelnden selbst, geschichtsbildende Kraft habe. Diese Auffassung spiegelt sich insbesondere in seinem Geschichtsroman *Krieg und Frieden* wider und wird in den Gegensatz der Feldherren Napoleon und Kutuzov projiziert.[23]

Man kann somit in dem Glauben an die Idee des natürlichen Lebens diejenige Motivation sehen, die Tolstoj dazu befähigt,

---

23 Vgl. dazu das Kapitel *Das geschichtliche Leben* bei K. Hamburger a. a. O., S. 28–39.

die seinem Wesen immanente spannungshafte Beziehung zu allen vorgegebenen gesellschaftlichen Werten durchzustehen. Die Ursache der »Lebenskrise« zu Beginn der neunziger Jahre liegt dann darin, daß gerade diese Idee ins Wanken gerät. Dies deutet sich auch in der *Kreutzersonate* an, denn die Frau ist hier – zumindest in der letzten Fassung – eindeutig negativ gezeichnet; Bauern und sozial niedrig stehende Schichten verfolgen, wie Tolstoj mehrfach betont, grundsätzlich dieselben verwerflichen Erziehungs- und Lebensziele; der einzelne, der sich die richtige Erkenntnis buchstäblich »erlitten« hat, wird durch die gesellschaftliche Institution des Gerichts isoliert und kann seine Lebenserfahrung nicht nutzbringend weitergeben; und sogar die Religion ist keine eindeutig positive Kraft, denn die Kirche zerstört durch die Form ihrer Lehre den Wesenskern der Religion, und dazu muß man auch feststellen, daß für Pozdnyšev als den leidenden Helden der Geschichte die Religion kaum einen Stellenwert hat, was wohl dem immer schwierigen Verhältnis des Rationalisten Tolstoj zu Fragen des Glaubens besseren Ausdruck gibt als die ein wenig forciert hergestellte Beweisführung des Enthaltsamkeitspostulats aus der christlichen Lehre, wie sie im *Nachwort* vorliegt.

Die Idee des natürlichen Lebens verlor nun, so Käte Hamburger, aus folgendem Grund ihre Überzeugungskraft für Tolstoj. Tolstoj machte Anfang der achtziger Jahre zum ersten Mal die Erfahrung des Elends des Großstadtproletariats, die alles, war er an Armut auf dem Lande kennengelernt hatte, übertraf. Dieses Erlebnis wurde zum Anstoß für seine sozialrevolutionäre Lehre, die er in der Schrift *Was sollen wir tun?* niederlegte. Darin verurteilt er schonungslos den Reichtum, den er wie Proudhon als Diebstahl bezeichnet, und er sieht die Hauptursache der sozialen Mißstände darin, daß die Gesellschaft in Produzierende (Arbeitende) und Nichtproduzierende (Nichtarbeitende) geteilt ist. Der einfache Glaube an ein an sich gutes, natürliches Leben reicht somit zur effektiven Bekämpfung des festgestellten gesellschaftlichen Mißstandes nicht mehr aus, er wird daher abgelöst durch eine neue sozialrevolutionäre Profilierung Tolstojs, in die Zug um Zug alle seine bisherigen Glaubensinhalte einbezogen werden. Dies äußert sich nicht zuletzt in der Verwerfung seines eigenen schriftstellerischen Lebenswerks, wie er sie in *Was ist Kunst?* ausspricht. Er erkennt dort allen Kunstrichtungen, die Probleme behandeln, die nicht sozial von Bedeutung sind, so dem westeuropäischen Symbolismus mit seiner ästhetisierenden art-pour-art-Einstellung, aber auch seinen eigenen Werken, sofern sie Lebensfragen berühren, die nur für die kleine Klasse der Reichen in Rußland interessant sind, jede Existenzberechtigung ab. Desgleichen fordert er hier die Anbindung der Lebensprobleme an die religiösen Denkinhalte, weil sie allein dem Volk verständlich seien, und diesem Kunstdogma folgt er selbst in Erzählungen seines Alterswerks wie *Der Teufel* und *Vater Sergej* und in seinen Volkserzählungen der späten Zeit, weniger überzeugend jedoch in der *Kreutzersonate* und in *Der Tod des Ivan Il'ič*. Aus den Überlegungen in *Was ist Kunst?* wird auch deutlich, daß Tolstoj zum religiösen Glauben ein rational vermitteltes, im Grunde nützlichkeitsgerichtetes Verhältnis hat, was gewiß auch die feststellbare Ambivalenz seiner späteren Werke zum eigenen religiösen Kunstpostulat erklärt. Ein rationales, an der Nützlichkeit und letztlich auch am persönlichen Egoismus orientiertes Verhältnis hat Tolstoj aber auch zum sozialen Problem und zum Problem der mitmenschlichen Liebe, das sich hinter diesem ja stellt. Auf welche Weise der persönliche Egoismus mit der Umdenkung in bezug auf das Mann-Frau-Verhältnis, das uns bei der *Kreutzersonate* interessiert, im Prozeß seiner »Lebenskrise« Tolstoj lenkt, weist Käte Hamburger in folgenden Denkschritten nach.

Die »Krise« der achtziger Jahre wird in letzter Instanz nicht durch das Erlebnis der sozialen Not des Großstadtproletariats in Moskau ausgelöst, sondern durch die verstärkt auftretende Todesangst Tolstojs in dieser Zeit. Schon im Alter von zweiunddreißig Jahren hatte die Erfahrung des Sterbens seines Bruders die bis dahin geltende harmonische Todesvorstellung Tolstojs, wie er sie etwa in *Drei Tode* zum Ausdruck bringt, tief erschüttert. Tolstoj konnte in dem schweren Sterben seines Bruders Nikolaj offensichtlich keinen Sinn (etwa im Durchgang zu einem anderen Leben, wie die Religion lehrt) erblicken, und mit dem sinnlosen Sterben wurde für ihn auch das Leben als »Sein zum Tode« seines Sinns beraubt.[24] In Reaktion auf die eigene egoistische Todesfurcht konstruiert Tolstoj dann, Jahre später, in der »Krise« seines gesamten bisherigen Lebens, eine eigenartige Gesellschafts- und Liebeslehre, die in ihren Widersprüchlichkeiten begreiflich wird, wenn man sie wie Käte Hamburger psychologisch auf den Todesangstkomplex zurückführt. Diese neue Lehre ist vor allem in der Schrift *Über das Leben* niedergelegt.

In dieser Schrift interpretiert Tolstoj das Lebensstreben des Menschen als ein Streben nach »tierischem Wohl«, und wir erkennen in dieser Terminologie die Ausdrucksweise der *Kreutzersonate* wieder, die ja auch von dem »tierischen« (sogar: »schweinischen«) Charakter der geschlechtlichen Liebe spricht. Aus diesem Streben leitet er nun nicht, wie mit den pragmatischen Philosophen der Aufklärung möglich wäre, die Notwendigkeit nach einem Staatsvertrag ab, worin das Wohllebensstreben des einen durch das des anderen legitim eingegrenzt würde, sondern er rechnet allein mit dem unvernünftigen schrankenlosen Kampfverhalten der Individuen gegeneinander. Tolstojs Menschenbild folgt damit dem dualistischen Konzept der Aufklärung, doch statt des Dualismus von sensuell-egoistischem und rational-sozialem Wesen setzt er den Dualismus von sensuell-egoistischem und rationalem, aber asozialem Wesen. Um das egoistische Eigenleben vor dem Kampf aller gegen alle bewahren zu können, stellt der Mensch als vernünftiges Wesen sich ein neues Lebensziel: die Liebe. In dieser Liebe wird der bloße Lebens- und Wohllebenstrieb negiert. Sie wird daher auch als die einzige vernünftige Tätigkeit des Menschen definiert, und zwar vernünftig deshalb, weil nur durch den Verzicht auf das eigene Wohlleben in der Liebe dem Leben Sinn verliehen werden kann; dieses vernünftige Ziel kann nicht durch den Tod sinnlos gemacht werden, wie es das Streben nach Wohlleben tut, und dadurch verliert die Furcht vor dem sinnlosen Leben, welche das Streben nach dem Wohlleben als Lebensziel nach sich zieht, ihre Grundlage. Alle Argumentationsschritte Tolstojs, von der These des Strebens nach

24 So der Ausdruck K. Hamburgers a. a. O., S. 62.

dem »tierischen Wohl« über das Konstrukt des Kampfes aller gegen alle und die letztliche Liebeslehre werden erklärlich dann, wenn man den Todeskomplex als Ausgangsmotivation zugrunde legt. Dann erklärt sich auch die Unvereinbarkeit von sinnlicher, geschlechtlicher Liebe und allgemeiner Menschenliebe, die über den Gottesbegriff konstruiert wird, denn die geschlechtliche Liebe, wie wir im *Nachwort* der *Kreutzersonate* lesen können, widerspricht der Gottes- und Menschenliebe und stellt sich den wahrhaft menschlichen Lebenszielen entgegen. Gleichzeitig erklärt sich aber auch die letztliche Lebensfeindlichkeit, die wir aus der Argumentationsweise Tolstojs über die menschheitsvernichtende Forderung nach Enthaltsamkeit herausgelesen haben, denn Tolstojs Liebeslehre, die in einer egoistischen Todesangst gründet, kann kaum eine positive Einstellung zum Leben vermitteln.

Gleich, auf welche letzten psychologischen Wurzeln wir Tolstojs »Lebenskrise« zurückführen wollen, klar ist, daß seine Liebeslehre wenig Überzeugungskraft für uns haben kann, wenn er die Hälfte der Menschheit, welche durch das weibliche Geschlecht doch immerhin gestellt wird, mit dem Makel der »Sinnlichkeit« und der Vernunftferne ausstattet, wie er dies in der *Kreutzersonate* tut, wo ja nur der Mann, nicht aber die Frau aufgrund der Eheerfahrung zur Einsicht kommt.[25] Tolstojs dualistisches Menschenbild, durch das die Frau – gerade auch aufgrund des Dogmas ihrer größeren »Naturnähe«, das Tolstoj mit seinen Zeitgenossen unvermindert teilt – immer in die negative, »tierische« Hälfte herabgedrückt scheint, kommt in noch eindeutigerer Weise in den fast gleichzeitigen Erzählungen *Vater Sergej* und *Der Teufel* zum Ausdruck. Deren letztere weist durch ihren zweifachen Schluß, worin einmal der sexuell gequälte Mann seine Geliebte tötet und im anderen Fall sich selbst umbringt, eine große Nähe zum Handlungsverlauf der *Kreutzersonate* auf, wo ja auch als abschreckender Ausgang die Gewalt des Man-

25 Ebenso wird Anna im Verlauf des Romans *Anna Karenina* immer negativer und dem Prostituiertenverhältnis näher beschrieben, während Vronskij, ihr Liebhaber, der anfangs moralisch und intellektuell blaß erscheint, gegen Ende des Romans immer mehr an Größe gewinnt.

nes gegen die Frau (nach dem vorangegangenen Selbstmordversuch der Frau) figuriert. Gleichzeitig zeigt diese Erzählung, worin eine ländliche Frau die Rolle der »teuflischen« Verführerin gegenüber einem Mann der gehobenen Stände spielt, daß Tolstojs ehemaliges Ideal der natürlich gebliebenen Frau nun endgültig seinen Glanz verloren hat. Die Kälte und Rationalität des Liebesbegriffs Tolstojs kommt dagegen deutlich in seinem letzten großen Roman *Auferstehung* zum Ausdruck, worin der Held seine gefallene und zur Zwangsarbeit in Sibirien verurteilte ehemalige Geliebte durch die Heirat mit ihm retten will; die Prostituierte lehnt jedoch, weil sie die egoistische Sorge um das eigene Seelenheil als Motiv dieser »Liebe« herausspürt, die Rettung durch Heirat ab. Eine andere Erzählung derselben Zeit, *Der Tod des Ivan Il'ič*, ist völlig frei von den Motiven der Liebe und der Geschlechterbeziehung. In ihr wird allein das Todesmotiv, das nach Käte Hamburger ja das psychologisch zentrale Motiv Tolstojs sein soll, in einer eindringlichen und bedrückenden Weise – und auch fern allen religiösen Beziehungen – dargestellt. Gerade die ganz isolierende Konzentration dieser späten Erzählung auf das Todesmotiv läßt Käte Hamburgers Deutung dieses Motivs plausibel erscheinen. In diesem Zusammenhang wird auch die besondere Rolle, die das sensuelle Todeserlebnis in der *Kreutzersonate* für den Handlungsverlauf hat, begreiflich. So wird die – optisch und über den Geruchssinn vermittelte – Todeserfahrung zum vorletzten auslösenden Moment beim Umschlag des Bewußtseins Pozdnyševs vom Zustand des Noch-nicht-ganz-begriffen-Habens zum Zustand der endgültigen Erkenntnis. Das letzte Moment in der Reihe der Einsicht auslösenden Erfahrungen ist dann der Begräbnisvorgang selber, worin er in einem letzten Blick auf ihr »totes Gesicht« versteht, was geschehen ist.[26]

26 Vielleicht kann man in den letzten Worten der Frau, wo sie auf die Bitte des Mannes, ihr zu verzeihen, antwortet: »Verzeihen? Alles Unsinn! . . . Nur nicht sterben müssen!« eine Parallele zu dem Bewußtseinsprozeß des Mannes herauslesen, denn hier wird angedeutet, daß das Leben einen größeren Wert hat als alle subjektiven Wertvorstellungen, nach denen beide, Mann und Frau, ihr Zusammenleben eingerichtet und schließlich zerstört haben.

Egoistische Todesangst als Grundmotiv einer konstruierten Liebes- und Soziallehre, Liebeskälte und Haß und Verachtung gegen die Frau – wenn dies, wie immer wieder bezeugt wird, die entscheidenden Züge des Denkers und Menschen Tolstoj sind[27], dann wird um so einsichtiger, daß die langdauernde Anziehungskraft dieses Schriftstellers nicht in seinen denkerischen und auch kaum in seinen psychologischen Qualitäten liegen kann. Um so notwendiger ist es, sich den künstlerischen Eigenschaften zuzuwenden, die auch die Hauptursache dafür sind, daß die *Kreutzersonate* – trotz aller Skurrilität im einzelnen – einen so eindringlichen, beunruhigenden und zugleich fesselnden Eindruck hinterläßt.

Das literarische Verfahren

Während die philosophische oder psychologische Erklärungsweise immer gern bestrebt ist, Eigenschaften literarischer Kunstwerke aus ihrem außerkünstlerischen und außerliterarischen Sachzusammenhang zu erklären, verfährt die strukturalistisch inspirierte Literaturwissenschaft bisweilen gerade umgekehrt, indem sie die außerliterarischen, dem Lebens-, Denk- und Emotionsbereich des Künstlers zugehörenden Erscheinungen aus den literarischen »Verfahren«[28] ableitet. In diesem Sinne haben wir auch Adolf Stender-Petersen zu verstehen, wenn er schreibt: »Die Methode, die Dinge zu sehen, wie sie waren, und ihnen den richtigen Namen zu geben, verwandelte sich bei ihm [Tolstoj] fast unmerklich in ihr Gegenteil: in eine Methode, die Dinge zu sehen, wie sie *nicht* waren [...]. Seine Beschreibungen und Definitionen, die sich anscheinend mit den sonst gebräuchlichen technischen Ausdrücken vollständig deckten, verschwiegen in Wirklichkeit die Hauptmerkmale der Dinge und rückten ganz unwesentliche Züge in den Brennpunkt der Aufmerksamkeit. Die

27 Den Eindruck, daß Tolstoj niemals einen Menschen geliebt habe, gewann Turgenev von ihm, und Gor'kij bestätigte ihm »eine unversöhnliche Feindschaft gegen die Frau«. Siehe K. Hamburger a. a. O., S. 122.

28 Siehe dazu den programmatischen Aufsatz von Viktor Šklovskij: *Die Kunst als Verfahren.* In: Jurij Striedter: *Texte der russischen Formalisten.* I. München 1969. S. 3–35.

Leser glaubten das nackte, ungeschminkte Leben vor sich zu sehen, nicht wie es zu sein schien, sondern wie es in seinen schlichten wirklichen Zügen tatsächlich war. In Wahrheit aber war diese vermeintliche Naturtreue eine Entstellung der Natur, eine bewußte Karikatur des Lebens.«[29] Diese künstlerische Sehweise wandte sich in späteren Jahren, so Stender-Petersen, gegen Tolstoj selbst. Tolstoj »verlor bis zu einem gewissen Grad das Gleichgewicht zwischen Lebenserfassung und Lebensdeutung, zwischen dem Wahren und dem Fiktiven und wurde mehr und mehr von dem fanatischen Glauben ergriffen, daß seine Art, die Dinge in ihrer Negativität zu sehen, nicht etwa eine Methode sei, sie zu sehen, wie sie nicht waren, sondern gerade eine Methode, sie zu sehen, wie sie zuinnerst waren. Das künstlerische Prinzip wurde ihm zum Erkenntnisprinzip. Und so kam es, daß er zuletzt die Kirche, die Gesellschaft, den Staat, die Ehe als Erscheinungen von lächerlicher und fast blasphemischer Sinnlosigkeit betrachtete und darstellte, indem er Nebendinge in den Vordergrund rückte [. . .] und die Hauptsache [. . .] im Hintergrund zurückhielt. Sein Wahnbild nahm allmählich gigantische Ausmaße an. Er stellte sich – sowohl in der *Kreutzersonate* als auch in der *Auferstehung* und im *Lebenden Leichnam* sowie in seinen moralischen Schriften – unnachsichtig auf den Standpunkt des unzivilisierten Barbaren und glaubte, wenn er die Welt nach dessen roher und unkonventioneller Sehweise schilderte, habe er sie wirklich erschaut und geschildert, wie sie sei, in ihrer unbegreiflichen Dummheit, in ihrer Lächerlichkeit und in ihrer Torheit. Darin bestand die künstlerische Tragödie Tolstojs«[30].

Was Stender-Petersen hier beschreibt, ist das Verfahren der »Verfremdung« der Dinge, das der russische Formalist Viktor Šklovskij gerade an Werken dieses »realistischen« Autors untersucht hat. Bei diesem Verfahren wird ein Blick auf die Dinge geworfen, worin diese auf eine neue, unkonventionelle Weise sichtbar und verstehbar gemacht werden, wobei der Anspruch erhoben wird, daß die neue, verfremdende Sehweise die »richtige«, dem Wesen des Dings adäquate sei. Dabei wird das, was der kon-

29 A. Stender-Petersen a. a. O., S. 385 f.
30 Ebenda, S. 401.

ventionellen Seh- und Verstehensweise nach das wichtigste Merkmal des Dings war, in den Hintergrund gerückt, und ein bisher als unwichtig erachtetes oder gar nicht bemerktes wird als das eigentliche in den Vordergrund gehoben. Die Verfremdung hat daher einen gleichzeitig normzerstörenden (gegen die herrschende, normierte Sehweise gerichteten) und einen normaufbauenden Aspekt (sie selbst will die neue Norm des Sehens des Dings sein). Angewendet auf die *Kreutzersonate* könnte man nun die sensuelle Sicht »von unten« auf die zwischenmenschliche Lebensform der Ehe als die verfremdende Sichtweise bezeichnen, worin das, was nur ein Begleitmoment der Zweierbeziehung ist, in den Vordergrund gerückt wird, während das Moment, das in der Normalperspektive im Vordergrund steht, die Ich-Du-Beziehung zweier Menschen (von der aus die Sexualbeziehung nur als eine der möglichen Kommunikationsformen erscheint, die diese Beziehung zuläßt), hier völlig aus dem Blickfeld gerät.[31] Daß Tolstoj dieser Methode der künstlerischen Perspektivverrückung selbst erliegt, wird daraus ersichtlich, daß er die eigentliche Bedeutung der Ehe als intensivster zwischenmenschlicher Beziehung verfehlt (sei es, weil er sie nie erfahren hat, sei es, weil er sie wieder vergessen hat) und als Heilmittel gegen das Leiden an der »schief« gesehenen und erlebten Ehe die Abschaffung der zweigeschlechtlichen Lebensgemeinschaft oder doch ihre Umwandlung in eine außergeschlechtliche Bruder-Schwester-Beziehung empfiehlt.

Wie Stender-Petersen führt auch Viktor Šklovskij die »Lebenskrise« Tolstojs auf die Übertragung des Verfahrens der Verfremdung aus dem literarischen in den Lebensbereich zurück.[32] Damit wäre am Beispiel Tolstojs für die literarische Kunst (infolge der Wirkung des Verfremdungsverfahrens als eines auf Wahrheit zielenden, sie aber in Wirklichkeit verstellenden Verfahrens) eine ebenso schädliche Wirkung erwiesen, wie Tolstoj die der Musik

31 Siehe dazu auch die sehr überzeugende Auslegung des Ich-Du-Moments in der Geschlechterbeziehung bei K. Hamburger a. a. O., S. 115.

32 Siehe Viktor Šklovskij a. a. O., S. 23.

am Beispiel der Kreutzersonate von Beethoven innerhalb der fiktiven Welt seiner Geschichte für Pozdnyšev demonstriert.[33]

Die *Kreutzersonate* wird im allgemeinen als Ich-Erzählung ausgegeben[34], da der Held Pozdnyšev die Geschichte seiner Ehe in eigenen Worten berichtet. Tatsächlich jedoch sieht die Erzählung noch eine weitere Erzählinstanz, den fiktiven Autor, vor, der Pozdnyšev auf der Reise begegnet und dessen Lebensbeichte im fahrenden, nächtlichen Zug anhört. Dieser zweite Erzähler, aus dessen Sicht die Geschichte zu einer Er-Erzählung wird, hat für die Erzählkonstruktion und deren beabsichtigte Wirkung eine beträchtliche Bedeutung, so unwichtig er auch für den Erzählvorgang selbst erscheinen mag. Denn der fiktive Autor verkörpert einen ruhigen, unbewegt bleibenden Wahrnehmer- und Hörerstandpunkt, der in scharfem Kontrast zu dem äußerst erregten und aufgewühlten erzählenden Pozdnyšev steht. Die Methode der Einführung eines neutralen, Abstand haltenden Erzählers, der auch bei den erregendsten Erzählstellen seine beobachtende Distanz nicht verliert, hat Tolstoj von Puškin übernommen.[35] Sie dient ihm in dieser Erzählung dazu, vor die erzählte Geschichte selbst einen Bewußtseinspunkt vorzuschalten, von wo aus die Einzelgeschichte unter ein allgemeines begriffliches Problem gebracht werden kann. Dieses Problem ist die Liebe und Ehe. Es wird in dem Gespräch der Mitreisenden im Zugabteil dialogisch entfaltet nach verschiedenen Meinungen hin, die für

---

33 Das Motiv der Beethovensonate führt Tolstoj erst in der dritten Redaktion seiner Erzählung ein, nachdem er eine Aufführung des Stücks durch den Geiger Ljasotta und S. L. Tolstoj gehört hatte, die ihn stark beeindruckte. Bis dahin war auch der Verführer Truchačevskij nicht Musiker, sondern einfach »Künstler« gewesen.

34 Die Ursache für diese bei Tolstoj äußerst seltene Form sieht N. K. Gudzij darin, daß Tolstoj nach Anhören der Kreutzersonate den dabei anwesenden Künstlern, dem Maler Repin und dem Schauspieler Andreev-Burlak, den Vorschlag machte, jeder von ihnen solle den Eindruck des Musikstücks im Medium seiner Kunst wiedergeben und die Resultate sollten dann zusammen vorgetragen werden, wobei dem Schauspieler der Vortragsteil zugefallen wäre. Vgl. dazu Gudzij a. a. O., S. 568.

35 Vgl. dazu N. V. Artem'eva: *Obraz rasskazčika. Ironičeskaja funkcija (»Nabeg« i »Ljucern«) (Das Bild des Erzählers. Die ironische Funktion [»Der Überfall« und »Luzern«]).* In: *L. N. Tolstoj. Stat'ji i materialy (Aufsätze und Materialien).* VII. Gor'kij 1970. S. 46–64, besonders S. 48.

den Diskussionsstand der Zeit wohl typisch waren. In diesen Dialog bringt Pozdnyšev seine Ehegeschichte ein, die einen Diskussionsbeitrag gegen die Meinung der mitreisenden häßlichen Dame[36] darstellt, wonach die Ehe auf der gegenseitigen Liebe der Partner beruhen sollte, statt daß sie, wie es die alte Sitte vorsah, aufgrund eines Vertrags der Eltern der Brautleute zustande kam. Dadurch, daß nicht der fiktive Autor, sondern eine erzählte Person die Geschichte der Ehe in den Diskussionsvorgang einschaltet, wird auch der gesamte Aussagegehalt dieser Geschichte relativiert. Die besondere Nähe des Autorstandpunktes zu dem Standpunkt Pozdnyševs erhält jedoch darin eine Betonung, daß Pozdnyšev seine Geschichte größtenteils getrennt von den Mitreisenden im Tête-à-tête mit dem fiktiven Autor vorträgt.

Das unmittelbare Wahrnehmungskorrelat des fiktiven Autors ist nicht das erzählende Wort Pozdnyševs, sondern die sensorische Wahrnehmung seines körperlichen Zustands. Der fiktive Autor erweist sich hier als ein aufmerksamer Beobachter, der jede innere Erregung seines Gegenübers und jeden motorischen Reflex der äußeren Umstände, wie sie durch die nächtliche Zugfahrt bedingt sind, in der Psychik und Physis Pozdnyševs registriert. Diese Art der optischen Beobachtung Tolstojs wird in der Literaturwissenschaft auch als »Hellsehen des Fleisches«[37] bezeichnet. Durch sie wird die körperliche Bedingtheit der psychischen Prozesse festgehalten, die in Tolstojs Erkenntnisweise eine wichtige Rolle spielt. Die »Körperperspektive« ist im gesamten Verlauf der Erzählung beibehalten und wird durch immer wieder in den Erzählvorgang Pozdnyševs eingeschaltete »Unterbrechungen«, die auf die Jetztsituation des Erzählens im Zugabteil und auf die Zuständlichkeit Pozdnyševs hinweisen, aktualisiert. Dabei übt auch das Erzählen selbst auf Pozdnyšev einen erregenden Einfluß aus, der sich in seinem hektischen Teetrinken und in charakteristischen Lauten, die er von Zeit zu Zeit ausstößt, äußert. Das Verfahren, eine Person durch ein konstantes auf-

36 Die Häßlichkeit dieser intellektuellen, an Romanen erzogenen Frau muß man hier wohl als symbolische Häßlichkeit verstehen, da Tolstoj die zivilisierte und gebildete Frau seiner Zeit moralisch verurteilte.

37 Vgl. zu diesem Begriff A. Stender-Petersen a. a. O., S. 388.

fälliges Körpermerkmal, wie hier die seltsamen Laute Podznyševs, zu charakterisieren, hat Tolstoj in seinen großen Romanen praktiziert, wo es auch als mnemotechnisches Mittel dient, dem Leser die Übersicht über die Vielzahl an Personen zu erleichtern. Im Falle unserer Erzählung dient es jedoch hauptsächlich dazu, den inneren Erregungszustand Pozdnyševs als einen Ausnahmezustand des Körpers wie des Geistes zu qualifizieren.

Was nun die erzählte Geschichte selbst betrifft, so ist hier das Umstellungsverfahren auffällig, mit dem das Ende der Handlung, die Ermordung der Frau durch den Mann, vorweggenommen wird. So führt sich Pozdnyšev selbst mit folgenden Worten in die Gesprächsrunde der Reisenden ein: »Ich bin Pozdnyšev, derjenige, dem jene kritische Episode widerfuhr, auf die Sie anspielen, jene Episode, worin er seine Frau erschlug.« Da die Geschichte selbst aufgrund ihres kampfartigen Charakters einen ausgeprägt dramatischen Spannungsaufbau hat, worin Tolstoj auch traditionelle dramatische Verfahren wie Retardation und Steigerung nicht verschmäht (z. B. bedeutet die Abreise des Helden nach der scheinbaren Versöhnung eine Retardation vor der Ausführung der Tat), kann man in dem Umstellungsverfahren einen Versuch Tolstojs sehen, Spannung ohne Überraschung zu erzielen, denn die Vorinformation über den Ausgang der Ereignisse bricht ja die einfache Handlungsspannung, die aus dem Nichtwissen des Kommenden resultiert. Das Streben nach solcher Art von Spannung war einer der Grundzüge der Poetik Tolstojs; er hat ihn in theoretischer Form in seiner Auseinandersetzung mit der dramatischen Kunst in *Shakespeare und das Drama* dargelegt. Darin lehnt er die moralisch neutrale Kunst Shakespeares ab, die mit einer »falschen Illusion« arbeite, worin die dramatischen Ereignisse an sich, ohne Brechung durch das sittlich reflektierende Bewußtsein, auf den Zuschauer einwirken. Statt dessen will er die »wahre Illusion«, die das Geschehen ständig an die moralische Absicht rückbindet, und das Umstellungsverfahren kann man im Lichte dieser Ausführungen als eine Methode betrachten, die illusionsstiftende Macht der Geschichte, die die einfache und außermoralische Handlungsspannung hervorbringt, zu zerstören und eine »gebundene« Illusion zu erzielen, worin sich der Hörer ganz auf die moralische Zweckbestimmung des gehörten Einzelfalls konzentrieren kann.[38]

Da der Leser durch die einführenden Worte Pozdnyševs den Hauptinhalt und den Schluß der nun folgenden erzählten Geschichte schon kennt, wird seine Aufmerksamkeit von der sonst bei dramatischen Ereignissen üblichen Endspannung (die in der Ungewißheit über den für den Helden glücklichen oder unglücklichen Ausgang beruht) abgelenkt auf etwas anderes. Dieses Andere ist einerseits der begrifflich-definitorische Überbau, der den erzählten Ereignissen beigegeben wird und der als Grundverfahren des Erzählens in der Introduktionssituation der Diskussionsrunde um das Thema »Ehe und Liebe« vorgestellt wird. Dieses Verfahren hält sich während des ganzen Erzählvorgangs durch und wird an einer Reihe von ereignisexponierenden Begriffen durchgeführt, wie dem »dahin«-Fahren, worin der erste Besuch bei einer Prostituierten umschrieben wird, der »Verliebtheit« zur Zeit der Verlobung, dem »Honigmond« nach der Hochzeit, dem ersten »Streit« während der Ehe, den Kindern als »Segen Gottes in der Ehe« und schließlich dem Einbruch des Dritten, des »Er«, in die Ehe, der zum auslösenden Moment des Mordes wird. Die Form des begrifflichen Verfahrens ist dabei immer dieselbe: Das ereignisbenennende Wort wie etwa »Honigmond« führt zunächst die kollektive, gesellschaftlich sanktionierte Wertungsperspektive auf das Ereignis ein, der dann die individuelle Wertungsperspektive gegenübergesetzt wird. Diese findet in der erzählten Zeit des Damals noch keinen adäquaten Ausdruck, sondern erhält erst aus der Jetztzeit des Erzählers, nachdem bei ihm der Bewußtseinsumschwung durch das Verstehen eingetreten ist, eine Benennung, die im gegebenen Fall eine ganze Reihe wertender Ausdrücke enthält wie: »etwas Peinliches, Beschämendes, Widerliches, Klägliches und vor allem Langweiliges.« Auf der anderen Seite wird der Erzähler auch auf die Ursachenverknüpfung der erzählten Handlung gelenkt, die hier problematisiert wird. Die Problematisierung hat dieselbe Form wie das

38 Zum Verhältnis Tolstojs zu Shakespeare und zum Drama vgl. auch George Steiner a. a. O., S. 112 ff.

begrifflich-definitorische Überbauverfahren: Die Aktion des Mordes erhält eine kollektiv anerkannte Ursache; dies ist die Eifersucht des Mannes auf seine Frau und die verletzte »Ehre«, welche im Mord, interpretiert als Eifersuchtstat, wiederhergestellt wird. Im Lichte dieser Ursache erklärt sich die relativ milde gerichtliche Strafe, die Pozdnyšev für seine Tat auferlegt wird, denn Mord aus verletzter Mannesehre ist offenbar ein Delikt, für das die Gesellschaft viel Verständnis aufbringt. Der kollektiv anerkannten Ursache wird dann die individuelle, im Zuge der rastlosen Selbstanalyse Pozdnyševs entdeckte Ursache gegenübergestellt; sie liegt in der Erziehung des jungen Mannes zum »Wüstling« und der jungen Frau zu einer »Langzeitprostituierten«, wie Pozdnyšev es nennt, um die Prostitution in der Ehe von der »kurzzeitlichen« außerehelichen Prostitution zu unterscheiden. Eine solche Ursachenerklärung will das Gericht, vor das Pozdnyšev gebracht wird, nicht anerkennen, denn dann müßte es die gesellschaftlichen Normen und Konventionen selbst unter Anklage stellen. Pozdnyšev aber hält an seiner »Erkenntnis«, die er, wie er selbst sagt, sich *erlitten* hat, unbeirrt fest, auch wenn ihn die Gesellschaft um ihretwillen als Verrückten isoliert.

Die doppelte Ursache der Mordtat hat gleichzeitig auch eine kompositorische Auswirkung. Durch sie wird die Geschichte der Ermordung der Frau durch ihren Mann, die sich bei der ersten Ursache auf die Stadien der Ehe, des Ehebruchs und der Rache für den Ehebruch beschränken würde, erweitert um ein konstitutives Element, die sexuelle Erziehung des jungen Mannes vor der Ehe. Dieses Element bildet für die Geschichte eines »Mordes aus Eifersucht« eine bloße Vorgeschichte, die auch fehlen könnte. Liest man die Geschichte jedoch mit ihrer zweiten, eigentlichen Ursache, unter deren Aspekt sie eine Geschichte »von der moralischen und physischen Zerstörung zweier Menschen durch die herrschende Sexualmoral« wird, dann wird die Vorgeschichte zum Beginn der eigentlichen Geschichte, worin die wahre Ursache der späteren äußeren Tat enthalten ist. Daß die Geschichte eines »Mordes aus Eifersucht« hier nur Vorwand zum Erzählen der zweiten, jene umschließenden Geschichte ist, wird daraus deutlich, daß der Grund der Eifersucht, die ehebrecherische Beziehung zwischen Pozdnyševs Frau und dem Geiger, in ihrem objektiven Gehalt gar nicht aufgeklärt wird. Die Untertonigkeit, welche die faktischen Zusammenhänge dadurch erhalten, ist von Tolstoj bewußt eingeplant, denn in den Vorfassungen der *Kreutzersonate* wird der Ehebruch als unzweideutiges Faktum präsentiert, für das die Frau auf dem Sterbebett um Verzeihung bittet.[39]

Die erzählte Geschichte ist durch die zweifache Ursachenkonstruktion und die Umkehrung des Spannungsinteresses des Lesers vom Schluß weg auf den ursächlichen Anfang formal ebenso interessant wie der Formüberbau des Erzählers und seines doppelten Bewußtseins, worauf wir zu Beginn unseres Nachwortes hingewiesen haben. Übrigens führt Tolstoj in der Introduktionsphase der Erzählung nicht nur die Geschichte selbst (in den zitierten Worten Pozdnyševs) und die komplizierte Erzählsituation zwischen dem fiktiven Autor, den Reisenden und Pozdnyšev als dem Erzähler ein, sondern er gibt auch einen vorwegnehmenden Hinweis auf den doppelten Bewußtseinsplan der Erzählerfigur. Dieser Hinweis ist in Pozdnyševs Namen enthalten, denn darin steckt das Adverb »pozdno«, was »zu spät« heißt. Das »zu spät« mit der Bedeutung von »zu spät erkannt haben« oder »zu spät durchschaut haben« bezieht sich eben auf das Doppelbewußtsein Pozdnyševs, das im Vertrauen auf die gesellschaftlichen Normen und Werte sein Leben organisiert und zerstört und erst im Nachhinein die Lügenhaftigkeit dieser Normen und Werte durchschaut hat. Darauf weisen Pozdnyševs einleitende Worte hin, worin er sich an den fiktiven Autor wendet, um seine Geschichte zu beginnen: »Sie reden ... Und immer lügen sie, sagte er. – Was meinen Sie? fragte ich. – Immer das Eine: das, was jene Liebe nennen, und was das wohl ist [...]. Wenn Sie wollen, erzähle ich

39 Bis zur siebten Fassung der Erzählung war der Ehebruch der Frau eindeutig dargestellt. In der achten Fassung dann errät Pozdnyšev nur noch die ehebrecherische Beziehung zwischen seiner Frau und Truchačevskij, und die Frau bittet auch nicht mehr um Verzeihung, sondern zeigt dem Mann auf ihrem Sterbebett nur noch Haß; siehe dazu Gudzij a. a. O., S. 581.

Ihnen, wie ich durch eben diese Liebe zu dem gebracht wurde, was mir widerfuhr.«[40]

Durch die Einführung der – wie wir gezeigt haben, gebrochenen – Bewußtseinsebene, die der erzählten Geschichte ständig parallel läuft, reiht sich Tolstojs *Kreutzersonate* in die Tradition der Bewußtseinsliteratur ein, wie sie in der russischen Literatur durch Dostoevskij und Čechov vertreten wird. Während Dostoevskij und Čechov jedoch die Bewußtseinsdimension dazu verwenden, die psychologische Motivierung für ein handlungsmäßig aktives oder (im Falle der Dramen Čechovs) passives Verhalten der Personen zu erarbeiten, dient sie Tolstoj dazu, die gedankliche Reflexion einzubringen, welche die beabsichtigte moralische Wirkung auf eine explizite, eindeutige Weise an den Leser bringt.[41] Unter kompositorischem Gesichtspunkt dient die gebrochene Bewußtseinsebene dazu, eine neue dynamische Komponente in den Erzählverlauf zu integrieren, welche die Verminderung der progressiven Dynamik des Handlungsgeschehens selbst kompensiert. Diese Verminderung ist durch die Vorwegnahme des Ausgangs der Handlung durch die einleitenden Worte des Ich-Erzählers Pozdnyšev bedingt. Dadurch, daß jedoch auf der Bewußtseinsebene noch ein »Ereignis« aussteht – der immer wieder angekündigte Umschlag des Erkennens und Verstehens –, wird die progressiv gerichtete Erwartungsspannung, die auf der Handlungsebene zerstört und in eine regressiv gerichtete Spannung der Ursachenanalyse umgewandelt ist, auf dieser zweiten Ebene wieder eingeführt.

---

40 Die etymologische Bedeutung des Namens Pozdnyšev mit ihrem starken Symbolgehalt für die erzählte Geschichte mag auch der Grund dafür sein, daß Tolstoj hier nicht, wie sonst für die autobiographischen Helden seiner Werke, den Namen Nechljudov verwendet, der fast die Bedeutung eines »alter ego« Tolstojs hat, wie Stender-Petersen ausführt; vgl. Stender-Petersen a. a. O., S. 374.

41 Zum Vergleich der Bewußtseinsverfahren bei Tolstoj und Čechov siehe V. A. Kovalev: *O nekotorych tradicijach L'va Tolstogo v poetike chudožestvennoj prozy Čechova (Über einige Traditionen Lev Tolstojs in der Poetik der künstlerischen Prosa Čechovs).* In: *L. N. Tolstoj. Stat'ji i materialy (Aufsätze und Materialien).* VII. Gor'kij 1970. S. 85–96.

Tolstoj arbeitete ungefähr zwei Jahre lang am Text der *Kreutzersonate*. Gleichzeitig schrieb er die Komödie *Früchte der Aufklärung*, die Erzählung *Der Teufel*, den Aufsatz *Was ist Kunst?* und andere Aufsätze, die von dem Umbruch in seiner gesamten Lebenseinstellung zeugen. Schon gegen Ende der siebziger Jahre hatte er die Erzählung *Der Mörder seiner Frau* begonnen, worin man eine frühe Form der *Kreutzersonate* sehen kann. Der Reflex dieser frühen, unvollendet gebliebenen Geschichte zeigt sich auch darin, daß Tolstoj seiner siebenten Fassung der *Kreutzersonate* den Titel gab: *Wie ein Mann seine Frau erschlug*. Bei der neunmaligen Umarbeitung der *Kreutzersonate*, die nicht nur deren künstlerische Form, sondern auch ihren ideellen Gehalt betrifft, gingen viele Gedanken der Korrespondenzpartner Tolstojs, mit denen er sich über das Thema der Ehelosigkeit und der Enthaltsamkeit unterhielt, in das entstehende Werk ein, so daß Tolstoj am 9. Mai 1890 in sein Tagebuch eintrug: »Neulich dachte ich: Viele der Gedanken, die ich in letzter Zeit geäußert habe, gehören gar nicht mir, sondern den Menschen, die eine Verwandtschaft mit mir empfinden und sich an mich wenden mit ihren Fragen, Problemen, Gedanken, Plänen. So gehört der Grundgedanke, oder besser gesagt, das Grundgefühl der ›Kreutzersonate‹ einer Frau, einer Tschechin, die mir einen sprachlich komischen, gedanklich aber wichtigen Brief über die Knechtung der Frau durch die geschlechtlichen Anforderungen geschrieben hat. Der Gedanke, daß der Matthäusvers: ›Wenn du auf eine Frau in Begierde schaust‹ usw. sich nicht nur auf fremde, sondern auch auf die eigene Frau bezieht, wurde mir von einem Engländer vermittelt, der dies geschrieben hat. Und so noch viele andere.«

Tolstojs *Kreutzersonate* ist nicht nur ein Beispiel dafür, wie authentisches Erleben des Autors und eigenes sowie aus der Umwelt aufgegriffenes fremdes Denken in die literarische Produktion eindringen, sondern auch dafür, wie die formalen Eigengesetzlichkeiten der künstlerischen Idee aus der Literatur in das Bewußtsein zurückwirken. Denn wie wir aus dem Text des

Nachworts selbst erfahren, hat Tolstoj »in keiner Weise [...] erwartet, daß [sein] Gedankengang zu dem Ziel führen würde, zu dem er schließlich führte«, und aus einem Brief vom 10. Februar 1890 erfahren wir: »Der Inhalt dessen, worüber ich geschrieben habe, ist für mich ebenso neu wie für den Leser. Mir tat sich in dieser Hinsicht ein Ideal auf, das so weit von meiner Tätigkeit entfernt ist, daß ich anfangs davor erschreckte und es nicht glauben wollte; aber dann habe ich mich überzeugen lassen, bereute und erfreute mich an dem Gedanken, daß anderen und mir eine so freudebringende Bewegung bevorsteht.« Diese von Tolstoj selbst bezeugte Rückwirkung des Inhalts seiner in der *Kreutzersonate* entwickelten Grundidee auf sein Denken macht die von Formalisten (Viktor Šklovskij) und Strukturalisten (Stender-Petersen) behauptete Rückwirkung formaler Gesetzlichkeiten des Auffindens und Bildens von Ideen in der Kunst auf die Weise der Erkenntnistätigkeit außerhalb der Kunst plausibel.

Betrachtet man nun die Tendenz der Umarbeitungen der Erzählung in den neun Redaktionen, so zeigt sich darin eine Grundstruktur des Tolstojschen Denkens: das kontrastive, positive gegen negative Wertungen setzende Betrachten der Dinge, das, gerade weil es sich von den wichtigsten Problemen bis hinein in nichtigste Details fortsetzt, als elementares formales Prinzip dieses Dichters begriffen werden muß.[42] So übernahm Tolstoj die Anregung zur Erzählsituation im fahrenden Zug von dem Schauspieler V. N. Andreev-Burlak, wie S. A. Tolstaja in ihrem Tagebuch vom 28. Dezember 1890 vermerkt: »Er [Andreev-Burlak] erzählte ihm, daß einmal bei einer Eisenbahnfahrt ein gewisser Herr ihm von seinem Kummer über die Untreue seiner Frau berichtete, und dieses Sujet machte sich Levočka [Koseform für: Lev] dann zunutze.« Nun muß man wissen, daß Tolstoj der Einrichtung der Eisenbahn wie vielen zilivisatorischen Errungenschaften gegenüber äußerst negativ eingestellt war. Die Wahl des

42 Die Identität der Bewußtseinsstruktur Tolstojs und der formalen Struktur seiner Werke weist Boris Ejchenbaum schon beim jungen Tolstoj nach. Siehe dazu Ejchenbaum: *Molodoj Tolstoj (Der junge Tolstoj).* Petersburg/Berlin 1922.

Erzählsujets erscheint auf diesem Hintergrund motiviert durch den skeptischen Grundton der ganzen Geschichte, in die sich das Eisenbahnmotiv einfügt. Die negative Grundbedeutung der Eisenbahn wird jedoch erst in den letzten Redaktionen der Erzählung auch textimmanent klar, als Tolstoj die beruhigenden Wirkungen der Kutsche gegen die erregende Wirkung des fahrenden Zugs bei der Heimkehr Pozdnyševs vom Treffen der Friedensrichter ausgestaltet.

Besonders deutlich tritt das Positiv-negativ-Verfahren im Zuge der Konzipierung der Personen dieser Erzählung hervor. So hatte Tolstoj in den ersten Redaktionen den alten Kaufmann eindeutig positiv gekennzeichnet, indem er ihm Züge echter Herzensbildung und traditioneller Frömmigkeit verlieh, die ihn dazu befähigten, eine lange glückliche Ehe im »christlichen« Geist zu führen. Ihm wird Pozdnyšev entgegengestellt, der eine »Liebes«-Ehe im Sinne der modernen Romane eingegangen war mit den bekannten negativen Auswirkungen. In der vierten Redaktion verliert der Kaufmann, wie ja auch in der Schlußfassung, seine sittliche Höhe, und seine Haltung zur Frau und zur Ehe erscheint als so zweifelhaft, wie wir sie aus der letzten Fassung kennen. Pozdnyšev dagegen, der anfangs als Negativfigur erschien, wird in der dritten Fassung positiv geschildert, zwischen ihm und dem fiktiven Autor stellt sich hier sogar eine Beziehung der Sympathie ein. Dagegen erscheint nun die Frau Pozdnyševs als grob, dumm und unnatürlich, der Pozdnyšev dennoch positive Eigenschaften abgewinnen will, indem er sie als gleichzeitig zärtlichen, naiven und ehrlichen Menschen charakterisiert. Pozdnyšev gibt sich hier die Schuld an dem unglücklichen Verlauf ihrer Ehe. Dieses differenziert positive Bild der Frau wird in den folgenden Fassungen wieder zum eindeutig Negativen umgeformt, und Pozdnyšev sieht auch nicht mehr sich allein als Schuldigen an. Die Negativsicht der Frau (die in der letzten Redaktion noch verschärft wird, indem Tolstoj eine Lobrede Pozdnyševs auf die sittliche Reinheit und Höhe der Frau gegenüber dem Mann ganz streicht), die sich gegen die eigenen Absichten Tolstojs in der Geschichte durchzusetzen scheint, liefert den Gegenpol zu dem moralisch überzeugenderen Pozdnyšev, der durch seine schonungslose Selbstanalyse in den Augen des Lesers durchaus gewinnt. Eine Wandlung vom deutlich Negativen zum differenziert Positiven macht auch Truchačevskij durch. War er in früheren Fassungen noch mit zwei verkommenen Brüdern belastet (einem Trinker und einem Hochstapler), so werden diese zum Schluß ganz gestrichen, und der Charakterzug der Feigheit, den frühere Fassungen an ihm dadurch hervorhoben, daß er gleich nach Auftauchen des Ehemanns in der Mordnacht flieht, wird dadurch gemildert, daß er zunächst versucht, den dolchschwingenden Pozdnyšev von seiner Frau abzulenken, und erst nach diesem erfolglosen Versuch flieht.[43]

Interessant ist nun, daß das Positiv-negativ-Verfahren Tolstoj nicht nur bei der künstlerischen Arbeit beherrscht, sondern auch bei der reflektierenden Beschäftigung mit sich selbst. So läßt sich erklären, daß Tolstoj bei der siebenten Fassung seiner Erzählung eine offensichtlich günstige Meinung von seinen eigenen Absichten beim Verfassen dieses Werks hatte, dann aber, nach Abschluß der endgültigen, neunten Redaktion, in eine äußerst ablehnende Haltung verfiel. So äußert er sich in seinem Tagebuch sehr zufrieden über die erzielte Wirkung der siebenten Fassung: »Abends las ich allen die ›Kreutzersonate‹ vor. Alle waren sehr ergriffen. Das ist auch nötig so. Ich beschloß, sie in der ›Nedelja‹ [Die Woche] drucken zu lassen.«[44] Und auch nach Vollendung der achten Fassung war er von der moralischen Botschaft der *Kreutzersonate* noch so fest überzeugt, daß er ihre künstlerischen Mängel, die N. N. Strachov kritisiert hatte, folgendermaßen verteidigte: »In künstlerischer Hinsicht weiß ich, daß diese Schrift unter aller Kritik ist: Sie ging aus zwei Verfahren hervor, die nicht miteinander vereinbar sind, und daraus resultiert die

43 Das Bedeutungsmoment der Feigheit, das die früheren Redaktionen an Truchačevskij hervorheben, mag aus der Reminiszenz an Dostoevskijs Trusockij in der Erzählung *Der ewige Gatte* herrühren, dem ja auch der Name Truchačevskij zumindest phonetisch ähnelt. Auf Parallelen zwischen der *Kreutzersonate* und der Dreiecksgeschichte Dostoevskijs weist auch Robert Louis Jackson hin in: *Tolstoj's Kreutzer Sonata und Dostoevskij's Notes from the Underground.* In: *American Contributions to the Eighth Congress of Slavists.* Volume 2: *Literature.* Edited by Victor Terras. Columbus, Ohio 1978. S. 280–291, hier S. 287.

44 Tagebucheintragung vom 31. August 1879.

Unordnung, von der Sie gehört haben. Aber dennoch lasse ich sie so, wie sie ist, und es tut mir nicht leid; nicht aus Faulheit, aber ich kann sie nicht verbessern; und zwar tut es mir deswegen nicht leid, weil ich weiß, daß das, was dort geschrieben ist, zwar nicht dem Himmel, aber den Menschen nützlich und zum Teil auch neu ist. Wenn man künstlerisch schreiben will, worauf ich nicht verzichten will, dann muß man es von Anfang an und sogleich tun.«[45] Als jedoch Tolstojs Frau nach ihrer Intervention beim Zaren endlich die Druckerlaubnis für die *Kreutzersonate* erkämpft hatte, schrieb Tolstoj in einem Brief an seinen Freund Čertkov: »Meine Frau kam gestern aus Petersburg, wo sie den Herrscher gesehen und mit ihm über mich und meine Schriften gesprochen hat – ganz vergeblich. Er versprach ihr, die ›Kreutzersonate‹ zuzulassen, worüber ich mich überhaupt nicht freue. Denn an der ›Kreutzersonate‹ war etwas Schweinigliges. Sie ist mir schrecklich zuwider geworden und jede Erinnerung an sie. Eine derartige Bosheit hat sie hervorgerufen. Ich sehe dieses Üble durchaus. Ich werde mich bemühen, daß in Zukunft so etwas nicht mehr passiert, wenn es etwas zu vollbringen gilt.«[46]

Verfolgt man die Ereignisse um die Veröffentlichung der *Kreutzersonate*, so fallen drei Umstände auf, die dem heutigen literarischen Leben – unglücklicherweise wie auch glücklicherweise – ganz fremd geworden sind und die wohl auch auf die literarische Produktion selbst einen gewissen, wenn auch nicht eindeutig nachweisbaren Einfluß gehabt haben mögen. Es sind dies das überwältigende Interesse der gesamten Öffentlichkeit (literarischer wie außerliterarischer) an den Werken Tolstojs, das aus jedem neuerscheinenden Werk sogleich ein gesellschaftliches Ereignis höchsten Ranges machte; des weiteren zeigt sich gerade am Beispiel der Veröffentlichung der *Kreutzersonate* die Lebendigkeit der literarischen Welt dieser Zeit, die sich darin kundtut, daß ein Dichter vom Rang Leskovs noch vor Erscheinen der endgültigen Version eine Gegenantwort verfaßt; und schließlich spielt hier der Faktor der politischen Zensur eine Rolle, die das Werk am liebsten ganz unterdrücken würde und selbst dann

45 Brief an Strachov vom 17. November 1879.
46 Brief an Čertkov vom 15. April 1891.

noch, als die Verbindungen der gräflichen Familie zum Zarenhaus eine Druckerlaubnis erwirken, der Drucklegung Hindernisse in den Weg stellt. Eine Vorstellung von der Atmosphäre, in der die Rezeption der *Kreutzersonate* erfolgte, gibt A. A. Tolstaja: »Man kann sich schwer vorstellen, was vor sich ging, als z. B. die ›Kreutzersonate‹ und ›Macht der Finsternis‹ erschienen. Noch bevor sie zum Druck zugelassen waren, wurden diese Werke in Hunderten und Tausenden von Exemplaren abgeschrieben, gingen von Hand zu Hand, wurden in alle Sprachen übersetzt und überall mit unglaublicher Leidenschaft gelesen; bisweilen schien es, daß das Publikum all seine persönlichen Sorgen vergaß und nur von der Literatur des Grafen Tolstoj lebte ... Die wichtigsten politischen Ereignisse beherrschten kaum jemals alle mit solcher Macht und Ausschließlichkeit.«[47] Literaturgeschichtlich merkwürdig ist dabei, daß die handschriftlichen Versionen der *Kreutzersonate*, die vor der Drucklegung kursierten und auch ins Ausland gelangten, sich auf die achte Version beziehen und daß die polemische Reaktion Leskovs sich gerade an einer Stelle in dieser Version entzündete, die Tolstoj in der neunten, endgültigen Fassung wieder strich. Es handelt sich dabei um die Stelle, worin Pozdnyšev die sittliche Überlegenheit der Mädchen und Frauen über den Mann rühmt. Sie geht in umschriebener Form als Epigraph in Leskovs Abhandlung *Anläßlich von Erzählungen (Zur »Kreutzersonate«)* ein. Für das Funktionieren der Zensur schließlich ist aufschlußreich, daß Pobedonoscev die Drucklegung des Werks verbot, noch ehe er es selbst gelesen hatte, allein aufgrund der Gerüchte, die im Umlauf waren. Dann, als er schließlich die Mühe auf sich nahm, die *Kreutzersonate* zu lesen, schrieb er an den Zensor Feoktistov: »Ja, man muß zugeben, alles, was hier geschrieben steht, ist Wahrheit, wie in einem Spiegel [...], aber einer mit Blasen – und dadurch ist alles verzerrt. [...] Und es springt fast nur eine durchgängige Verneinung in die Augen. [...] Und dennoch ist Wahrheit, Wahrheit in dieser Entrüstung, mit der sich der Autor gegen die Gesellschaft und ihr Alltagsleben wendet, das die Unzucht in der Ehe gesetzlich

47 Zitiert nach N. K. Gudzij a. a. O., S. 588.

macht. Es ist ein machtvolles Werk. Und wenn ich mich frage, ob man es im Namen der *Sittlichkeit* verbieten sollte, bin ich nicht in der Lage, mit Ja zu antworten.«[48] Pobedonoscev machte schließlich den Kompromißvorschlag, Tolstoj solle einige »schweiniglige« Ausdrücke streichen und die Reflexionen über das Aussterben der Menschheit und die Enthaltsamkeit fallen lassen, worauf Tolstoj sich allerdings nicht einlassen konnte. Für uns jedoch ist überraschend, daß der staatliche Zensurbeauftragte, dem übermäßige, gereizte Empfindsamkeit in bezug auf gesellschaftliche Gewohnheiten doch gewiß niemand zutrauen würde, dem Grundgedanken Tolstojs von der sittlichen Verderbtheit der *Ehe*männer zustimmt. Wir haben damit in diesem staatlichen Zensor einen zwar wenig berufenen, aber – unter den besonderen Umständen doch – unparteilichen Zeugen der Zeit vor uns, der uns bestätigt, daß Tolstojs analytisches kontrastives Denkverfahren, das sich weder von eigenen erworbenen noch von vorgefundenen kollektiven Denk- und Sehgewohnheiten unterdrücken ließ, objektive Mißstände der Wirklichkeit entdecken half, die möglicherweise Mißstände der Wirklichkeit nicht nur des 19. Jahrhunderts sind.

48 Ebenda, S. 593 f.

ZEITTAFEL ZU TOLSTOI

1828 Lev Nikolaevič Tolstoj wird am 28. August als zweitjüngstes der fünf Kinder des Grafen Nikolaj Il'ič Tolstoj auf dem Gut Jasnaja Poljana bei Tula in Zentralrußland geboren. Seine Mutter Marija ist Tochter des reichen Fürsten S. Volkonskij. Sie hat Gut und Herrenhaus von Jasnaja Poljana als Mitgift in die Ehe eingebracht. Sie stirbt 1830, der Vater etwa sieben Jahre danach. Die fünf Kinder (vier Jungen, ein Mädchen) werden von einer entfernten Verwandten, »Tantchen« Tatjana Ergolskaja, aufgezogen. Zu ihr bewahrt sich Lev Tolstoj bis zu ihrem Tod 1874 ein herzliches Verhältnis. Die Kinder werden durch Hauslehrer erzogen. Mit dem Deutschen Theodor Rössel versteht sich der junge Lev gut, den Franzosen St. Thomas haßt er.

1837 Längerer Aufenthalt der Familie in Moskau.

1841 Die Familie lebt wieder in Jasnaja Poljana. Im Herbst stirbt der gesetzliche Vormund der Kinder, Gräfin Aleksandra Osten-Saken. Neuer Vormund wird die reiche Tante Pelageja Juškova. Umzug in ihr Haus in Kazan' an der mittleren Wolga.

1844 Lev fällt als Sechzehnjähriger durch die Aufnahmeprüfung der Universität von Kazan'. Beim zweiten Versuch im Herbst wird er angenommen. Er studiert zuerst orientalische Sprachen, dann Jura, beides ohne Erfolg.

1847 Aufgabe des Studiums und Rückkehr nach Jasnaja Poljana, das nach der Teilung des Familienbesitzes sein persönliches Eigentum geworden ist.

1848 Leben in Moskau und Petersburg, Beginn eines ausschweifenden Lebens (Alkohol, Kartenspiel, Frauen).

1849 Rückkehr nach Jasnaja Poljana. Tolstoj übernimmt einen kleinen Verwaltungsposten in Tula, führt aber auf Besuchen in Moskau sein liederliches Leben weiter.

1851 Erster wichtigerer literarischer Versuch *Geschichte des gestrigen Tages (Istorija včerašnego dnja).* Lev folgt seinem Bruder Nikolaj in die Armee und reist in den Kaukasus, um seinen Schulden und den Versuchungen des ausschweifenden Lebens zu entfliehen. Im Kaukasus lernt er den achtzigjährigen Kosaken Epiška Sechin kennen, den er später in *Die Kosaken* als »Onkel Eroška« porträtiert.

1852 Lev Tolstoj wird als Kadett in die Armee aufgenommen. Im Kaukasus schreibt er *Kindheit (Detstvo)*, das der Dichter Nekrasov in seiner Monatsschrift *Sovremennik (Der Zeitgenosse)* publiziert, sowie *Der Überfall (Nabeg)*.

1853 Arbeit an *Knabenalter (Otročestvo)* und Beginn der Arbeit an *Die Kosaken (Kazaki)*, das aber erst zehn Jahre später vollendet wird. Erzählungen: *Der Holzschlag (Rubka lesa)*, *Aufzeichnungen eines Marqueurs (Zapiski markera)*.

1854 Tolstoj erhält seine erste militärische Beförderung. Auf der Urlaubsreise nach Jasnaja Poljana gerät er in einen Schneesturm. Daraus entsteht später die Erzählung *Der Schneesturm (Metel')*. Versetzung zur Donau-Armee in Bukarest, die auf den Abtransport nach der Krim wartet. Teilnahme am Krimkrieg, Verteidigung von Sevastopol' in der berühmten Vierten Bastion, die dem feindlichen Feuer aufs äußerste ausgesetzt ist. Er schreibt den ersten seiner drei berühmten Kriegsberichte *Sevastopol' im Dezember (Sevastopol' v dekabre mesjace)*, der im Januar 1855 im *Sovremennik* erscheint.

1855 Am 27. August wird er Augenzeuge der Eroberung der Malachov-Bastion durch die Franzosen. Es folgen *Sevastopol' im Mai (Sevastopol' v mae)* und *Sevastopol' im August (Sevastopol' v avguste 1855 goda)*. Tolstoj entscheidet sich endgültig für die literarische Laufbahn.

1856 Tolstoj kehrt nach Jasnaja Poljana zurück und bereitet die Freilassung seiner Leibeigenen vor, nachdem auch der neue Zar Alexander II., der nach dem Tod seines Vaters Nikolaus I. (1855) den Thron bestiegen hatte, offiziell die Aufhebung der Leibeigenschaft begonnen hat. Tolstoj macht Valerija Arseneva, der Tochter des benachbarten

Gutsbesitzers, den Hof, kann sich aber zum Heiratsantrag nicht entschließen, weil er sich nicht sicher ist, ob er sie liebt. Es entstehen die Erzählungen *Der Schneesturm (Metel'), Zwei Husaren (Dva gusara), Der Morgen eines Gutsbesitzers (Utro pomeščika)* und der dritte Teil der Trilogie *Jugend (Junost')*.

1857 Zu Anfang des Jahres begibt sich Tolstoj auf die erste seiner beiden Auslandsreisen. Sie führt ihn nach Paris, wo er eine öffentliche Hinrichtung miterlebt, die ihn tief erschüttert. In Genf trifft er seine Kusine Gräfin Aleksandra Tolstaja, mit der er befreundet ist. Er wandert durch die Schweiz, fährt nach Turin, Lausanne, Bern und Luzern, von dort nach Baden-Baden, wo er wieder seiner Spielleidenschaft erliegt. Um weiteren Geldverlusten zu entfliehen, reist er über Dresden, Berlin und Stettin nach Rußland zurück, wo er am 4. August in Petersburg ankommt. Es entstehen die Erzählungen *Albert (Al'bert), Drei Tode (Tri smerti), Familienglück (Semejnoe ščast'e)*.

1859 Tolstoj gründet in Jasnaja Poljana eine Schule für Bauernkinder. Seine Erziehungsmethoden gehen z. T. auf Rousseau zurück. Er hat die Werbung um Valerija Arseneva aufgegeben und unterhält eine Beziehung zu Aksinja, der Frau eines seiner Leibeigenen. Den Sohn, den sie ihm gebiert, läßt er als Dorfjungen aufwachsen. Später wird er Kutscher bei einem von Tolstojs legitimen Söhnen.

1860 Tolstoj übergibt die Schule seinem Lehrgehilfen und macht seine zweite Europareise, um moderne Erziehungsmethoden zu studieren. Er besucht Schulen in Berlin, Leipzig und anderen Orten in Deutschland, spricht in Kissingen mit Julius Fröbel, dem Neffen von Friedrich Fröbel, unterbricht dann aber diese Studien, um seinen schwindsüchtigen Bruder Nikolaj nach Hyères in Südfrankreich zu bringen, wo dieser am 20. September stirbt. Sein Todeskampf macht auf Tolstoj einen entsetzlichen Eindruck, der bis in die viel später eintretende »Lebenskrise« fortwirkt. Nach einem kurzen Aufenthalt in Italien fährt er nach London zu einem Besuch des Parlaments. Er trifft in

London Alexander Herzen. Von dort reist er nach Brüssel und begegnet Proudhon. Als er vom Manifest über die Bauernbefreiung hört, reist er über Berlin und Weimar zurück. Mitte April 1861 ist er wieder in Rußland.

1861 Die Schule in Jasnaja Poljana wird vergrößert.

1862 Tolstoj gibt eine eigene Zeitschrift heraus: *Jasnaja Poljana,* worin er seine Erziehungsmethoden zur Diskussion stellt. Er besucht Turgenev im benachbarten Dorf Spasskoe und streitet sich mit ihm über Erziehungsfragen. Es kommt zum Bruch zwischen beiden, der bis 1878 dauert. Tolstoj übernimmt in dem Kreis Krapivna den Posten eines Schiedsmanns zwischen den Bauern, die ein Fünftel des Landes bekommen sollten, und den bisherigen Besitzern. Diesen Posten legt er bald wieder nieder, um sich mehr seinen pädagogischen Aufgaben widmen zu können. Im Mai begibt sich Tolstoj zu einer Kumys-Kur (Pferdemilchkur) in die Steppe bei Samara, um seine durch die Doppeltätigkeit als Schiedsmann und Schulleiter angegriffene Gesundheit wiederherzustellen. In seiner Abwesenheit durchsucht die Polizei Jasnaja Poljana nach Spuren angeblicher revolutionärer Tätigkeit. Tolstoj ist darüber empört. Sein Haß gegen das Beamtentum und den Staat wächst. Auf der Reise durch Moskau nach Samara lernt er Sof'ja Andreevna Behr kennen. Am 16. September macht er ihr einen Heiratsantrag, die Hochzeit findet eine Woche darauf, am 23. September, statt. Sof'ja ist achtzehn Jahre alt. Er zeigt ihr seine Tagebücher, wodurch sie über sein bisheriges ausschweifendes Leben informiert wird. Auf Jasnaja Poljana muß sie die ständige Gegenwart Aksinjas ertragen. Trotzdem folgen fünfzehn relativ glückliche Ehejahre. Tolstoj gibt auch seine pädagogische Tätigkeit auf, um sich ganz der Schriftstellerei zu widmen. Sof'ja Andreevna unterstützt ihn dabei, indem sie seine Manuskripte abschreibt.

1863 Tolstoj beendet den *Leinwandmesser (Cholstomer),* an dem er schon 1856 tätig war; 1885 wird das Werk ergänzt. Bis 1869 arbeitet er an *Krieg und Frieden (Vojna i mir)*, das zuerst als eine Art Familienchronik unter dem Titel *Ende gut – alles gut* konzipiert war. Der erste Teil erscheint unter dem Titel *Das Jahr 1805* im *Russkij vestnik (Russischer Bote)*. 1863 erscheinen auch die Erzählungen *Polikuška* und *Die Kosaken (Kazaki)*.

1870 Tolstoj unternimmt wieder eine Reise nach Samara, zu einer Kumys-Kur bei den nomadisierenden Baschkiren.

1871 Tolstoj nimmt seine pädagogische Arbeit wieder auf. Er schreibt ein *Abc-Buch (Azbuka)* für Bauernkinder. Darin ist die Erzählung *Ein Gefangener im Kaukasus (Kavkazkij plennik)* enthalten. Das Buch kommt 1872 heraus und erlebt drei Jahre später eine Neuauflage.

1872 Tolstoj kauft sich in der Gegend von Samara ein Gut, um sich der Pferdezucht zu widmen, was aber fehlschlägt. Die Schule in Jasnaja Poljana wird zeitweilig wiedereröffnet, wobei seine Frau und seine ältesten Kinder ihn unterstützen.

1873 Tolstoj beginnt die Arbeit an dem Roman *Anna Karenina*. Gleichzeitig veröffentlicht er pädagogische und philosophisch-religiöse Schriften.

1877 *Anna Karenina* erscheint als vollständige Buchausgabe.

1879 Die *Beichte (Ispoved')* bringt die »Lebenskrise« Tolstojs zum Ausdruck. Er gibt die Literatur auf und sucht nach einem Glauben außerhalb der orthodoxen Kirche.

1881 Tolstoj unternimmt zu Fuß eine Pilgerreise zum Opta-Kloster. Bis 1884 arbeitet er an einer *Untersuchung der dogmatischen Religionslehre (Issledovanie dogmatičeskogo bogoslovija)*.

1883 Turgenev beschwört Tolstoj vom Totenbett aus, zur Literatur zurückzukehren. Es erscheint die religiöse Schrift *Was ich glaube (V čem moja vera?)*.

1886 *Was sollen wir denn tun? (Tak čto že nam delat'?)* erscheint sowie *Der Tod des Ivan Il'ič (Smert' Ivana Il'iča)* und *Macht der Finsternis (Vlast' t'my)*.

1887 Beginn der Arbeit an der *Kreutzersonate (Krejcerova sonata)*, die erst 1889 abgeschlossen wird.

1889 Tolstoj schreibt den Traktat *Über die Kunst (Ob iskusstve)*.

1890 *Früchte der Aufklärung (Plody prosveščenija)*, woran Tolstoj seit 1886 arbeitet, wird beendet. Ebenso die Erzählung *Der Teufel (D'javol)* und das *Nachwort zur »Kreutzersonate« (Posleslovie k »Krejcerovoj sonate«)*. Der Traktat *Über die Beziehung zwischen den Geschlechtern (Ob otnošenijach meždu polami)*.

1891 In Mittelrußland bricht eine Hungersnot aus. Tolstoj organisiert mit seinen Töchtern Maša und Tanja im Bezirk Rjazan' eine Anzahl Verpflegungszentren, wo bis zu 16 000 Menschen täglich ein warmes Essen erhalten.

1893 *Das Reich Gottes ist in euch (Carstvo božie vnutri vas)*, an dem Tolstoj seit 1890 arbeitet, wird fertiggestellt. Er verfaßt die Schrift *Christentum und Patriotismus (Christianstvo i patriotizm)*, die 1894 fertig wird.

1895 Sof'ja Andreevna macht zwei erfolglose Versuche, ihren Mann zu verlassen. Sie knüpft ein platonisches Verhältnis mit dem Pianisten und Komponisten Taneev an, das erst 1904 durch diesen selbst aufgelöst wird. Die Spannungen zwischen den Eheleuten werden durch die große Zahl von Tolstoj-Jüngern, die Jasnaja Poljana belagern und für die Sof'ja Andreevna nur Verachtung hat, noch verschärft. *Herr und Knecht (Chozjain i rabotnik)* erscheint.

1897 Čertkov geht für fünf Jahre nach England in die Verbannung, weil er sich öffentlich für die verfolgte Duchoborcy-Sekte eingesetzt hat, die Ansichten vertritt, die denen der Tolstojaner verwandt sind.

1898 In London gründet Čertkov *The Free Word Press*, um alle in Rußland verbotenen Bücher Tolstojs drucken zu lassen. Es erscheint die Abhandlung *Was ist Kunst? (Čto takoe iskusstvo?)*. *Vater Sergej (Otec Sergej)*, woran Tolstoi seit 1890 schrieb, wird fertig.

1899 *Auferstehung (Voskresenie)* erscheint.

1900 *Der lebende Leichnam (Živoj trup)*. Tolstoj wird Ehrenmitglied der Russischen Akademie der Wissenschaften.

1901 Tolstoj wird aus der griechisch-orthodoxen Kirche ausgeschlossen; Anlaß ist auch eine blasphemische Darstellung des Gottesdienstes in *Auferstehung*. Tolstoj lehnt die Annahme des Nobelpreises ab. Eine schwere Erkrankung bedingt seinen Aufenthalt auf der Krim, wo er Čechov und Gor'kij trifft.

1904 *Über Shakespeare und über das Drama (O Šekspire i o drame). Hadschi Murat (Chadži-Murat). Der gefälschte Koupon (Fal'šivyj kupon).*

1905 Čertkov kehrt zurück und läßt sich in der Nähe der Familie Tolstoj nieder. Seine Rückkehr bewirkt eine Zunahme der Spannungen zwischen Lev und Sof'ja Andreevna.

1906 *Über die Bedeutung der russischen Revolution (O značenii russkoj revoljucii).*

1908 Der achtzigste Geburtstag des Dichters am 28. August wird weltweit gefeiert. Er schreibt *Ich kann nicht schweigen (Ne mogu ja molčat').*

1909 Čertkov veranlaßt Tolstoj, ein geheimes Testament zu seinen Gunsten abzufassen. In einem zweiten Testament (1910) setzt Tolstoj dann seine Tochter Aleksandra zur gesetzlichen Erbin seiner Schriften und Manuskripte ein, mit der Čertkov sich im Einvernehmen befand. Čertkov erhält Tolstojs Tagebücher der letzten zehn Jahre. Sof'ja Andreevna verlangt sie von Čertkov zurück, weil er sie ohne Wissen Tolstojs an sich genommen habe. Čertkov liefert sie der Tochter Aleksandra aus, nachdem er zuvor alle für Sof'ja Andreevna ungünstigen Stellen abgeschrieben hat.

1910 *Über den Sozialismus (O socializme).* – Am 14. Juli macht Tolstoj einen letzten vergeblichen Versuch, sich mit seiner Frau zu versöhnen. Am 27. Oktober flieht er nachts aus dem Haus, begleitet von seinem Arzt, Dr. Makovický. Auf der Reise erkrankt Tolstoj und stirbt am 7. November auf der Eisenbahnstation Astapovo. Am 9. November findet auf Jasnaja Poljana das Begräbnis statt. Nach Entdeckung der Flucht hatte Sof'ja Andreevna einen vergeblichen Selbstmordversuch unternommen.

BIBLIOGRAPHISCHE HINWEISE

Werkausgaben

Lev N. Tolstoj: Polnoe sobranie sočinenij. Jubilejnoe izdanie (Gesammelte Werke. Jubiläumsausgabe). Redaktion V. G. Čertkov. Moskau 1928 ff. *Krejcerova sonata (Die Kreutzersonate)* in Band 27. Moskau-Leningrad 1933

Deutsche Ausgaben der »Kreutzersonate«

Die Kreutzersonate. Die Kosaken. Übersetzt von R. Roskoschny. Volksausgabe. München (Droemer) 1951

Die Kreutzersonate und andere Erzählungen. Übersetzt von Ena von Baer. Leipzig (Dieterich) 1955 (Sammlung Dieterich. 154)

Die Kreutzersonate. Übersetzt von Arthur Luther. Wiesbaden (Insel) 1957 (Insel-Bücherei. 375)

Die Kreutzersonate. Der Teufel. Übersetzt von Alexander Eliasberg und Svetlana Geier. Reinbek (Rowohlt) 1971 (Rowohlt Klassiker. 94)

Lebenszeugnisse

Autobiographische Memoiren, Briefe und biographisches Material. Herausgegeben von Paul Birjukoff. Wien 1909

Briefe 1848–1910. Gesammelt und herausgegeben von P. A. Sergejenko. Autorisierte vollständige Ausgabe. Berlin 1911. Neuausgabe 1928

Tagebuch. Herausgegeben von Ludwig Berndl. Band 1. München 1917 (Tolstoi-Bibliothek. 6)

Tagebuch 1895–1899. Ausgewählt und herausgegeben von Ludwig Rubiner. Zürich 1918 (Europäische Bücher)

Tagebuch der Jugend. Herausgegeben von Ludwig Berndl. Band 1. München 1919 (Tolstoi-Bibliothek. 2)

Maxim Gorki: Erinnerungen an L. N. Tolstoi. München 1920

Léon Tolstoj (fils): La vérité sur mon père. Paris 1923. Neuauflage 1931

Alexandra Tolstoi: Tolstois Flucht und Tod. Geschildert von seiner Tochter. Mit den Briefen und Tagebüchern von Leo Tolstoi, dessen Gattin, seines Arztes und seiner Freunde. Berlin 1925

Sophia Andrejewna Tolstoi: Meine Ehe mit L. Tolstoi. Leipzig 1928

Vladimir Pozner: Tolstoi est mort. Documents inédits. Paris 1946

Untersuchungen zu Leben und Werk

N. N. Ardens: Tvorčeskij put' L. N. Tolstogo (Der Schaffensweg L. N. Tolstojs). Moskau 1962

R. Benson: Women in Tolstoy. Urbana 1973

Pavel I. Birjukov: Lev N. Tolstoj. Biografija (Lev N. Tolstoj. Biographie). Moskau 1906–09. Neue Auflage Berlin 1921, Moskau 1922–23

D. D. Blagoj (u. a.): Tolstoj – chudožnik. Sbornik stat'ej (Tolstoj als Künstler. Sammlung von Aufsätzen). Moskau 1961

Maximilian Braun: Tolstoj. Eine literarische Biographie. Göttingen 1978

R. F. Christian: Gogol', Turgenev, Dostoevskij, Tolstoj. Zur russischen Literatur des 19. Jahrhunderts. München 1966

Derselbe: Tolstoy. A Critical Introduction. Cambridge 1969

John Stewart Collis: Marriage and Genius. Strindberg and Tolstoy. Studies in Tragi-Comedy. London 1963

Martin Doerne: Tolstoj und Dostojewski. Zwei christliche Utopien. Göttingen 1969

Helen Edna Davis: Tolstoy and Nietzsche. New York 1929

W. Eismann: Einfachheit in der Literatur. Zur Frage der literarischen Evolution am Beispiel L. N. Tolstojs. In: Slavistische Studien zum VIII. internationalen Slavistenkongreß in Zagreb. Herausgegeben von Wolfgang Kasack und Reinhard Olesch. Köln/Wien 1978. S. 71–84

Boris Ejchenbaum: Lev Tolstoj. 2 Bände. Leningrad 1928–31

Hugh I'Anson Fausset. Tolstoy. The Inner Drama. London 1927

Z. Folejewski: Tolstoy's Problems with Literary Genres. In: Canadian Slavonic Papers XXI, 3. 1979. S. 301–313
I. A. Grineva (u. a.): Tolstovskij sbornik (Tolstoj-Sammelband). Tula 1970
N. K. Gudzij: Kak rabotal L. Tolstoj (Wie L. Tolstoj gearbeitet hat). Moskau 1936
Derselbe: Lev Tolstoj. Moskau 1943. Neue Auflage 1952
Eric de Haard: Narrative and Anti-Narrative Structures in Lev Tolstoj's Early Works. Amsterdam/Atlanta 1989
Käte Hamburger: Leo Tolstoi. Gestalt und Problem. Bern 1950. Göttingen 1963
Janko Lavrin: Tolstoy. An Approach. New York 1946
Derselbe: Leo Tolstoi in Selbstzeugnissen und Dokumenten. 3. Auflage. Reinbek 1977. (Rowohlts Monographien. 57)
W. I. Lenin und G. V. Plechanov: L. N. Tolstoi im Spiegel des Marxismus. Wien 1928
Nadeszda Ludwig (Herausgeberin): L. N. Tolstoj. Aufsätze und Essays zum 50. Todestag. Halle (Saale) 1960
Georg Lukács: Tolstoi. In: Georg Lukács: Russische Literatur. Russische Revolution. S. 45–136. Reinbek 1969. (Rowohlts deutsche Enzyklopädie. 314–316)
Derselbe: Tolstoi und die westliche Literatur. In: Heute und Morgen. Nr. 11. S. 807–823
Thomas Mann: Goethe und Tolstoi. Vortrag. Aachen 1923
D. S. Mereschkowski: Tolstoi und Dostojewski als Menschen und Künstler. Sankt Petersburg 1902, Berlin 1924
O. N. Ovsjaniko-Kulikovskj: L. N. Tolstoj kak chudožnik (L. N. Tolstoj als Künstler). Sankt Petersburg 1899. 2. Auflage 1905
Romain Rolland: Vie de Tolstoi. Paris 1911. Deutsch: Das Leben Tolstois. Frankfurt 1922
M. N. Rozanov: Russo i Tolstoj (Rousseau und Tolstoj). Leningrad 1928
Anna Seghers: Über Tolstoj. Über Dostoevskij. Berlin 1963
E. Simmons: Introduction to Tolstoy's Writings. Chicago/London 1968
Viktor Šklovskij: Lev Tolstoj. Moskau 1963

George Steiner: Tolstoi oder Dostojewskij. Analyse des abendländischen Romans. Wien/München 1963

N. Strachov: Kritičeskie stat'i ob I. S. Turgenevom i L. N. Tolstom (Kritische Aufsätze zu I. S. Turgenev und L. N. Tolstoj). Kiev 1908

E. Wasiolek: Tolstoy's Major Fiction. Chicago 1978

Literatur zur »Kreutzersonate«

N. I. Azarova: O nekotorych osobennostjach povestej Tolstogo 80–90ch godov (Über einige Besonderheiten der Erzählungen Tolstojs aus den achtziger und neunziger Jahren). In: Tolstoj – chudožnik (Tolstoj als Künstler). Moskau 1961. S. 247–251

Dorothy Green: The Kreutzer Sonata: Tolstoy and Beethoven. In: Melbourne Slavonic Studies I, 1. 1967. S. 11–24

Johannes Holthusen: Das Erzählerproblem in Tolstojs »Kreutzersonate«. In: Mnemozina. Studia litteraria russica in honorem Vsevolod Setchkarev. München 1974. S. 193–201

Robert Louis Jackson: Tolstoj's »Kreutzer Sonata« and Dostoevskij's »Notes from the Underground«. In: American Contributions to the Eighth Congress of Slavists. Vol. 2: Literature. Columbus, Ohio 1978. S. 280–291

Miroslav Jehlička: Dostojevského »Věčný manžel« a Tolstého »Kreutzerova sonáta« (Dostoevskijs »Ewiger Gatte« und Tolstojs »Kreutzersonate«). In: Acta universitatis carolinae philologica 2–4. Slavica Pragensia 14. 1972. S. 265–278

L. D. Opul'skaja: Pozdnee tvorčestvo L. N. Tolstogo (Das Spätwerk L. N. Tolstojs). In: L. N. Tolstoj. Sbornik statej (Aufsatzsammlung). Moskau 1955. S. 346–351

P. V. Vil'koševskij: Sud'ba »Krejcerovoj sonaty« L. N. Tolstogo (Das Schicksal der »Kreutzersonate« von L. N. Tolstoj). In: Trudy Samarkandskogo pedagogičeskogo instituta 2 (Veröffentlichungen des pädagogischen Instituts von Samarkand 2). 1940. S. 1–22

V. A. Ždanov: Iz tvorčeskoj istorii »Krejcerovoj sonaty« (Aus der Entstehungsgeschichte der »Kreutzersonate«). In: Tolstoj – chudožnik (Tolstoj als Künstler). Sbornik statej (Aufsatzsammlung). Moskau 1961. S. 260–288

Bibliographische Hilfsmittel

A. L. Bem: Bibliografičeskij ukazatel' tvorenij L. N. Tolstogo (Bibliographischer Anzeiger der Werke L. N. Tolstojs). Leningrad 1926. Nachdruck Würzburg 1972

Bibliografija literatury o L. N. Tolstom. 1917–1958 (Bibliographie der Literatur über L. N. Tolstoj. 1917–1958). Moskau 1960

Dasselbe: 1959–1961. Moskau 1965

Dasselbe: 1962–1967. Moskau 1972

B. I. Bursov: L. N. Tolstoj. Seminarij (Seminar). Leningrad 1963

Chudožestvennye proizvedenija L. N. Tolstogo v perevodach na inostrannye jazyki. Bibliografija (Die künstlerischen Werke L. N. Tolstojs in Übersetzungen in Fremdsprachen. Eine Bibliographie). Moskau 1961

L. N. Tolstoj. Bibliographie der Erstausgaben deutschsprachiger Übersetzungen und der seit 1945 in Deutschland, Österreich und der Schweiz in deutscher Sprache erschienenen Werke. Leipzig 1958

L. N. Tolstoj. Stat'i i materialy (Aufsätze und Materialien). Moskau 1951

L. N. Tolstoj. Sbornik statej o tvorčestve (Sammelband von Aufsätzen über das Werk). Moskau 1955

INHALT